푸른 장미의 비밀

심경숙 소설집

푸른 장미의 비밀

초판 1쇄 인쇄 · 2025년 9월 15일
초판 1쇄 발행 · 2025년 9월 22일

지은이 · 심경숙
펴낸이 · 한봉숙
펴낸곳 · 푸른사상사

주간 · 맹문재 | 편집 · 지순이 | 교정 · 김수란
등록 · 1999년 7월 8일 제2-2876호
주소 · 경기도 파주시 회동길 337-16 푸른사상사
대표전화 · 031) 955-9111(2) | 팩시밀리 · 031) 955-9114
이메일 · prun21c@hanmail.net
홈페이지 · http://www.prun21c.com

ⓒ 심경숙, 2025

ISBN 979-11-308-2324-9 03810
값 18,500원

저자와 합의하여 인지는 생략합니다.
이 도서의 전부 또는 일부 내용을 재사용하려면 사전에 저작권자와 푸른사상사의 서면에 의한 동의를 받아야 합니다.
이 도서의 표지 및 본문 레이아웃 디자인에 대한 권한은 푸른사상사에 있습니다.

이 책은 전라남도, (재)전라남도문화재단의 후원을 받아 발간되었습니다.

푸른사상 소설선 71

심경숙 소설집

푸른 장미의 비밀

작가의 말

TV나 컴퓨터도 없던 시절, 어른들이 들려주던 옛날 이야기는 나에게 무한한 상상을 열어주었다. 글자를 모를 때는 만화를 보았고, 도서관에서 처음 집어든 책은 『호두까기 인형』이었다. 단지 제목에 이끌렸다.

그 책이 주던 감동은 희미해졌다. 그러나 여전히 그 첫 호기심은 아직 살아 나의 심장을 뛰게 한다. 활자가 작아 등잔 가까이 얼굴을 바짝 대고 읽던 밤들, 앞머리는 늘 그을려 있었다.

공부하러 간 서울은 모든 것이 낯설고 무서웠다. 숨을 곳은 종로 2가 '르네상스 음악감상실'이었다. 그곳은 지금 덕수궁 안으로 옮겨갔다. 세월이 그만큼 흘렀다. 신청곡은 〈비엔나 숲속의 이야기〉, 〈아를의 여인〉 등이었다. 플루트가 주는 몽환적인 소리는 지금도 나른한 꿈속으로 인도한다.

음악에 젖어 막차를 타고 돌아오던 밤, 나는 막연히 이야기꾼이 되겠다고 결심했다. 그 꿈은 쉰을 넘겨서야 겨우 이루어졌다. 아직도 맛깔스럽고 가슴을 두근거리게 하는 이야기를 온전히 짓지 못해 서럽다.

내가 지은 이야기들이 차곡차곡 쌓여 제법 되었다. 부끄럽지만 세상 속으로 하나둘 내보낸다. 이번이 두 번째다. 책상 위에 남아 있는 이야기들이 '나도, 나도' 하고 밖으로 나오고 싶어 소리친다. 그래, 곧 꺼내서 빛을 보게 할게.

서울에서 도망치듯 내려와 살게 된 이곳, 바닷가는 새로운 삶의 안식처다.

소설 속 인물들은 나의 이웃들이다. 마주 앉아 술잔을 기울이며 건네받은 이야기, 그들이 가져온 먹거리처럼 신선했다. 조기를 잡는 이, 꽃을 재배하는 이, 여전히 일확천금을 꿈꾸며 로또를 사는 이도 있다. 그들 중 한 사람은 어제도 로또 용지를 윗주머니에 꽂은 채 콩나물국밥집에서 혼자 식사를 하고 있었다.

그런 이웃들이 내 속에 깊숙이 들어왔다. 한쪽 어깨가 살짝 기울어진 그들의 삶은 고단하고 슬프다.

내 삶의 결승점에 가까운 지금도 나는 여전히 재미있고 가슴 떨리는 이야기를 쓰고 싶다. 깻단을 털고, 연평도 앞까지 조깃배를 끌고 가는 그들. 땡감을 가득 갈아서 하얀 천을 물들이는 이들의 삶이 고운 빛깔로 빛나기를 기도하면서, 나의 이야기 또한 그들을 닮아 알록달록 색을 입고 햇빛 좋은 날 빨랫줄에서 펄럭이기를 기도한다.

이 책을 흔쾌히 출간해준 푸른사상사 한봉숙 대표님과 편집부원들께 깊이 감사 드립니다.

2025년 더운 늦여름 한낮에
심경숙

차례

작가의 말   5

미늘   11
푸른 장미의 비밀   41
침대   65
클럽 헬로   89
로또맨   113
카라빈카   137
빙떡 이야기   163

작품 해설 '토착적 모더니티', 완미(完美),
　　　그리고 재현의 감응력 _ 고명철   203

미늘

미늘

 영기가 몇 차례의 실랑이 끝에 갯바위에 배를 댔다. 물결이 출렁거리며 배를 강하게 밀어낸 것인지, 갯바위가 인간을 거부하는 것인지 알 수 없었다. 나는 배를 고정하기 전에 재빨리 내릴 준비를 마쳤다. 배낭 두 개를 가슴과 등에 하나씩 메고 훌쩍 뛰어내렸다. 착지하는 순간에 발이 잠깐 비틀렸다. 낚시 장비의 무게 탓이었다. 배낭 속에는 목줄, 찌, 바늘, 수중 봉돌, 반달구슬, 완충 고무 등, 외에도 비박할 수 있는 장비와 식량이 들어 있었다. 뒤돌아서서, 영기에게 어서 떠나라고 손짓했다. 영기는 낚시나 스쿠버다이빙 관광객을 실어 나르는 5톤급 선박, '진영호' 선장이자 선주였다. 섬에서 함께 나고 자랐다.
 스쿠버다이버들이 물속을 가리키고 있었다. 바닷물이 제법 투명했다. 어초에 들러붙은 수생식물을 그들이 본 모양이었다. 바닷속은 육지의 단풍 든 숲처럼 고왔다. 꽃산호초, 큰붉은산호초, 해송초가 함께 어우러져 멋을 뽐냈다. 육지라면 신선들이 거닐 듯한 풍경이지만, 바닷속이라서 용왕님의 정원이지 않을까 하는 생각이 들 정도였다. 마파람이 불어오면서 해무가 깔리기 시작했다. 바다와 섬 그리고 하늘에 엷은 솜털이 날리면서 비경을 연출했다. 해무를 만날 때마다 내 가슴은 뛰곤 했다. 해무는 백지의 세상이라기보다 몽환의 세상이었다. 그 세상에서는 어떤 꿈이라도 맘껏 그릴 수 있을 터였다.
 선박의 엔진 소리가 숨 가빠졌다. 영기가 손을 흔들며 목적지로 떠났다. 나는 양팔을 머리 위로 높이 치켜들고 흔들어주었다. 부러 여유만만한 웃음을 날렸다. 이번에는 기어코……. 느닷없이, 배에서 함성이 터졌다. 상광어(돌고래)들이 배를 선회하며 재롱을 떨고 있을 터였다. 바다에 나온 것만 해도 가슴 벅찬 일인데, 상광어의 웃는 얼굴과 마주치자 바다로 곧장 뛰어들고 싶었을 것이다.

 얼마 만에 다시 돌아온 것일까. 내가 두 발을 굳게 딛고 있는 갯바위 앞에 상광어 떼가 나타난 것도 아닌데, 가슴이 벅차올랐다. 배낭을 두드렸다. 든든했다. 예전부터 눈여겨 봐두었던 낚시 포인트로 갔다. 무릎을 구부려 신고식을 했다. 바닷물에 두 손을 담갔다. 왼손이 멈칫거렸다. 검지가 쥐 난 것처럼 경직되었다. 오른손으로 왼손을 눌러 물속에 담갔다. 보드라운 물살이 간지러웠다. 왼손 검지를 서서히 움직였다. 바다에 오기만 하면 왼손이 굳어지곤 했다. 그럴 때마다 내가 취할 수 있는 응급처치였다. 오늘 낚시하는 동안 자연스럽고 부드럽게 움직였으면, 하고 빌었다. 자리에서 일어나 먼 바다를 향한 채 눈을 감았다. 코를 큼큼거리며 비릿하고 짭짜름한 냄새를 양껏 들이켰다. 바다 위에 깔린 냄새뿐만 아니라 심해의 더럽혀지지 않은 속살 냄새까지 한꺼번에 만끽하고 싶었다. 바다는 시각보다 후각으로 느끼는 게 훨씬 묘미가 있었다.

　잠시 깔렸던 해무가 씻은 듯이 사라졌다. 낚싯대 두 대를 펼치고, 얼린 장어를 아이스 팩에서 꺼냈다. 놈을 떠올리며 아랫입술을 잘근잘근 씹었다. 단전에서부터 힘을 끌어올려 침을 뱉었다. 침이 허공에 흩어지는 그 순간, 무지개가 언뜻 나타났다가 사라졌다. 길조가 틀림없었다.

　바다는 잔잔했다. 바위틈에 뿌리내린 야생 벚나무가 꽃잎을 바다로 흘려보냈다. 연분홍 꽃들이 윤슬 위에 올라앉은 채 결을 지었다. 봄 바다 볕살은 포근하고 아름다웠다. 벼랑 아래 무넘기로 바닷물이 쉼 없이 넘나들었다. '비렁'과 '무넹기'라는 단어를 입속으로 뇌었다. 표준어보다 '비렁'이나 '무넹기'라는 사투리가 혀를 부드럽게 했다. 가슴이 따뜻해지는 말이었다.

　바람이 조금만 불어도 물결이 소용돌이치며 우는 곳. 여수에서 오는 뱃길. 거문도가 가까워지자 눈에 익숙한 풍경이 담겼다. 눈으로 그곳들의 이름을 불렀다. 저기는 기와집 몰랑, 불탄 바위, 수월봉. 각시바위, 서방 바위, 석불 바위. 물굽이나 바위마다 스며 있는 이야기와 이름들. 바위에 부딪히며 일어나는 파도의 하얀 포말. 반가웠다.

　물결 사이 바닷속 풍경이 어릿어릿 보였다. 내 모습도 함께 보였다. 짙은 눈썹, 두툼한 입술, 각진 턱. 삼십 대의 고집스러운 사내였다. 아마 눈동자는 충혈되었을 것이다. 내가 바라는 내 모습이 아니었다. 사람들은 내게 말했다. 눈 속에 불을 담았다고, 욕망으로 번들거린다고 했다. 여자들은 나를 피했다. 무섭다고 했다. 붉은 눈자위 탓이었다.

　영기의 배가 수중 탐색하는 스쿠버다이버들을 태워 백도로 간다는

미늘　15

소문을 듣고, 가는 길에 나를 이 갯바위로 데려다달라고 했다. 여기는 정기 여객선이 닿지 않았다. 어선이나 관광객 대상 해상 투어하는 배만 올 수 있었다. 아버지가 돌아가신 뒤 이곳에서 낚시하는 사람은 없다고 했다. 낚시꾼을 안내하는 배조차 꺼리는 갯바위였다. 나는 쌍심지를 켰다. 데려다주지 않으면 독선이라도 세내겠다고 고집을 부렸다. 준비했던 돈을 탁자 위에 내놓았다. 나는 배를 운전하지 못했다. 선박 면허증도 없었다. 영기는 떨떠름한 얼굴로 승낙했다. 다이버들을 데리고 돌아오는 길에 반드시 승선하라는 조건을 달았다. 하지만 나는 놈을 잡기 전에 이곳을 떠나지 않을 것이다. 놈은 나를 그녀에게 데려다줄 길잡이이기도 했다.

신지끼 여신을 만날 수 있는 곳. 걸어서 갈 수 없는 곳. 이 갯바위에서 엎어지면 코 닿을 거리에 신지끼 여가 있었다. 물속의 세계도, 물 바깥의 세계도 아닌 신지끼 여. 아주 잠깐씩 그 몸을 드러내는 곳. 신비한 전설 덩어리로 뭉쳐진 바위. 어쩌면, 온 바다를 뒤덮곤 하는 몽환의 해무가 신지끼 여에서 피어오르는 것인지도 모르겠다.

여섯 살, 내가 신지끼 여신을 가슴에 품게 된 해였다. 그날부터 지금까지, 그녀를 만나겠다는 생각에 젖어 살았다. 나뿐만 아니라 아버지의 평생도 얽어맨 곳이 곧 신지끼 여일 터였다. 그곳은 우리 마을 남자들을 송두리째 홀린 곳이었다. 또, 바다가 내 운명이라는 것을 알게 해주었다.

어린 시절이었다. 게딱지 같은 집 여남은 채가 바다를 향해 어깨를 비비고 있는 어촌. 밥 짓는 연기 냄새만으로 그 집 음식이 무엇인지 알아챌 수 있는 곳이었다. 밥상에 생선찌개가 올라왔다. 동네에서 번진 소문이 그 밥상에 함께 올라왔다.

　성찬이 아재가 섬마을 가까이 이강망을 놓았다. 경운기 엔진을 단 작은 동력선으로 섬을 돌며 하루에 한두 번씩 그물을 걷었다. 그런데 물때를 놓쳤다. 아재의 어머니가 갑자기 배탈 나는 바람에 보건소에 다녀와야 했기 때문이었다. 그날 바다에 나가지 않으면 어망에 갇힌 고기가 죽어 상할 수밖에 없었다. 늦은 밤 부랴부랴 나섰다. 보름달이 바다를 환히 비추고 있을 때였다. 아재는 건너편 쪽 물결이 찰랑거리는 소리를 들었다고 했다. 그리고 구름 사이로 비친 달빛 아래서 커다란 물고기가 튀어 오르는 광경을 목격했다. 돗돔일 듯싶었다. 연이어, 은발의 여자가 그 돗돔을 타고 가는 것을 보았다고 했다. 전설 속의 여신, '신지끼'였다. 아재는 믿어지지 않을 만큼 신비한 장면을 목격한 뒤에 배를 몰고 집으로 돌아왔다. 다음 날 아침, 아재가 잡아 왔던 가리비로 국을 끓였는데, 그 속에서 값비싼 진주가 나왔다. 그 진주 가격은 어촌의 가난한 사람들이 한 번에 만지기 힘든 액수였다. 마을 사람들은 신지끼가 점지해준 진주라고 했다.

　나는 그 진주알이 궁금했다. 도대체 얼마나 아름다운지 내 눈으로 직접 보고 싶었다. 아름다운 진주를 아재의 그물에 넣어준 착한 신지끼의 모습을 상상했다.

　성찬이 아재의 행운 소문 외에 또 다른 이야기가 밥상에 올랐다. 가까운 섬 동네 가난한 학생이 조개를 캐서 국을 끓였는데, 그 속에서 어른 손톱 크기의 진주를 발견했다. 그것으로 대학 등록금을 마련할 수 있었다고 했다. 바다에서 행운을 얻었다는 소문이나 이야기에는 반드시 신지끼 여신이 개입되어 있었다.

그날 나는, 생선찌개를 먹다가 입안에서 딱딱한 이물감을 느꼈다. 혀로 조심스럽게 굴렸다.

"엄마, 딱딱한 것이 씹혀. 진주인가 봐. 신지끼……."

씹던 음식을 밥상 위에 뱉었다. 하얗고 작은 구슬이 보였다. 신지끼 여신이 떠올라 눈을 동그랗게 떴다.

"그건 생선 눈알이다."

아버지가 내 머리를 쓰다듬었다. 방 안이 웃음바다로 변했다. 머쓱해서 머리라도 긁어야 할 상황이었다. 하지만 나는 신지끼 여신이 내 가슴속으로 들어왔다는 행복감에 취해서 두 손을 포개 가슴에 얹었다. 며칠 후였다. 아버지가 나에게 선물을 주었다. 벌어진 큰 조개 속에 아름다운 여자가 반쯤 벌거벗은 몸으로 서 있는 그림이었다. 그때부터 신지끼 여신이 내 안에서 함께 살았다. 여섯 살의 섬 아이는, 누구나 탐내는 진주보다 신지끼라는 신비한 여신을 그리며 하루하루를 보냈다.

그녀는 어부들이 바다에 나가면 돌을 던져 훼방할 때도 있다고 했다. 풍랑이 일어날 것이니 조심하라는 경고였다. 경고라기보다 예지했다는 말이 맞겠다. 고깃배가 만선이 되었던 날은 잔잔한 수면 위에서 아름다운 음악 소리가 들려왔고, 오색 물방울들이 튀어 오르며 군무를 추었다. 수평선에 쌍무지개가 걸리기도 했다. 갯내음은 어디론가 사라지고 온갖 꽃향기가 바다를 덮었다. 어부들은 그런 경험을 한 번만이라도 하고 싶어 안달했다. 사람들은 신지끼 여신이 바닷길의 길흉을 예고하며, 행운을 가져다준다고 굳게 믿었다. 할아버지의 할

아버지 때부터 전해온 이야기였다.

저기쯤이다. 나는 바닷속을 톺아보았다. 물속에서 올라오는 소리에 온 신경을 집중했다. 그날 그 소리가 다시 들릴까. 모든 생물은 저마다의 소리가 있었다. 어릴 때였다. 집에서 기르는 토끼가 갑자기 소리를 질렀다. 내다보니 고양이가 노렸다. 동물은 위급하거나 기분이 좋으면 소리를 냈다. 머리에 돌이 박힌 석어 종류는 크기에 따라 가늘고 굵은 소리로 울었다. 어군 탐지기가 없던 시절, 어부들은 굵은 대통을 바닷물 속에 넣고 귀 기울여 소리를 들었다.

그놈도 소리를 냈다. 이번에는 놈이 내는 소리나 모습을 볼 수 있을지. 그날 놈을 만나긴 했지만, 신지끼 여신은 보지 못했다. 어처구니없게도, 놈에게 낭패를 당했다. 그건 내 일생에서 지우려야 지울 수 없는 문신이었다. 그렇지만 내 인생길을 제시해준 사건이기도 했다.

놈도 내가 돌아왔다는 것을 알고 있을까. 아직도 그녀는 그곳에 살며 지나가는 고깃배에 신호를 보낼까. 그녀를 만나려면 놈부터 붙잡아야 했다. 미끼로 장어를 끼었다. 200호의 낚싯줄에 바늘은 가장 큰 것으로 준비했다. 한번 물면 절대 빠지지 않도록 미늘을 개조했다.

나는 돗돔을 잡았다는 소문만 들으면, 그 사람을 찾아갔다. 낚싯바늘은 무엇을 썼으며 바람의 형태는 어땠는지. 날씨는? 미끼는? 심지어, 전날 밤에 무슨 꿈을 꾸었는지 물었다. 그렇게 오랜 세월에 걸쳐 준비했다.

바늘 끝에 붉은 털이 달린 인조 생선을 떼어냈다. 세 개의 미늘이 달린 바늘과 함께 내가 만든 사제 바늘을 또 달았다. 바늘을 코에다

문질러 콧기름과 콧김을 씌웠다. 체했을 때, 바늘로 손가락을 따던 어머니가 그렇게 했다. 소독된다고 했다. 나는 놈에게 내가 온 것을 알리고 싶었다. 내가 만든 사제 낚싯바늘을 애정과 기대 섞인 눈으로 바라보았다. 놈을 잡기 위해 준비하는 동안, 이 낚싯바늘에 미늘을 새기고 또 새기면서 때를 기다렸다. 서툰 솜씨로 용접하고 끌로 다듬고, 나만의 비책을 동원하여 미늘을 새겼다. 이 사제 바늘을 완성하기까지 손을 여러 번 다쳤다. 왼손이 불편해서 시행착오를 겪을 수밖에 없었다. 특수한 철은 용접이 잘 안 되었다. 바늘을 고정하는 나무틀을 만들어야 했다. 부산이나 여수 선창가, 선박이나 낚시 물품을 만드는 상가를 누비곤 했다. 정밀공업 하는 공장을 찾아다니기도 했다. 내가 지나가면 검지를 머리에 갖다 대고 돌리는 사람이 많았다. 그들은 나를 '조또또'라 불렀다. 또라이라는 말이었다. 내가 엉뚱한 주문을 자주 해서 그런 별명을 얻었다. 나에게 가장 어울리는 이름일 수도 있겠다. 붉은 눈에 돗돔에 미친 사나이. 나는 누가 뭐라 해도 상관하지 않았다. 놈을 잡고, 신지끼 여신을 만나기만 하면 그만이니까.

장어는 놈을 위한 특별식이었다. 다른 낚시꾼들은 고등어나 오징어 미끼를 쓰는 경우가 많았지만, 나는 영양가 풍부한 장어를 선택했다. 훌륭한 미끼와 특별한 미늘만이 놈을 포획하는 성공의 비결이었다.

한낮의 갯바위가 슬슬 달궈지기 시작했다. 텐트 속 그늘로 들어갔다. 예전에는 아무리 뜨겁거나 추워도 텐트 속으로 들어간 적이 없었다. 일분일초도 찌에서 눈을 떼고 싶지 않았다. 하지만 지금은 예전하고 달랐다. 융통성이나 유연성이랄까, 기다림의 지혜랄까, 그런 것을 깨달았다. 놈을 낚으려면 체력 유지가 필수 요건이었다. 조바심을 낸다거나 아등바등하는 것도 금물이었다. 삿된 욕심을 내려놓고, 수도자처럼 참을성 있게 기다릴 줄 알아야 했다. 흡사 강태공이 세월을 낚듯이.

바다에는 바람 한 점 없었다. 그 봄날과 흡사했다. 수첩을 꺼냈다. 아버지의 일기장이었다. 아버지는 내가 다쳤던 날부터 놈이 나타났던 상황을 기록하기 시작했다. 아버지가 돌아가신 이후, 내가 그 수첩을 물려받아 기록해왔다. 수첩에 연월일과 날씨를 기록했다. 미끼는 장어, 봉돌과 낚싯줄 호수도 적었다. 기록을 끝낸 다음 낡고 오래된 수첩의 앞부분을 뒤적거렸다. 아버지가 기록한 내용에는 날씨와 조수 간만의 차이, 바람, 파고, 그리고 멸치 떼가 왔던 날, 버들숭어가 잡힌 날 등 잡다한 내용까지 기록되어 있었다. 돗돔을 보거나 잡은 기록을 주의 깊게 살펴보기 시작했다. 물론 모든 신경은 드리워진 두 대의 낚싯대 찌에 집중한 상태였다.

  4월 20일. 날씨 맑음. 든바람. 파고 잔잔함
  할배가 떴다.
  진성호가 조업을 접고 항구로 돌아왔다.
  할배가 떴기 때문이었다.
  진성호 선장을 만났다. 선창 돌산 식당에서.
  할배 이야기를 안주 삼아 쓰디쓴 술을 마셨다.

그 수첩에서 '든바람'은 '동남풍'을 말했고, '할배'는 돗돔이었다.

아버지는 심장이 좋지 않아서 철선 선장을 그만두고 집으로 돌아왔다. 협심증을 오래 앓았다. 점점 심해졌다. 하지만 날마다 낚시하러 다녔다. 그게 치유의 방편이었는지, 병세를 악화시킨 것인지 모르겠다. 어머니는 아들과 자신을 두고 갯바위에서 살다시피 하는 아버지를 싫어했다. 아버지도 바가지 긁는 어머니를 좋아하지 않았다. 혹시, 아버지가 어머니의 잔소리를 피해 갯바위로 나갔던 것이 아닐까? 전혀 모르겠다. 닭이 먼저인지 달걀이 먼저인지, 잔소리가 먼저인지 낚시가 먼저인지. 하지만 이건 알고 있다. 아버지는 신지끼 여신을 만나려고 돗돔 낚시에 열을 올렸다.

내가 열두 살 먹던 그해 봄이었다. 학교가 쉬는 날이었다. 봄빛이 꽃가루처럼 사방으로 흩뿌려졌다. 마루 끝에 앉아 눈을 깜박였다. 나른하고 기운이 없었다. 말간 햇살이 동백나무 푸른 잎에서 뒹굴었다. 나무 밑에 떨어진 동백꽃들이 붉은 울음소리를 토해내고 있었다. 아버지가 낚시 도구를 챙겼다. 어머니가 물질 나간 뒤였다. 나는 말없이, 헛간에서 경유 한 병을 꺼내 들었다. 아버지가 눈을 껌벅이며 나를 바라보았다.

"같이 가련?"

나는 아버지가 신지끼 여 근처의 갯바위에 간다는 것을 알았다. 나도 그 바위 등걸에 앉아 신지끼 여신을 기다리고 싶었다. 자전거 위에서 아버지 허리를 두 손으로 감았다. 학교 운동장 큰 느티나무를 안고 있는 느낌이었다.

경운기 엔진이 달린 배였다. 건너섬에 미역 따러 가는 우리 집 자가용이었다. 배를 갯바위에 매고 낚시를 했다. 1년에 한 번, 아버지는 휴가를 냈다. 명절도 아니고 여름도 아니었다. 꼭 봄철이었다. 아버지는 닷새 받은 휴가를 몽땅 갯바위에서 보냈다. 낚시 도구를 챙겨 갯바위에서 낚시하다가 돌아갔다. 아버지와 함께할 수 있는 거의 유일한 시간이었다.

낚싯대를 드리우고, 아버지와 바다를 묵묵히 바라보았다. 두 사람의 눈길은 신지끼 여가 있는 곳이었다. 아버지는 찌가 흔들리면 줄을 감았고, 나는 낚인 물고기 입에서 바늘을 재빠르게 따곤 했다. 낚시를 모두 마치고 집으로 돌아가기 위해 배 시동을 걸었다. 배가 움직이지 않았다. 자동차가 헛바퀴 돌듯 무딘 엔진 소리를 내며 움직이지 않았다. 일단 엔진을 껐다. 그물이 스크루에 걸려 움직이지 않았다. 배 밑에 들어가 스크루에 감긴 그물을 잘라내야 했다. 아버지가 물속에 들어가겠다고 했다. 방향키를 잘 잡고 있으라고 했다. 내가 들어간다고 했다. 심장이 나쁜 아버지가 물에 들어가는 것은 무리였다. 아직 성인이 되지 않았지만, 섬에서 태어나고 자라서 수영 실력은 좋았다. 입수 직전, 아버지는 내 손을 붙잡으며 몇 가지 주의를 시켰다. 아마, 우리 모두 신지끼 여신의 존재를 무의식적으로 계산했던 모양이다. 아버지의 주의 내용이 예사롭지 않았고, 나는 어떤 말이 나올지 어느 정도 짐작하고 있었기 때문이다.

"다른 곳은 절대로 보지 마라. 차분해야 한다. 이 칼로 그물을 자르고 곧장 솟구쳐 올라와야 한다."

아버지는 '다른 곳은 절대로 보지 마라'는 이야기에 힘을 주었다. 내 손을 붙잡은 아버지 손에도 힘이 들어갔다.

"염려 마세요."

말은 그렇게 했지만, 가슴이 설레는 것을 어쩌지 못했다. 바닷속에서 신지끼 여신을 만날지도 모른다는 막연한 기대감에 온몸이 짜릿했다. 아버지가 휴지를 랩에 싸서 귀에 넣어주었다. 나는 떨리는 손으로 수경을 썼다. 물속으로 뛰어들었다. 배 밑으로 들어갔다. 입에 문 칼로 그물을 잘랐다. 스크루 사이에 낀 그물이 위쪽으로 떠올랐다. 아버지가 그물을 걷을 터였다. 물속이라서 희미하게 들리긴 했지만, 원활한 동력 소리를 느낄 수 있었다.

물속은 맑았다. 산호초 사이로 갯바위 밑동이 보였다. 물결에 깎이고 다듬어져서 갖가지 자태를 뽐내고 있었다. 바위에 붙은 수생식물이나 산호초가 만들어내는 바닷속 풍경은 아름다운 차원을 넘어 신기할 정도였다. 양팔을 앞쪽으로 나란히 뻗은 채 발만 지느러미처럼 흔들며 헤엄쳤다.

물 위로 솟구치기 직전이었다. 배 밑을 빠져나오려 허리를 구부릴 때 발가락이 따끔거리며 간질거렸다. 쥐 난 줄 알았다. 낯선 물고기가 발뒤꿈치를 꼭꼭 물었다. 마치 장난이라도 치려는 것 같았다. 꽤 컸지만 어린 새끼라는 걸 단박에 알았다. 그것도 돗돔 새끼라는 것을 알아챘다. 나는 입에 물고 있던 칼을 던졌다. 위해를 가하려는 것보다 장난기가 앞선 행위였다. 달리 알은체할 것이 없던 터였다. 물속에서, 사람의 손으로 칼을 던져 목표물을 명중시키려고 하는 것은 바보짓이었다. 물의 저항과 물살로 인해 명중시키기 어려웠다. 칼은 돗돔 새끼 근처에도 가지 못하고 아래로 힘없이 가라앉았다.

그 순간이었다. 어디서 나타났는지 커다란 물고기가 나에게 달려들었다. 놈의 공격에, 배에서 저만큼 멀어졌다. 놈은 힘이 장사였다.

급기야 내 왼팔을 물었다. 그렇게 하고도 양이 차지 않았던 모양이다. 흘겨보며 씩씩거리는 듯했다. 놈의 눈에 광채가 일었다. 단단히 화난 것 같았다. 돗돔, 수컷이었을까. 아니, 새끼를 보호하는 성난 암컷일 수도. 놈은 새끼를 데리고 내 곁을 유유히 지나갔다. 놈의 크기가 내 키보다 컸다. 놈이 들어간 굴에서 빛이 나왔다. 물방울이 솟아 나왔다. 놈을 추적하면 오매불망 그리던 신지끼 여신을 만날 수 있을 거라는 생각이 떠나지 않았다.

 마을에서 애경사로 사람들이 모일 때면, 신지끼 여신 이야기가 약방의 감초처럼 등장했다. 그녀가 나타나기 전에는 돗돔이 언제나 먼저 보였다고 했다. 우리 마을 사람들은 놈을 잡지 않았다. 놈의 가격과 맛은 최고였지만, 신지끼를 지키는 영물이라고 여겼기 때문이었다. 나는 어른들이 나누는 신지끼 여신에 관한 이야기를 하나도 흘리지 않고 주워 담곤 했다. 그 외에도 바다에 관한 이야기라면 깡그리 긁어모았다. 섬에서 대대로 전해온 바다 이야기들은 바닷속 생물들만큼이나 다양하고 신비스러웠다.

 나는 돗돔을 이용해서 신지끼 여신을 만나고 싶었다. 놈이라면 신지끼 여신을 얼마든지 안내해줄 것 같았다. 어른들이 이렇게 말했다. 사람만큼 큰 물고기가 나타나면 그녀를 만나든지, 진주가 들어 있는 조개를 만나 횡재(橫財)하게 된다고. 그물이 떠내려와서 스크루를 감은 것도, 배를 멈추게 한 것도 신지끼가 부린 조화로 여겼다. 그런데 수압 때문에 머리가 빠개질 듯 아프기 시작했다. 수면 위로 솟구쳐 올라 숨을 쉬어야 할 때도 되었다. 산소통 없이 물속에 잠수하는 것은 아주 잠깐이어야 했다. 망설이게 했다.

나는 놈이 들어간 굴에 바투 다가갔다. 놈의 꼬리가 보였다. 나를 놀리듯 꼬리를 흔들고 있었다. 놈의 꼬리를 잡으려고 손을 내뻗었다. 그러다가 내 팔이 바위틈에 끼었다. 놈은 유유히 빠져나갔다.

내가 시간이 지나도 올라오지 않자, 아버지가 바다로 뛰어들었다. 바위 구멍에 팔이 낀 나를 발견했다. 팔이 불기 전에 빼내려고 했다. 내 귀에서 이명이 들려왔다. 정신이 아득해졌다. 죽음의 공포가 피어올랐으나, 그건 잠시였다. 이내 정신을 잃었다. 아버지가 나를 배 위로 간신히 끌어 올렸다.

그런 사고 후에, 나는 가끔 왼팔이 없는 느낌을 받곤 해서 확인하는 일이 많아졌다. 그날 그 사고에서 발생한 일종의 트라우마 같은 거였다. 내가 사고를 당한 것은 신지끼 여신의 경고일지도 몰랐다. 그녀는 자신을 찾거나 만나려고 하지 말라는 것 같았다. 해녀나 머구리(잠수부)들은 신지끼 여가 있는 곳을 피했다. 그 부근의 바닷속은 별천지 같지만, 누구도 이곳에서 수중 탐색을 하지 않는다고 했다. 사람의 손길이 닿으면 부정 탄다고 했다. 하지만 나는 그 사고를 당한 이후에 더욱 집착하게 되었다. 나를 공격했던 놈에게 복수하고, 신지끼 여신을 기어코 만나고 싶었다.

양팔을 자유자재로 사용하는 일이 점점 줄어들었다. 병원을 전전했으나, 심리적 요인이라는 진단뿐이었다. 농구 할 때는 멀쩡했다. 바다에 가기만 하면 왼팔은 제 기능을 하지 못했다. 그 반면에, 오른팔의 감각은 아주 좋았다. 오른손을 사용하는 것 중 그림을 잘 그렸다. 내 그림의 바닷속 풍경은 화려했고 그놈은 싱싱하고 우람했다. 하지만 이상하게도 신지끼 여신은 그림으로 표현할 수 없었다. 아마 직접 눈으로 본 적이 없기 때문일 터였다.

 사고 후, 나는 석 달을 앓았다. 학교 공부는 뒤처졌다. 그 이전에도 공부는 취미가 없었다. 날마다 바다에 갔다. 놈이 성난 눈으로 흘겨보던 그 두려움을 이겨내려고 했다. 그건 놈에게 통쾌한 복수를 하는 것이었다. 나는 틈나는 대로 바다와 싸워야 했다. 아니, 나 자신과 싸워서 이겨야 했다. 바다낚시에 열중했다. 거의 한쪽 팔만 사용했지만, 그래도 고기는 잘 잡혔다. 그런 고기들을 횟집이나 관광객들에게 판 적이 없었다. 고기를 팔아서 친한 친구, 영기에게 아이스크림이나 봉봉 주스를 사주고 싶은 생각이 들기도 했으나, 그럴 때마다 고개를 흔들었다. 내가 잡은 고기들은 내 팔을 불편하게 만든 돗돔이 아니었기 때문이었다. 나는 돗돔을 잡기 위한 연습낚시로만 만족했다.

 매일 밤 꿈을 꾸곤 했다. 나보다 키가 큰 그 돗돔이 노려보며 덤벼드는 악몽에 시달렸다. 거대한 바위가 내 몸뚱이를 짓누르는 악몽도 꾸었다. 그럴 때면 비명을 지르며 깨어났고, 현실이 아닌 꿈속이었다는 것을 깨달아 안도의 한숨을 내쉬었다. 하지만 온몸은 바닷물 속에 빠졌다가 금방 나온 것처럼 식은땀에 흠뻑 젖었다. 때때로 신지끼 여신의 꿈도 꾸었다. 그녀는 여의봉으로 나를 내려치며 화를 냈다. 나는 그녀가 어떤 행동을 하건, 어떻게 대하건 개의치 않았다. 하반신이 비늘로 덮인 육감적인 여자, 불룩한 앞가슴, 기다란 은발, 커다란 눈, 새하얀 피부, 한 번만이라도 그녀를 만나고 싶을 따름이었다. 그녀가 돗돔 등에 올라타고 심해에서 올라오는 꿈을 꾸는 날은 행복했고, 운수도 좋은 날이었다.

 어머니는 아버지를 버려두고 육지로 나갔다. 평생의 놀이터이자 일터를 과감하게 떠났다. 아들을 위험에 빠뜨린 아버지에게 던진 앙갚음이었다. 아버지는 나를 어머니에게 딸려 보냈다. 내 의사와 무관한 일이었다. 어머니와 함께 살아가는 육지 생활은 절대 만만하지 않았다. 의부의 무심함이 눈치 보였다. 고향 바다의 비릿한 냄새가 그리웠다. 중학교 시절에도 공부는 뒷전이었다.

 봄 소풍으로 아쿠아룸에 갔다. 진열장에는 진주 가공품들이 비싼 가격표를 달고 있었다. 돌고래 쇼가 인기였다. 돌고래 재롱보다 눈길 가는 것이 있었다. 전광판에 물고기를 그려 넣고 낚시하는 코너였다. 천 원을 내고 네임펜과 종이를 받았다. 물고기를 그려서 클립을 끼워 전광판 안에 넣으면 불이 들어왔다. 그때, 내가 그렸던 것은 영영 잊을 수 없는 바로 그놈이었다. 두툼한 주둥이, 청록색 눈, 무지개가 번쩍이는 비늘까지 세세하게 그렸다. 내가 그린 그놈이 전광판 안에서 꼬리를 흔들었다. 나는 놈에게 낚싯대를 드리웠다. 자석 끼운 낚싯바늘을 이리저리 끌면 물고기가 낚인다고 했다. 놈은 잠시 따라오다가 해초 숲 가까이 오자 사라졌다. 수초로 들어간 물고기는 끝내 나오지 않았다. 해초 숲 어딘가에 그녀가 있을지도 모른다는 생각이 들었다.

 아버지처럼 수산고등학교에 원서를 썼다. 항해사가 되고 싶었다. 바다를 속속들이 알고 싶었다. 바다만 가면 굳어지는 왼쪽 팔도 이겨내고 싶었다. 그놈에 대한 두려움, 놈에게 기어코 복수하고 싶었다. 부모님은 바다 쪽으로 고개도 돌리지 말라고 했다. 육지에서 하는 직업을 선택하라고 했다. 대학을 나오지 않은 내가 할 수 있는 일은 드물었다. 여러 공장을 전전했다. 어머니 도움을 받아 편의점을 차렸다. 장사는 뒷전이었다. 아르바이트생에게 가게를 맡겼다. 여수 인근 어촌을 돌며 낚시했다. 잡은 고기는 놓아주거나 이웃들에게 나눠주었다. 편의점은 2년을 넘기지 못했다. 도망치듯 섬으로 다시 돌아오게 되었다.

어촌의 보통 사람들처럼 바다에 나가서 통발을 놓거나 이강망이나 삼강망을 쳤다. 병어를 잡고 황석어를 잡았다. 그러던 어느 날이었다. 느닷없이, 갑오징어가 엄청나게 많이 잡히기 시작했다. 수매가가 좋아서 돈 버는 재미가 쏠쏠했다. 주위 사람들은 신지끼 여신을 만나서 행운을 잡은 모양이라고 수군댔다.

물굽이가 유난히 굵었다. 큰 고기들이 노니는 현상이었다. 심해 깊은 곳에서 주로 활동한다는 그놈이 수면 밖으로 머리통을 내밀었다. 의기양양한 눈빛이었다. 그녀가 놈의 등에 타고 있었다. 하반신을 뒤덮은 비늘에서 은빛이 반짝거렸다. 비늘보다 그녀의 기다란 은색 머리카락이 더욱 빛났다. 그 빛살 때문에 현기증이 일어날 지경이었다.

그 모든 것은 환영이었다. 그런데 그녀가 나타나면 행운이 찾아온다고 했는데 갑오징어를 달고 올라오던 그물이 그만 엉키는 사고가 발생했다. 그물이 롤러에 감기는 순간, 그물 한쪽을 붙잡고 있던 내 왼팔이 감각을 잃으면서 경직되었다. 바닷속으로 빠지고 말았다. 청록색 눈으로 나를 흘겨보던 그놈을 잠시 망각한 죄였다. 간신히 목숨을 보전했다. 신지끼의 경고였다.

다시 육지로 나왔다. 아쿠아룸 청소하는 자리를 얻었다. 근무 시간이 지나면 아쿠아룸 입구에서 네임펜으로 놈을 그리고 낚았다. 월급의 3분의 1을 그놈 잡는 데 쏟아부었다.

아버지는 신지끼 여와 가까운 갯바위에서 낚시로 소일했다. 내가 아쿠아룸에 취직하자, 갯바위에서 낚은 볼락이나 우럭을 건조해서 택배로 보냈다. 고향 음식을 먹으며 향수병을 달래라는 뜻이었다. 아버지는 나에게 결혼을 권했다. 하지만 나는 말을 듣지 않았다. 바다에 미쳐 있는 나, 낚시가방이나 메고 바다를 전전하는 나. 눈에 붉은 광채가 이는 나를 좋아할 여자는 없을 터였다. 무엇보다, 결혼하기 전에 놈에게 복수하고 그녀도 만나고 싶었다. 그녀를 만나면 내 운명에 관해서 묻고 싶었다.

아버지가 병원에 실려 갈 때도 나는 아쿠아룸에서 놈을 낚는 일에 열중했다. 그날은 어쩌다가 한 번 낚았다. 두 번째 낚으려고 할 때였다. 바지 뒷주머니에서 핸드폰이 엉덩이를 계속 긁었다. 짜증 났다. 핸드폰을 꺼내 벗어놓은 점퍼 주머니에 처박고, 그놈 낚는 일에 열중했다. 나중에 통화 내역을 보니, 아버지는 갯바위에서 나에게 전화를 계속 걸었다. 나는 아버지와의 마지막 통화를 놓쳤다. 그녀에 대한 미련 때문에. 놈에게 복수하겠다는 일념 때문에.

그날, 아버지는 헬기로 병원에 이송되었다. 아버지는 쓰러지기 직전 119에 전화를 했다. 보건소의 헬기가 날았다. 이틀을 넘기지 못했다. 아버지의 인공 심장이 수명을 다해 가는 시점이었다.

장례식장은 부산스러웠다. 조문객은 고인에 대한 애도보다 모처럼의 조우를 즐기는 것 같았다. 이산가족의 재회 같았다. 만취한 사람의 고성, 티브이 소리, 군데군데 화투짝이 튀었다. 남도 특유의 사투리들이 높게 오갔다. 조문객은 아버지 동창이나 배를 함께 탔던 사람들이었다. 대부분 양식업, 횟집, 낚시 가게, 수산업에 종사했다. 그들은 항구마다 흩어져 살았다. 그들은 아버지의 죽음에 그다지 큰 관심을 두지 않았다. 당연히 떠나야 할 길을 떠난 불귀의 객으로 여겼을 터였다.

소주와 홍어 냄새, 바다 냄새가 탁자 사이를 굼실굼실 돌아다녔다. 하얀 국화꽃 속에서 아버지는 마냥 웃고 있었다. 나는 아버지 유품 중에서 수첩 하나를 소중히 챙겼을 뿐이었다.

접객실 벽에 걸린 티브이에서 야구 중계를 했다. 아버지가 좋아하는 프로였다. 때맞추어 전설의 돗돔이 잡혔다는 자막이 야구 경기가 중계되는 화면 아래로 빠르게 지나갔다. 경기가 끝났다. 김태균과 경매에 나온 돗돔이 저울에 오르자 평형을 이루었다. 매스컴은 김태균과 돗돔을 비교한 사진을 보여주었다. 돗돔은 김태균의 키나 몸무게와 같았다. 백팔십오 센티미터에 백십오 킬로였다. 돗돔의 경매 가격은 그의 등 번호 52와 같은 오백이십만 원이었다. 그래서 김태균을 '김돗돔'으로 부르기도 했다. 사람들은 돗돔의 담백한 맛을 칭찬했다. 회를 떴을 때 복숭앗빛 살이 군침 나게 예쁘다든가, 돗돔 간이 상어의 간에서 나오는 스콸렌 못지않은 효능을 가졌다든가, 쓸개는 명약 중의 명약이라고 입방아를 찧었다.

나는 돗돔의 그딴 이야기에 관심이 없었다. 통쾌하게 복수하고, 그녀를 만나기만 하면 그만이었다. 나는 돗돔을 낚았다는 장소와 그 당시의 상황을 중요하게 여겼다. 매스컴에 따르면, 장소는 제주도 근방이었다. 돗돔은 수심 사백 미터쯤의 바위굴에 사는 심해어였다. 산란기가 되면 사십 미터까지 올라온다고 했다. 그런데 나는 실망하고 말았다. 그 돗돔은 낚시가 아닌 대형 선망 어선에 포획된 것이라고 했다.

"낚시로 돗돔을 잡아야 진짜배기야. 암, 낚시가 진짜지."
나도 모르게 중얼거릴 때, 술에 취한 영기가 소리를 질렀다.
"야, 조또또, 돗돔을 보거나 잡는 것은 재앙이야. 조또또, 돗돔은 이제 잊어버려. 물고기한테 팔을 물린 비실비실한 놈, 모자란 놈, 미친놈! 그래서 네가 조또또라고!"
"인마, 명색이 만물의 영장인데 돗돔한테 지고 살면 되겠니."
"잘났다, 정말! 야, 네 별명을 확실하게 바꾸자. 조또라이라고."
누군가 영기를 밖으로 끌어냈다. 나는 소주를 입에 털어 넣었다. 아버지의 죽음보다 돗돔이 잡혔다는 소식에 흥분했고, 복수를 그만두라는 영기가 미웠다. 기필코 놈을 잡고 싶었고, 그녀를 만나고 싶었다. 아버지 영전의 꺼져가는 향로에 불을 댕겼다. 향 연기가 웃고 있는 아버지를 휘감다가 사라졌다. 아버지도 돗돔을 잡으려고 했다기보다 그녀를 만나고 싶어서 그 갯바위에서 낚시했을 거라는 생각이 굳어졌던 순간이었다.

찌가 흔들렸다. 텐트 안에서 급하게 나가다가 균형을 잃고 넘어졌다. 미끼인 장어 꼬리가 뜯겨 나갔다. 우럭이나 볼락이나 놀래기의 장난인 듯싶었다. 틀리지 않았다. 잠시 후에 그런 어종이 낚였다. 바다에 돌려보냈다. 방생의 의미는 아니었다. 바다로 돌아가서 놈에게 내가 찾아왔다는 소식을 전해주기 바라는 뜻이었다. 나는 놈과 맞설 준비가 되어 있었다. 나는 바다에 나오는 소설이나 만화를 즐겨 읽었다. 헤밍웨이가 지은 『노인과 바다』를 읽으며 전의를 불태웠다. 노인이 말했던 것처럼 "사람은 파멸할 수 있을지언정 패배하지 않는다."

하고, 주문처럼 읊조렸다. 멜빌이 지은 『백경』의 한쪽 다리를 잃은 주인공, '에이헙'은 나라는 착각마저 들었다. 그때마다 미늘을 예리하게 갈곤 했다.

까치놀이 물들기 시작할 무렵, 영기가 돌아왔다. 섬을 한 바퀴 돌며 배 댈 곳을 찾는 듯했다. 나는 그냥 가라고 손짓했다. 영기는 내 고집을 익히 알고 있어서 일찍 포기했다. 그 대신에 주먹 감자가 날아왔다. 나는 영기의 염려를 잘 알고 있었다. 우리는 섬에 살면서 가까운 사람들을 느닷없이 잃었다. 낚시 가서, 조개 캐러 가서, 수영하다가. 섬사람 대부분은 가슴 한쪽에 상처가 따개비처럼 달라붙어 있었다. 우리는 같은 반 동무를 잃은 적이 있었다. 얼굴이 유달리 하얗던 계집애. 수영을 잘하던 아이였다. 그런데 홍합을 따러 갔다가 바위에서 미끄러져 바다에 빠졌다. 해류에 떠내려가서 시신조차 찾지 못했다. 그 아이의 책상은 학년이 끝날 때까지 빈자리로 남았다.

영기의 배가 시야에서 사라질 즈음, 낚싯대를 걷고 짐을 챙겼다. 다른 포인트를 찾아갔다. 몇 길 아래에서 올려다보는 벼랑은 가슴을 졸아들게 했다. 어릴 때는 그다지 무섭지 않았는데, 저 정도의 높이에서 다이빙도 할 것 같았는데. 삼십 대의 어른이 겁을 먹다니. 벼랑 아래 갯바위에 바짝 붙어 낚싯대를 다시 펼쳤다.

역시 포인트가 중요했다. 찌가 금세 흔들렸다. 제법 묵직한 손맛을 느꼈다. 릴을 감았다가 풀기를 반복했다. 낚싯대가 활처럼 휘었다. 실랑이가 오랫동안 계속되었다. 온몸에 땀이 났다. 긴장됐다. 놈일 가능성이 컸다. 조사한 바에 따르면, 놈은 미끼를 물고 서식처로 들어간다고 했다. 온 신경을 손바닥에 집중했다. 줄을 슬쩍 감으며 낚싯대를 잡아당겼다. 순순히 따라왔다. 놈이 체념한 걸까. 아니, 그렇게 쉬운 놈일 리 없었다. 줄이 팽팽해지면서 낚싯대가 부러질 것처럼 휘어졌다. 릴을 풀어주었다. 아무리 도망치려고 해도 내 미늘에 한 번 걸린 이상 빠져나갈 수 없을 것이다. 넌, 내 손안에 있어. 그래, 그래, 네 멋대로 놀면서 지랄 댄스라도 춰봐라. 지쳐서 헐떡거리면 내가 멋지게 끌어내마. 나는 그때까지 얼마든지 기다릴 용의가 있다.

끌어당기다가 풀어주기를 반복하는 시간이 얼마나 흘렀을까. 그동안 마파람이 스쳐 지나갔는지, 괭이갈매기가 갯바위를 선회했는지 알 바 아니었다. 나는 오로지 낚싯줄을 통해 느껴지는 놈의 움직임에만 집중하고 있었다. 우리는 가느다란 낚싯줄을 통해서 신경전을 훨씬 뛰어넘는 그야말로 '사투(死鬪)'를 벌이는 중이었다. 갯바위 위에서 악착같이 딛고 있던 두 다리가 바들바들 떨리면서 경련을 일으키기 시작했다. 내 왼팔이 감각을 잃고 경직된 지는 그것보다 훨씬 먼저였다. 이젠 젖 먹던 힘뿐만 아니라 배냇적 힘이라도 끌어올려야 할 판이었다. 복수심으로 불타오르는 마음에 기름을 붓고 또 부어 활활 타오르게 만들어야 했다. 나는 만화에서 나오는 주인공들의 무용담을 하나하나 곱씹었다. 그들이 역경을 이겨내고 승리하는 쾌거를 기억했다. "참자, 견디자!" 나도 모르게 외쳤다. 나는 흥분했고 미쳐 있었다. 이성적으로 놈과 겨룬다고 결심했던 마음은 어디에도 없었다. 온몸의 실핏줄 하나까지 팽팽하게 놈을 향해 솟구쳐갔다.

놈이 나의 기백에 굴복한 걸까. 낚싯줄이 잠시 느슨해졌다. 느슨해진 만큼 재빨리 감았다. 다시 팽팽해졌다. 밀고 당기기를 거듭하는 순간, 눈앞에서 물방울이 튀었다. 찰나적으로, 놈이 수면 위로 솟구쳤던 모양이다. 나는 내심 쾌재를 불렀다. 놈은 수면이 가까워지면 힘을 쓰기 어렵다는 것을 익히 알고 있었다. 그런데 나는 놈의 모습은 코빼기도 제대로 보지 못했다. 시퍼런 바닷물 속에서 검은 손아귀가 치솟아서 내 멱살이라도 잡아 끌어당기려다가 사라졌을 뿐이었다. 줄이 그 어느 때보다 팽팽해졌다. 살짝 퉁기기만 해도 거문고나 가야금 소리라도 날 터였다. 릴을 재빨리 풀었다. 작전상 후퇴나 마찬가지였다. 그런데 릴이 풀리는 속도보다 놈이 당기는 힘이 더 셌다. 나도 모르게 바다 쪽으로 끌려가기 시작했다. 한 발, 두 발, 세 발. 어느새 발목이 잠겼다. 릴을 더욱 빨리 풀었다. 그래도 소용없었다. 무릎이 물속으로 빠졌다. 이러다가 심해로 끌려갈지도 모르겠다. 낚싯대를 실수로 놓치지 않기 위해 오른쪽 팔목에 헝겊 끈으로 묶어두었다. 그 팔목 아래가 핏기를 잃어 창백해졌다. 이젠 릴을 풀어주기보다 끌려가지 않기 위해 앙버텨야 했다. 사실, 이쯤 되면 낚싯대를 포기하거나 줄을 끊는 게 상책이었다. 하지만 자존심이 그걸 허락하지 않았다.

공중부양 느낌을 받았다. 바닷물로 곤두박질하고 말았다. 어처구니없었다. 내가 놈을 낚은 것이 아니라 놈이 나를 낚은 꼴이었다. 갯바위에서 벗어난 나는 힘을 잃고 바다 가운데로 딸려가기 시작했다. 낚싯대를 포기해야 할 상황이었다. 그렇지만 절대로 포기하고 싶지 않았다.

나는 망망한 바다 위를 떠도는 부표였다. 다행히도, 구명조끼 덕분에 위험은 모면할 수 있었다. 아버지도 배도 없는 상황이었다. 열두 살이었던 그날, 나는 아버지를 믿었기 때문에 잠수할 수 있었다. 이젠 위험에 처해도 구해줄 아버지가 없었다. 119로 SOS를 보낼 핸드폰도 텐트 안에 있었다. 살아오는 동안에 신에게 매달리며 기도했던 적도 없었다. 힘을 내고 싶어도 낼 수 없었다. 놈이 물 밖으로 나오면 힘을 쓰지 못하듯, 물속에 빠진 내가 그런 꼴로 변했다. 온몸에 힘을 뺀 채 물살에 몸을 맡겼다. 바다에 둥둥 뜬 채 속절없이 끌려갈 뿐이었다. 그런 상황에도 낚싯대는 움켜쥐고 있었다. 바닷물이 예상보다 차갑다는 것을 그때야 느꼈다. 차가움보다 패배의 아픔을 진하게 느끼는 순간이었다. 몸이 불덩이처럼 뜨거워졌다.

"신지끼! 신지끼! 신지끼!"

신지끼 여신을 외쳐 불렀다. 그 이유를 나도 모르겠다. 절체절명의 순간에 무의식에서 튀어나온 단어였을 테다. 신기하게도, 힘이 다시 솟구쳤다. 쓸데없는 행위라는 것을 판단하고 말고 할 겨를도 없었다. 두 발을 바닷물 속에 박듯 하고 낚싯대를 끌어당기기 시작했다. 줄이 다시금 팽팽해졌다. 물결이 주는 착시현상이었는지 모르겠지만, 더 이상 끌려가지 않았다. 그럴 즈음, 눈앞에서 별안간 파도가 일었다. 두툼한 주둥이, 청록색 눈, 무지개가 번쩍이는 비늘. 그놈이 모습을 잠시 드러내더니 사라졌다. 환영이었을까? 놈이 앙버티는 나에게 모멸의 눈빛이라도 쏘아주고 싶어서 떠올랐던 걸까?

팽팽했던 줄이 거짓말처럼 느슨해졌다. 살았다. 낚싯대를 놓거나 줄을 끊지 않고도 목숨을 건지게 되었다. 갯바위를 향해 헤엄쳤다. 가도 가도 끝이 없었다. 눈을 질끈 감은 채 헤엄쳤다. 살고 싶다는 일념이었다. 딱딱한 물체와 부딪쳤을 때 눈을 떴다. 따개비가 손을 찔렀다. 붉은 피가 따개비를 적셨다.

갯바위에 벌러덩 드러누웠다. 등 쪽에서 온기가 올라왔다. 햇볕에 알맞게 달구어진 바위였다. 바위가 부드럽고 따스하게 느껴졌다. 바위가 나를 품어주는 것 같았고, 아버지와 등을 맞대고 누운 기분이 들었다. 언제 밤이 찾아왔는지 알 수 없었다. 내 하루 속에는 까치놀 물드는 저녁 시간대가 빠져 있었고, 교교한 달빛으로 도배된 밤의 시간대가 펼쳐지는 중이었다. 잃어버린 시간대 속에 놈과 나의 사투가 똬리를 대신 틀고 있었다. 나는 낚싯대가 그때까지 쥐여져 있다는 것을 알고 흠칫 놀랐다. 서둘러, 릴을 감았다. 내가 오랫동안 벼렸던 미늘이 보고 싶었다. 놈의 살맛을 보았던 바로 그 미늘을……. 낚싯줄이 힘없이 딸려왔다. 패배한 장수의 늘어진 어깻죽지처럼 흐물거렸다. 그런데 그 낚싯줄보다 내 마음은 훨씬 비참했다. 나는 팽팽한 손맛과 물 위에서 꼬리치고 몸을 비틀어대며 발악할 놈의 모습을 기대하며 이 갯바위에 찾아왔다. 기대가 컸던 만큼 실망과 비참함도 컸다. 낚싯줄이 거의 감길 무렵, 낚싯바늘이 모습을 드러내기 시작했다.

"아!"

벌어진 내 입이 다물어지지 않았다. 달빛을 받아 새하얀 빛살을 뿌리는 낚싯바늘과 그 끄트머리를 장식하고 있는 나의 미늘. 그 미늘에 놈의 찢긴 주둥이 살 일부가 대롱대롱 매달려 있었다. 전리품을 매단 미늘은 늠름했다. 달빛도 슬펐고, 텐트도 후줄근했다. 달빛을 품은 바다도 서러워 보였다. 오로지 나의 미늘만 당당했고, 당장이라도 바닷물 속으로 다시 뛰어들어 놈을 낚아 올 기세였다. 나의 미늘은 오색영롱한 기운을 띠고 찬란히 빛났다. 미끼로 가져온 장어가 아직 절반이나 남았지만, 낚싯대를 바다로 다시 던지지 않았다.

밤바다는 차가웠다. 뜨거운 물을 마시자 차갑게 식었던 몸이 따뜻해졌다. 나를 두고 가면서 날렸던 영기의 주먹 감자가 생각났다. 아버지의 얼굴과 겹쳤다. 그 언제던가, 아버지와 내가 이 갯바위에서 하룻밤을 보냈다. 좁은 텐트 안에서 나란히 누워 밤하늘의 별을 헤아렸다. 잠을 이룰 수 없는 밤이었다. 밤바다의 적막이 좋았다. 밀려온 물결이 갯바위에 달라붙어 바다 이야기를 자분자분 속살거렸다. 소록소록 내려앉은 달빛이 바다를 은반으로 만들었다. 옆구리를 맞대고, 아버지의 온기를 느끼는 기분은 곧 믿음이었다. 언젠가는 돗돔을 잡고, 신지끼 여신을 만나게 될 거라는 그 믿음이 은반 위에서 미끄럼을 타고 실루엣만 느껴지는 건너편 신지끼 여로 달려가고 있었다. 그날 밤, 우리는 낚싯대를 드리운 채 신지끼 여를 하염없이 바라보다 잠들었다.

낚시에 나서기 전, 아버지를 보러 갔다. 공원묘지 잔디 아래 누운 아버지. 노란 나비 한 마리가 제비꽃에 앉아 있었다. 나비의 나불거리는 날갯짓에는 평소에 입버릇처럼 중얼거리던 당신의 목소리가 실려 있었다. 내가 죽으면 화장해서 그 갯바위에 재를 뿌려주면 좋겠다. 생전에 원했던 것과 달리 공원묘지에 안장하고 말았다. 차갑고 두터운 대지 속에는 달빛도 별빛도 파도 소리도 없을 게 뻔했다. 얼마나 갑갑할까. 이번에 돌아가면 화장하여 신지끼 여 근방에 뿌려야겠다.

밤바다에 윤슬이 일렁거렸다. 낮 바다의 해무가 평범한 몽환이라면 밤바다의 윤슬은 비감 어린 몽환이었다. 신지끼 여를 향해 뛰어들고 싶었다. 바다를 향해 걸음을 서서히 옮겼다. 내 의지라기보다 무의식적인 걸음이었다. 도란거리는 해조음이 온몸으로 달라붙었다. 물결이 내 발등에서 잘랑거렸다. 비릿하고 촉촉한 마파람을 타고 멀리 서 있는 등대 불빛이 다가왔다. 어린 시절부터 들었던 신지끼 여신의 이야기들이 그 불빛 속에 녹아 있었다. 성찬이 아재가 신지끼 여 쪽에서 보았다는 것이 정녕 그녀였을까, 헛것이었을까.

바닷물이 무릎까지 차올랐다. 그럴 즈음, 신지끼 여 쪽의 윤슬이 유난히 반짝거렸다. 무슨 조화일까. 우뚝 멈췄다. 신지끼 여 쪽의 물굽이가 솟구치면서 순백의 빛줄기 한 가닥이 뻗쳤다. 감미로운 음악이 윤슬 위로 뿌려지며, 놈의 등에 올라탄 신지끼 여신이 모습을 드러냈다. 그녀가 나를 향해 손을 흔들었다. 흔드는 손에서 오색 영롱한 빛이 쏟아지더니, 신지끼 여 위에 아담한 달무지개가 드리워졌다. 내 마음이 다급해졌다. 신지끼를 향해 바닷물로 뛰어들고 싶었다. 그 순간, 구름이 달을 가리면서, 바다가 어스름에 덮여버렸다. 달무지개가 사라졌다. 감미로운 음악도 끊겼다. 놈의 등에 올라탄 그녀마저 자취를 감추었다. 바닷물로 뛰어들려던 내 몸이 갯바위처럼 굳어졌다. 철썩, 철썩, 밀려온 파도가 내 무릎에 부딪히며 물보라를 일으키다가 물고기 비늘이 되어 흩어졌다. 구름이 벗어지며 달빛이 내리기 시작했다. 신지끼는 다시 나타나지 않았다. 그 대신에 핸드폰이 요란하게 울었다.

"조또또, 허탕 치고 있지? 꿈 깨, 인마. 지금이라도 데리러 갈까?"

"신지끼, 신지끼 여신이 나타났어."

"헛소리 마. 그리고 말이야, 돗돔이 아무한테나 나 잡아가쇼, 하면서 미끼를 덥석 물겠냐. 어림없어, 인마. 당장 낚싯대 걷고 철수해. 시동 걸어서 데리러 갈 테니까 그리 알아."

"넌 잠이나 자."

"낚시 더 하겠다는 거야? 똥고집하곤, 쯧쯧."

영기가 혀를 차며 뭐라고 계속 씨부렁거렸으나 나는 더 이상 대꾸하지 않았다. 그리고 미끼통에 절반이나 남은 장어를 바다에 뿌렸다. 영기는 내일 아침 일찍 전복 몇 마리 가져갈 테니 라면에 넣어서 맛있게 끓여 먹자고 했다. 그런 소리를 귓등으로 흘려버리며 핸드폰을 껐다. 서둘러 낚시 장비를 챙겼다. 하지만 놈의 찢긴 주둥이를 대롱대롱 매달고 있는 낚싯대만큼은 거둬들이지 않았다. 그 낚싯대를 갯바위 틈에 꽂고 깃대와 깃발처럼 세웠다. 미늘의 날카로운 빛이 달빛 아래서 자랑스럽게 빛났다. 나는 온 밤을 지새우는 내내, 신지끼 여와 나의 미늘을 번갈아 바라보곤 했다. 동이 트면서 바다가 제빛을 찾기 시작했다. 붉은 태양이 언제나 똑같은 모습으로 솟아올랐다.

"내일도 오늘처럼 태양은 다시 뜬다."

 내 중얼거림이 바다 끝 태양을 향해 달려갔다. 신지끼 여 쪽의 바다에 비늘 하나 둥둥 떠서 빛을 발하고 있었다. 놈의 옆구리에서 떨어져 나온 것일까? 나는 깃대처럼 서 있는 낚싯대와 나의 미늘을 응시했다. 아침 햇살을 반사하는 그 미늘은 어제보다 훨씬 날카로워졌다.

푸른 장미의 비밀

푸른 장미의 비밀

거대한 우주선이 나지막한 산으로 둘러싸인 분지 안에 동그마니 앉아 있었다. 햇빛이 우주선 중앙을 조명했다. 빛이 둥근 지붕 위에서 다각도로 날을 세우며 반사되었다. 우주복을 입은 은발의 여자가 우주선 창문을 통해 모습을 드러낼 것 같았다. 우주선은 선장의 지시만 떨어지면 곧장 이륙하여 신비한 은하계를 누빌 것 같았다.

망원경 초점을 우주선 안에 맞추었다. 푸른 장미의 비밀을 품고 있는 우주선이었다. 망원경의 줌을 더 당겼다. 노란 장미 꽃봉오리 한 송이가 눈에 빨려 들어왔다. 망원경을 이리저리 돌렸다. 우주선은 비밀을 감추기라도 하듯 아련한 기운을 휘감고 있었다. 안은 푸른 잎들이 촘촘히 박혀 있다는 것을 어렵지 않게 확인할 수 있었다. 기대했던, 우주복을 입은 은발의 여자나 최첨단의 우주 시설은 보이지 않았다. 망원경을 돌려 주위의 지형지물을 살폈다. 황토 언덕과 푸른 소나무, 아직 눈트지 않은 나목들이 이른 봄의 건조한 풍경을 연출하고 있었다. 추위에 언 잡초가 땅바닥에 납작 엎드려 불어오는 남풍을 들이

켜느라 바지런을 떨었다.

　카메라에 망원렌즈를 장착했다. 손이 흔들렸다. 카메라를 놓치지 않으려고 손아귀에 힘을 주었다. 연속 셔터를 눌렀다. 바람에 흔들리는 나뭇가지 사이를 비집고 들어서는 햇빛이 몽환적이었다. 카메라는 나의 의도와 상관없이 신들린 듯 짤깍거렸다. 그동안 여러 번 시도했어도 뜻을 이루지 못했던 촬영이 의외로 잘 풀렸다.

　우주선이 금세 이륙할 기세를 보였다. 공중부양 자세를 취하며, 미세하게 부풀어 올랐다. 맞은편 산등성이에 있는 내 몸까지 덩달아 가벼워지는 듯했다. 자칫하면 우주선을 놓칠 것 같았다. 다급한 마음이 등을 떠밀었다. 맞바람 영향을 덜 받기 위해 안장 위로 납작하게 엎드렸다. 단숨에 우주선까지 달려가고 싶었다. 스쿠터 시동을 걸었다. 몸체가 잘게 부들거리며 낡은 울음소리를 게워냈다. 덜 여민 점퍼 깃 사이로 훈훈한 바람이 들어와 등을 쓰다듬기 시작했다.

　버스는 칠흑 같은 어둠 속을 쉬지 않고 달렸다. 손님은 나와 오른쪽 앞자리 중간쯤 앉은 노랑머리 젊은 여자뿐이었다. 실내는 어둠으로 도배되었고, 여자는 잠자고 있었다. 나는 우주 속에 혼자 내팽개쳐진 느낌을 받았다. 프리즘을 통해 펼쳐졌던 가시광선의 조화 속으로 속절없이 빨려들었다. 백야의 하늘 아래에 펼쳐진 오로라는 신비와 경이로 한 땀 한 땀 수놓은 자연의 거대한 날개였다고나 할까. 차창 밖의 칠흑 속으로 반대편 차량들의 불빛이 별똥별처럼 나타났다가 사라지곤 했다. 나는 이마를 차창에 기댔다. 어둠 속 저 멀리서 명멸하는 마을 불빛들은 은하수였다. 나는 어쩌면 우주를 향해 날아가고 있는

지도 모르겠다.

  피곤했지만, 잠은 오지 않았다. 비행기 안에서 풋잠에 설핏설핏 빠져들었던 탓이었다. 억지로 눈을 감을 때마다 '불의 여우'가 흔드는 아홉 가닥의 꼬리가 아른거렸다. 그중에 푸른색 꼬리가 눈에 밟혔다. 그 꼬리는 여덟 개의 꼬리 사이에서 아주 잠깐 나타났다가 이내 자취를 감췄다. 눈물이 흘렀다. 어른이 되어 처음 흘린 눈물이었다. 어머니가 돌아가셨을 때도 울지 않았다. 눈물이 흐르는 까닭을 알 수 없었다. 닥쳐올 일이 혼란스럽고 두려울 거라는 예감 때문이었을까. '불의 여우'를 만나는 것이 아니었다. 별똥별이 흐르는 것을 보면서 기도하지 말았어야 했다.

  지난가을, 아내와 딸아이를 데리고 서해 어촌으로 여행을 갔다. 돌아오는 차 안에서 딸아이가 "곰 세 마리가 한 집에 있어" 하고 혀 짧은 노래를 했다. 그때, 자동차 유리를 긋는 빛을 보았다. 아내가 "별똥별이야!"라고 소리쳤다. 몇 광년 떨어진 곳에서 '불의 여우'가 보낸 첫 메시지였다. 나는 그 별똥별을 바라보며 획기적이고 기발한 사진 촬영을 기획해냈고, 기도했다. 그리고 북유럽으로 출장을 떠났다.

  북유럽 날씨는 추웠다. 카메라 렌즈에 성에가 끼고, 셔터는 작동되기를 거부했다. 동료 김과 교대하여, 카메라를 가슴에 품었다. 5분이나 10분에 한 번씩 이글루 안으로 뛰어들어가야 했다. 첫날은 보랏빛이 퍼지는 그 찰나를 놓쳤다. 다음 날, 오로라가 만화경 돌듯 빛을 돌리는 순간을 놓치지 않고 촬영했다. 사흘, 마침내 보라와 붉은빛 사이에서 푸른빛을 발견했다. 그건 '불의 여우'가 보낸 두 번째 메시지였다. 아주 잠깐 사이에 벌어진 상황이었다. 환성 지를 겨를도 없었다.

그 푸른색은 아버지가 애타게 갈구하던 것이었다. 푸른 장미에 인생을 바친 아버지가 비로소 이해됐다. 그 푸른색은 그 어떤 색보다도 설렘을 안겨주었다. 깊이를 알 수 없는 우주 세계로 빨려 들어가는 기분이었다. 몇 천 년 전에 살았던 내가 푸른빛 신호를 동원하여 나에게 메시지를 보낸 거였다. 숨죽여 카메라에 눈을 붙이고, 눈동자가 아리도록 지평선 끝을 응시했다. 푸른색은 다시 볼 수 없었다. 그 빛이, 색이 오는 세계가 우주 어디쯤일까. 태양이 뿜는 자기장 탓이라는 과학적 이론을 쉽게 납득할 수 없었다. 불가사의한 힘의 조화였다. 잠깐, 아주 잠깐 나타났던 그 푸른색이 머릿속에 각인되었다. 나는 그 푸른색의 근원 속으로 들어갈 작정이었다.

'불의 여우'를 보면 좋은 일이 생긴다고 했다. 그런데 좋은 일은커녕 모든 것이 엉망으로 뒤틀리기 시작했다. 여우에게 그것도 '불의 여우'에게 단단히 홀렸던 셈이다. 오로라를 만난 후 내 인생은 변해가기 시작했다. 앞으로 평범하게 살 것 같지 않았다.

근 하루를 비행기로 이동했다. 북유럽에서 묻혀 온 추운 바람을 떨칠 겨를도 없었다. 인천공항에 내려 핸드폰은 비행기 모드를 해제하자마자 기다리기라도 했다는 듯 연이어 울어대며 보챘다. 딸아이가 유치원에서 제 동무에게 온몸을 물려 왔다는 아내의 격앙된 목소리. 중간 기착지인 런던 공항 사무실에서 분실했던 가방을 찾아 보관하고 있으니, 다음 한국행 비행기 편으로 보낸다는 반가운 문자. 그 가방에는 언 카메라를 가슴에 품고 녹여서 간신히 촬영한 '오로라 스토리'가 들어 있었다. 다음 달에 낼 기사 특집 꼭지 중 하나가 펑크 나서 '오로라 스토리'로 대처하겠다는 회사의 다급한 전화. 그중에서, 급하면 말을 더듬는 정수 형으로부터 걸려온 전화가 나를 얼음으로 만들어버렸다.

"소, 소장님이 사라지셨어. 아. 아니 실종되셨다고."

나는 '불의 여우'가 나를 찾는 거라고 직감했다.

청주에 도착하자 안개가 시야를 가렸다. 정수 형이 검은 소나타 옆에 그림자처럼 붙어 있었다. 아버지의 실종 사건이 현실로 다가왔다. 형의 가슴에서 콩닥거리는 소리가 들리는 듯했다. 그간의 상황을 묻자, 형은 "소, 소, 소장님" 하고 더듬을 뿐이었다. 형의 롤 모델은 아버지였다. 자식인 누이와 내가 아버지 흉을 봐도 형은 아버지를 항상 변호했다. 아버지와 형의 관계는 오래됐다. 형이 농업대학 1년으로 아버지 밑에서 실습할 때부터였다.

아버지는 3년 전 로열티 문제로 고소당했다. 당신의 전부인 유리 온실을 경매로 잃을 뻔했다. 누이와 내가 얼마간의 돈을 해드려 온실은 유지됐다. 작년부터 자체 묘목을 생산해 분양하면서 손익분기점을 겨우 넘어섰다. 우리 남매는 당신이 하는 일이나 수익 따위에 관심을 가지지 않았다. 당신은 유리 온실, 아니, 푸른 장미의 비밀이 들어 있는 우주선 선장이었다. 당신은 여생을 그 우주선과 함께하실 분이었다. 당신은 어머니나 우리 남매에게 곰살궂은 분이 아니었다. 손자들도 한 번 쳐다보고 웃으면 그게 다였다. 우리 남매는 그런 당신에게 어느덧 익숙해졌다.

아버지 별명은 '백새'였다. 당신은 그 별명을 아주 싫어했다. 외모가 한국 토종과는 거리가 멀었다. 피부색이 하얗다 못해 푸르스름한 빛을 띠었다. 골격도 건장했다. 키도 180이 넘었다. 조회 시간에 구령

대에서 내려다보면 그 많은 학생 중에 단연 돋보였다고, 당신을 맡았던 담임선생들은 말했다. 온실 안에서 하루를 보내는 지금도 하얗다. 그렇다고 할아버지나 할머니가 한국 사람과 피부 빛이 다른 외국인은 절대로 아니었다. 사람들은 할머니에게 어떤 비밀이 있을 거라고 지레짐작할 수 있겠지만, 당신의 사촌인 당숙을 보면 오해에 지나지 않았다는 것을 알았다. 한 해에 난 두 사람은—아버지는 봄에 났고, 당숙은 가을에 났다—피부 빛깔이 같았다. 그들은 외모 때문에 학교에서 적지 않은 봉변을 당했다. 두 사람은 놀리는 아이들에게 공동으로 덤벼들어 분풀이했다. 가족들이 모인 곳에서 그들의 무용담이 꽤 회자한 적도 있다. 백새네 아들. 백새네 집……. 동네에서 우리를 향해 부르는 명칭이었다. 어쩌면 윗대 조상 어디쯤에 백색 피부 유전인자를 가진 분이 계셨다가 수십 대가 흐른 뒤에 느닷없이 나타났을지도 모르겠다. 아니면, 돌연변이일 수도. 당신은 법조인이 되길 바라는 할아버지의 희망을 저버렸다. 농업대학을 나온 후에 고향에서 멀리 떨어진, 영동의 어느 농촌지도소에 근무하게 되면서 그곳의 붙박이로 살았다.

온실 앞에는 당신의 스쿠터와 코란도 자동차가 서리를 하얗게 맞은 채 굳은 표정을 짓고 있었다. 온실 문을 열기도 전에 더운 바람이 새어 나왔다. 북유럽의 혹한에 대비해 갖춰 입었던 옷들이 거추장스러운 물건으로 변했다. 이곳의 날씨는 어느새 꽃바람이 불었다. 나는 온실 입구에 있는 당신의 거처로 갔다. 어머니가 3년 전에 세상을 뜨자, 당신은 거처를 이곳으로 옮겼다. 커다란 방 하나에 필요한 모든 시설을 갖춘 실내는 흐트러짐이 하나도 없었다. 당신만 홀연히 사라졌을 뿐, 서랍 안의 통장이며 볼펜 하나까지 제자리를 굳게 지키고 있었다. 며칠 동안 비었던 집이라고 여겨지지 않는 분위기였다. 다만, 바람이 무시로 부려 놓은 먼지가 현관 문틈에 끼어 있을 뿐이었다. 나는 벽에 걸린 당신의 옷으로 갈아입었다. 작년 어버이날에 아내가 사다 드린 유명 메이커의 트레이닝복이었다. 당신보다 키가 작은 나에게는 옷 기장이 약간 길었다. 옷에서 당신의 체취가 은근하게 풍겼다.

책상 한귀퉁이에 놓여 있는 핸드폰 충전기는 파란색이었다. 당신의 핸드폰은 전원이 꺼져 있었다. 수첩이나 통장에서 행적을 찾아보았지만, 이미 정수 형이 다 해봤던 일이라고 했다. 당신이 계실 만한 곳을 이리저리 궁리했다. 답답한 나머지, 서랍을 열어보거나 책상 앞에 앉아 당신처럼 자세를 취해보기도 했다. 당신이 드시던 녹혈을 컵에 따랐다. 역한 비린내가 나서 싱크대에 쏟았다. 그 대신에 홍삼 즙을 마셨다. 몸에 열이 후끈 났다. 냉장고 안에 있는 건강식품들이 신기했다. 보혈하는 제품이 많았다. 당신이 자신을 위해 건강식품을 산 것은 색다른 변화였다. 평소의 당신은 최소한의 생활비만 지출했다. 어쩌면, 이런 변화가 실종과 무관하지 않을 성싶었다. 나는 볼펜을 담배처럼 손가락에 끼우고 책상을 두드렸다. 일이 안 풀리면 하던 당신의 습관이었다. 어디선가 매캐하면서도 구릿한 냄새가 흘러왔다. 부엽토를 만드는 헛간 쪽이었다. 덜 탄 톱밥과 낙엽이 무질서하게 쌓여 있었다. 당신의 몸에서 숯내가 항상 났다는 생각이 문득 스쳐 지나갔다. 나는 코를 킁킁거리며, 당신이 규칙적으로 그랬던 것처럼 온실과 부대시설을 한 바퀴 돌았다.

온실 안의 식물들은 당신과 정수 형의 섬세한 손길로 잘 가꿔지고 있었다. 보통 장미는 한 번 이식하면 5년간 계속 관리하면서 출하했다. 줄기 길이가 1미터 이상이라야 최상품이었다. 그것들은 일본으로 수출했다. 일본 성수기가 다가오고 있었다. 출하할 꽃과 이제 막 맺는 꽃봉오리에서 장미 향이 퍼졌다. 구획 별로 노란 찔레, 흑장미, 분홍화 등의 명패를 붙여 심어놓았다. 당신이 개발한 장미 묘목은 정수 형과 함께 이름을 지었다. 묘목 밑동은 하얀 포장으로 싸여 뿌리에 공기나 바람이 직접 닿지 않도록 했다. 입구에 있는 사무실 겸 통제실에는 온실 전체를 감시할 수 있는 모니터가 있었고, 과학 실험실을 방불케 하는 여러 장치가 있었다.

컴퓨터에 그날그날의 상태를 입력하면 자동 분사기를 통해 물과 영양소나 농약이 살포되었다. 온실 밖 저온 창고를 열었다. 온도계의 눈금은 영상 1도를 가리키고 있었다. 덜 핀 꽃봉오리들이 출하를 기다렸다. 싸한 냉기가 가득 차 있을 뿐 인적은 느낄 수 없었다. '설현'이란 장미 앞에 섰다. 백장미 이름이다. 유명 아이돌 가수의 이름도 설현이다. 상표등록을 제대로 해서 요번에는 고소당하지 않을 것이다. 전정가위를 들어 아직 덜 핀 꽃 한 송이를 잘랐다. 맑은 수액이 맺혔다. 코를 대고 향기를 맡았다. 잎을 뒤집어 유심히 봤다. 초록이 싱싱했다. 당신은 이 모든 것을 놔두고, 어디로 홀연히 자취를 감춘 걸까.

영동에 온 지 이틀. 온실 안 간이침대에 누웠다. 모습은 보이지 않지만, 아버지의 체취는 고스란히 남아 있었다. 아내에게 전화했다. 딸아이의 목소리는 친구에게 언제 온몸을 물렸냐는 듯 밝았다.

"아빠, 보고 싶어. 언제 와? 아빠, 메리 크리스마스."

딸아이는 설과 크리스마스를 구별하지 못했다. 가족과 함께하는 날이면 모두 크리스마스였다. 설이 지난 지 얼마 되지 않았다. 나는 지난 설을 객지에서 보냈다. 온실 문을 열고 밖으로 나오자 별이 빛나고 있었다. 푸른 꼬리를 흔드는 '불의 여우'가 있는 곳이 어디쯤일지 가늠했다. 북극성을 찾았다. 작은 별들 사이에서 발견했다. '불의 여우'가 아홉 개의 꼬리를 흔들던 곳은 북극성 아래였다. 찬 공기가 답답한 가슴을 식혀주었다. 북유럽으로 떠날 때, 공항에서 잠시 보았던 아내와 딸아이가 사무치게 그리웠다. 딸아이를 위해 산 레이스 두건과 스커트, 곰 인형이 아직 전달되지 않았다. 돌발 상황이 벌어져서 어찌할 수 없는 처지였다.

당신은 일흔을 꼬박 채우고 종적을 감췄다. 그럴 만한 이유를 짐작하기조차 힘들었다. 우선, 동료 김에게 전화를 걸었다. 가방을 무사히 찾았는지, 기사는 잘 정리해서 넘겼는지. 그런 조치를 취하고 있을 즈음, 뭔가 이상한 느낌을 받았다. 모니터를 재빨리 살폈다. 2구획지에서 사람이 지나간 듯 장미 가지가 흔들렸다.

"어어! 소, 소장님, 소장님."

정수 형이 모니터를 바라보다가 벌떡 일어났다. 나는 사무실 문을 박차고 나갔다. 핸드폰 속에서 김이 뭐라고 말했지만, 통화 종료 버튼도 누르지 못했다. 2구획지의 장미들은 150센티의 성목이었다. 꽃밭에 들어가 일부러 굽히거나 눕지 않는 이상 잘 드러나 보일 상태였다. 아무리 살펴봐도 사람은 없었다. 사무실에 들어와서 모니터를 다시 살펴보았다. 이번에는 3구획지 중간쯤이었다. 그림자가 어른거렸다. 급하게 뛰쳐나갔다. 무릎이 지주에 부딪혔다. 엎어졌다. 레일 위를 짚은 손이 얼얼했다. 무릎을 잠깐 만지는 사이에 그림자를 놓쳤다. 손바닥이 찢어져 피가 났다. 무심하게 다친 손을 들자 몇 방울의 피가 배양액 통 속으로 떨어졌다. 거기에 섞인 피는 흔적도 없이 사라졌다. 마치 당신이 홀연히 사라진 것과 같았다. 덜 탄 나무 냄새가 옅게 흐르고 있었다. 당신의 냄새이기도 했다. 그 냄새를 쫓기 시작했다.

 당신의 일과는 항상 일정했다. 4시 기상, 간단한 스트레칭 30분, 샤워, 아침 식사 대용은 우유를 탄 커피와 삶은 달걀 두 개였다. 먹는 데 시간을 빼앗기지 않으려는 오랜 식습관이었다. 7시쯤 유리 온실에 들러 식물들의 상태를 살펴보고, 그날의 꽃 시세와 주문량을 컴퓨터에서 확인했다. 점심은 가까운 식당에 주문했다. 나머지 시간은 당신의 비밀 정원에서 보냈다. 최근에는 평소보다 많은 식품과 고기를 드셨다고, 형이 말했다. 달라진 생활 중 하나였다. 식사량에 비해 체중이 너무 빠져 종합검진 받은 지 2주 지났다. 건조해진 피부나 마른 체형이 걱정되었다. 그래서 정수 형이 나에게 한 번쯤 내려와보라고 할 참이었단다. 당신은 장미 농사를 짓지만, 흙을 만지는 전형적인 농사꾼과 달랐다. 흙은커녕 배양액을 넣은 플라스틱 박스에 식물을 심으면 때맞춰 기계가 물을 주었고 자동개폐기 센서가 감지한 온도에 따라 옆 창이나 천창을 여닫았다. 온실은 농장이라기보다 공장 같은 느낌이었다. 유리 온실은 밖에서 보면 거대한 우주선 같았다. 사무실로 쓰며, 사람들의 출입을 통제하고 제반 업무를 보는 온실 입구의 시설은 최첨단으로 되어 있었다. 나는 딱딱한 수학 문제나 과학 실험실을 보는 것 같아 영 탐탁하지 않았다. 가장 최근에 당신을 만난 것은 두 달전이었다. 북유럽 출장 준비에 바쁠 때였다. 당신이 회사로 찾아왔다. 마침 회사 근처를 지나다 들렀다고 했다. 평소 좋아하지 않던 고깃집으로 나를 데려갔다. 술을 마시기엔 이른 시간이었다. 당신은 첫 잔을 받고 입술에 대는 시늉만 했다. 당신의 주량은 소주 석 잔이 다였다. 평소 술을 즐기지 않았고 술 마시자는 친구도 없었다. 직장에 다닐 때 회식이 벌어지면 도중에 가만히 빠져나오기 일쑤였다. 나에게, 잡지사를 그만두고 온실 일을 도와주면 어쩌겠냐고 말했다. 나는 그렇게 말하는 당신의 속내를 알아차리기 힘들었다. 온실 일은 직장 동료이자 후배이며 조수인 정수 형과 10년을 같이 해왔다. 마땅히, 후계자는 정수 형이었다.

말을 끝낸 당신은 젓가락으로 갈비를 뒤집으며 대답을 기다렸다. 갈비 굽는 매캐한 연기가 후각을 한동안 괴롭혔다. 견디다 못한 나는 물수건으로 코를 닦으며 말했다.

"아버지, 정수 형이 있잖아요. 그런 말씀 하시면, 정수 형이 아버지께 섭섭하게 생각할 거예요. 아버지 힘이 부치시면, 정수 형에게 온실을 맡기세요."

6천 평이나 되는 거대한 유리 온실이 금액으로 꽤 되겠지만 나는 일언지하에 털었다. 유리 온실은 한두 푼으로 지을 수 있는 게 아니었다. 또 아무나 운영할 수 있는 것도 아니었다. 당신은 대답이 없었다. 갈비가 새까맣게 탔다. 당신은 타버린 갈비 속에서 아직 먹을 만한 살을 한 점 골라 뜯었다. 후식으로 나온 냉면을 아주 달게 드셨다.

당신이 나에게 온실을 맡기려고 했던 것은 전혀 예상치 못했던 사건이었다. 우리 부자지간에 끈끈한 정이 있는 것도 아니었다. 자식인 내게 애틋한 부성애가 있기나 한지 궁금했다. 그 옛날 가을 대운동회 날, 다른 친구들은 아버지와 다리를 묶고 뛰는 이인삼각 경기에 나섰다. 당신의 직장이 학교 옆에 있었지만 끝내 얼굴을 보여주지 않았다. 나는 함께 뛸 상대가 없었다. 다행히도, 학교 청소를 하는 할아버지가 짝이 되어주었다. 다섯 쌍이 뛰어 꼴등을 했다. 그날, 당신은 외국에서 수입한 장미 묘목과 외국에서 온 화훼 서적들을 받았고, 귀가하지도 않았다. 그런 당신이 평생토록 애착을 갖고 가꾸었던 온실을 화훼 문외한인 나에게 맡기겠다는 것은 합리적이지 못한 처사였다.

당신은 이 식물에서 저 식물의 필요한 유전인자들을 합체하고 이식하는 것이 최고 행복이었다. 유리 온실에는 당신 퇴직금을 깡그리 쏟아부었고, 국가 보조금과 융자금까지 섞여 있을 터였다. 나는 당신 일을 가끔 지켜보았을 뿐, 화훼 농사에 관심 보인 적이 없었다. 아버지 역시 농업대학을 나와 농촌지도소에 근무하면서 나름대로 육종학과 생명공학을 공부했지만, 전공은 정수 형이 제대로 밟았다. 내가 맡은들 정수 형 도움 없이는 운영하지 못할 게 뻔했다. 어떤 사람이 유리 온실을 운영하다가 실패해서 투자한 돈은커녕 정부에서 융자받은 자금까지 빚만 몽땅 짊어졌다는 소문을 들은 적이 있었다. 나는 그런 전철을 밟고 싶지 않았다. 무엇보다 온실 속에 처박힌다는 것이 싫었다. 게다가 잡지사 일이 천생 타고난 직업처럼 즐거웠다.

당신은 나의 거절을 붙들고 늘어지지 않았다. 안색이 파리해졌다. 돌아서는 어깨가 시든 옥수수 이파리로 변해 있었다. 그날, 당신의 왜소한 뒷모습을 보면서 세월을 막을 수 있는 사람은 아무도 없다는 생각이 들었다.

당신의 행적을 찾기 위해 경찰과 CCTV 전문요원을 불렀다. 온실의 사무실에서 모니터를 통해 당신이 사라진 날짜까지 역추적했다. 모니터를 면밀히 살폈다. 아버지가 보이지 않은 지 닷새째였다. 열흘치를 샅샅이 뒤졌다.

거대한 온실 안에는 카메라가 곳곳에 설치되어 있었다. 모니터는 꽃봉오리에 맺히는 이슬도 보일 정도로 해상력이 뛰어났다. 나방 하나 나는 것까지 환하게 볼 수 있는 시설이었다. 사람이 사라지는 것을 발견 못 할 사각지대가 있을 턱이 없었다.

당신은 1구획지 백장미밭을 지나갔다. 다음 2구획지를 지나는 것도 보였다. 3구획지 흑장미밭에서는 꽃을 한 다발 꺾어서 사무실로 갖고 들어왔다. 화병에 꽂았다. 활짝 피어 상품 값어치가 없는 꽃에 코를 대고 향기 맡는 모습도 보였다. 사무실 유리 주전자로 차를 끓였는지 탈색된 장미 꽃잎 몇 장이 테이블 위에 압화(押花)처럼 달라붙어 있었다. 아버지의 나날은 그날이 그날이었다. 어느 지점에서는 꽃잎을 따서 입에 넣는다거나, 푸른 이파리를 한 잎 따서 뒤집어 유심히 살펴보는 모습도 발견되었다.

당신이 사라졌을 것으로 추정되는 날, 유리 온실 밖으로 외출한 사람은 없었다. 아버지는 유리 온실 한 귀퉁이 눈에 띄지 않을 곳에 당신의 연구실이자 자신만의 세계를 만들어두었다. 그곳은 정수 형도 들어가지 않는 곳이었다. 아버지의 비밀 정원 입구를 모니터로 세세히 점검했다. 혹시 누군가가 침입해서 기록을 삭제하지 않았는지 밝혀내기 위해서였다. 경찰은 정수 형의 알리바이까지 조사했다. 형은 당신에게 큰아들이나 마찬가지였다. 형은 당신이 비밀 정원에 들어가는 것을 보고, 그날 일을 정리한 뒤 오후 6시경에 퇴근했단다. 모니터에는, 형이 6시에 설비를 점검하고 온실 문을 잠그고 나간 기록이 들어 있었다. 그 다음 날, 형은 네 살짜리 아들과 아내를 데리고 근처 짜장면집에서 식사했고, 오후 2시쯤 출근했다. 아버지가 보이지 않았지만, 평상시에도 비밀 정원에서 오래 머물렀기 때문에 대수롭지 않게 생각했단다. 그 다음 날, 그러니까 아버지가 비밀 정원에 머물러 있을 거라고 여기다가 이틀이 지나도 나타나지 않아, 정수 형은 불안해졌다고 한다.

우리는 당신의 비밀 정원 앞에 긴장된 얼굴로 섰다. 당신의 마지막 모습이 포착된 곳이었다. 유리창을 통해 들여다본 실내는 여느 온실과 다르지 않았다. 도어록으로 잠겨 있는 곳. 당신만의 성역이었던 이곳에는 무슨 비밀이 도사리고 있을까.

"형, 어서 열어봐."

"나, 나는, 여태 나는 한 번도 들어가 본 적이 없어. 비번도 몰라. 소, 소장님 외에는 어떤 사람도 들어갈 수 없었어. 장미밭에서 잡균이나 꽃가루를 묻혀 들어올까 걱정하신 것도 있고, 또 혼자서 뭔가 열심히 즐기시는 것 같아서……."

"형, 부수고라도 열어봤어야지. 연세 있으신 분이 뭔 일이라도 있다면?"

느리고 우직한 형은 이런 상황에 처해 무척 난감하다는 것을 어눌한 말투로 드러내 보였다. 나는 당신에게 건강상의 불행한 사태가 발생하지 않았을 거라고 예상하거나 기원하면서, 조금은 융통성 없고 우직한 정수 형을 답답하게 여겼다. 나는 비밀번호를 한참 생각했다.

당신의 생년월일을 넣어보았다. 아니었다. 어머니의 생일, 내 생일, 가족들과 유관한 몇 개의 숫자를 넣었지만, 그것도 허사였다. 당신의 통장 비밀번호를 넣어봐도 요지부동이었다. 문을 부수고 들어갈까 말까 망설였다. 당신이 애지중지했던 비밀 정원을 차마 부수고 들어갈 수 없는 노릇이었다. 그러던 중에 숫자 하나가 떠올랐다. 8·15 광복절에 유리 온실을 준공했고, 장미 묘목을 처음 이식했다는 기억이 오래된 늪 속의 수포처럼 보글보글 떠올랐던 것이다. 그날 당신은 온종일 웃음꽃을 매달고 살았다.

  비밀 정원 문을 열었다. 푸른부전나비들이 온실 안에서 어지럽게 날기 시작했다. 녀석들이 머리 위를 맴돌 때마다 어지럼증이 일었다. 팔을 휘저었다. 나비는 온실에서 탈출하고 싶다는 듯 유리 천창에 빼곡하게 붙어 날갯짓하고 있었다. 당신은 푸른 장미에 미쳐서 한 생을 바친 사람이었다. 틈만 나면 나비 날개에 묻은 가루를 받았다. 그것도 푸른부전나비의 날개에서만 가루를 받아냈다. 그 가루들을 하얀 장미꽃 위에다 뿌리곤 했다.

  당신은 비밀 정원 한쪽에 하얀 장미 한 줄, 야생의 푸른 꽃 한 줄을 우주 군인들의 열병식처럼 심어놓았다. 다른 온실과 다르게 배양액으로 키우는 게 아니라 포슬포슬한 상질의 황토밭이었다. 자세히 보니, 야생의 푸른 꽃은 길가에서 흔하게 볼 수 있는 달개비 꽃이었다. 그것은 북유럽에서 감탄하며 우러러봤던 '불의 여우' 꼬리 중 하나인 푸른색 빛을 발하고 있었다. 아주 잠깐 봤어도 영영 잊을 수 없는 그런 색이라서 놓칠 리 만무했다. 그날, '불의 여우' 꼬리에 매달린 푸른색은 우주가 내뿜는 강한 기로 인해 신비함의 극치를 달렸다. 눈앞의 달개비 꽃 푸른색은 고졸하면서도 어떤 것과도 타협할 것 같지 않은 색이었다. 나는 달개비 꽃 속에 유난히 키가 작은 백장미 꽃나무를 보았다. 달개비 덤불 속에서 자라고 있는 백장미들. 아버지는 그 야생화 속에 백장미 나무를 의도적으로 심었을 터였다. 푸른색 달개비 꽃은 백장미와 보색 대비 효과로 한층 더 푸르게 느껴졌다.

종적을 감추었던 날에 입었던 당신의 짙은 블루진이 땅바닥에 널려 있었다. 마치 매미가 허물을 벗어놓은 듯했다. 저만큼, 당신이 입었던 점퍼도 마찬가지였다. 달개비 덤불들을 헤쳐보았다. 당신의 핸드폰을 발견했다. 충전을 시키며 살펴보자, 당신에게 걸려왔던 전화는 있지만, 당신의 통화 내역은 엿새 전이 마지막이었다. 내게 걸었던 전화였다. 당신은 그날 전화를 받지도 않는 아들에게 무슨 말을 남기고 싶었던 것일까. 좀 더 세심하게 주위를 살폈다. 키가 작은 백장미와 달개비를 접붙여놓았다. 백장미 꽃봉오리가 달개비 꽃처럼 작아져 있었다. 달개비 꽃송이들은 제법 커져 있었다. 그중에서 엄지손톱 두 배 크기의 푸른 달개비 겹꽃이 눈에 들어왔다. 장미인지 달개비인지 분명치 않았다. 그 꽃을 한참 들여다봤다. '불의 여우'가 여우볕처럼 잠깐 보여주고 사라졌던 푸른색 꼬리 색깔이었다. 잎은 분명 장미꽃 이파리였다. 나는 푸른색 꽃숭어리를 한참 들여다보다가 그 속으로 빨려들어 가는 환상을 겪었다.

아버지의 비밀 정원 안에 있는 컴퓨터를 조사했다. 인터넷 검색 흔적과 푸른 장미에 대한 문서 기록이 전부였다. 역시 비밀번호를 걸어놓았다. 이번에는 내 생일이었다.

푸른 장미의 꽃말은 '불가능'이었다. 최근 그 꽃의 꽃말이 '기적'으로 바뀌었다. 장미에는 푸른 색소를 만드는 델피니딘이 없다는 연구 결과가 발표되었다. 불가능한 일에 인생을 오랫동안 허비한 당신의 집념을 생각하자 두통이 피어났다. 최근 팬지나 카네이션 등 다른 꽃은 푸른색을 만들어냈다. 이어서 화훼 선진국인 일본이나 네덜란드가 푸른 장미를 만들어내긴 했다. 그런데 분홍이나 보라에 가까웠다. 그건 당신이 원했던 푸른색이 아니었다. 당신은 아무것도 섞이지 않은 푸른색, 순혈의 푸른색을 원했다. 당신은 그런 푸른 장미꽃 유전자를 개발해서 대량생산하는 게 평생의 꿈이자 생의 목표였다. 우리나라 장미 화훼 업계는 외국에서 로열티를 많이 주고 장미 묘목을 구입하는 실정이었다. 여러 번의 시행착오를 거쳐, 당신은 국산 장미 종자를 만드는 데 성공했다.

"나고야의 정서가 발효되었어. 난 외국에 비싼 로열티를 주고 싶지 않아. 왜 헛돈을 쓰냔 말이야. 국산 장미 종자를 만들어서 그런 문제를 해결하고 싶어."

당신이 입버릇처럼 그런 소리를 자주 중얼거리곤 하더니, 마침내 장미를 토종 해당화나 찔레 등과 교배했다. 겹으로 피는 꽃, 한 송이에서 두 가지 색이 나는 꽃이었다. 당신의 장미는 화훼 업계에서 알아주었다. 당신은 로열티를 받지 않고, 적정가에 묘목을 분양했다. 장미 농가의 소득이 증가했다. 그들은 당신을 존경했다. 당신은 누구에게 폐를 끼치거나 원한을 살 만한 분이 아니었다. 지극히 합리적이고 정이 도타운 당신이 증발해버린 것처럼 홀연히 실종된 사건이 현실처럼 느껴지지 않을 지경이었다. 물론, 내가 당신에게 따뜻한 부정을 느낄 수 없는 것과 차원이 달랐다. 당신은 푸른 장미에 미쳐 있어서 부부간의 금슬도 그다지 좋지 못했고, 외아들인 나에게도 곰살궂은 분이 아니었다.

당신이 나에게 물려준 귀한 유산 중의 하나는 사진 촬영 기술이었다. 사물이 빛에 흔들리는 미세한 모습을 앵글에 담아내는 섬세한 감각을 키워주었다고나 할까. 당신이 농촌지도소에 근무할 때, 집 안에 작은 비닐 온실을 두고 갖가지 희귀식물을 길렀다. 내가 초등학교 3학년 여름방학을 맞이하자 관찰일기 공책을 두툼하게 만들어주었다. 한 쪽은 그림을 그리고 다른 쪽은 글을 쓰라고 했다. 당신이 재배하는 온실 장미에 대해 관찰 일기를 쓰도록 지시했던 것이다. 중학생이 되었을 때, 귀한 카메라를 사주면서 식물이 자라는 것을 매일 촬영하라고 했다. 그래서 지금의 내가 있게 되었다.

당신의 푸른 장미에 대한 집념은 가족을 외롭게 만들었다. 어머니는 당신 옆에서 화분에 물을 주거나 붓으로 꽃가루를 묻혀 옮기는 작업을 했다. 당신의 그림자가 되어 한마디 불평도 없이 살다가, 채 늙기도 전에 세상을 떴다. 당신은 어머니가 계시지 않아도 그다지 불편하거나 외로워 보이지 않았다. 나는 당신처럼 살기 싫었다. 평생을 자신의 세계에 빠져 가족도 잊은 채 사는 당신 옆에서 온갖 시중이나 잡일을 돕는 어머니를 볼 때마다 이렇게 사는 게 아니라고 내심 비판했다. 나는 아내나 딸아이와 함께 오순도순 살고 싶었다.

내가 대학의 사진학과를 지망하자 당신은 섭섭한 언사를 쏟아냈다. 나는 고교생 대상의 사진전에 낸 〈장미의 일대기〉란 작품으로 최우수상을 받은 덕에 특차로 합격할 수 있었다. 그건 분명히 당신이 뿌린 씨앗이요 영향이었음에도 불구하고 못마땅하다는 눈치였다. 그

후, 우리는 데면데면해지기 시작했다. 그리고 당신의 뒤를 이어달라는 제안까지 무참히 거절하자 남남처럼 되어버렸다.

온실 천창 너머로 별이 도드라져 보였다. 북두칠성이 국자를 길게 드러냈다. 저 끝 어디쯤에 푸른 꼬리를 흔드는 '불의 여우'가 있을 터였다. 나는 당신의 비밀 정원에 있는 컴퓨터 앞에 앉았다. 당신이 외국 서적에서 번역한 글이 눈에 들어왔다.

> 색은 빛에서 나온다. 파장이 짧은 것부터.
> 색의 3속성의 하나로 물체가 반사하는 파장의 차이에 따라 달라지는데, 유채색에만 있으며 무채색과의 배합에 의해서는 달라지지 않는다.
> 물리학적으로는 육안으로 볼 수 있는 범위의 파장을 지닌 스펙트럼, 즉 빛….
> 그러나 청색 유전인자를 갖고 있지 않은 장미로서는 굳이 액포의 산도를 높일 필요가 없으니 4.5~5.5 정도로 낮은 수준이었다.
> 청색 유전자를 갖고 있어 봤자 액포 내 산도가 중성 수준이기에 보라색이 될 수밖에 없는 것이다.
> 따라서 완벽한 푸른색을 내기 위해서는 형질 전환으로 액포 내 pH농도도 변형시켜야 할 필요가 있는 것이고, 이에 대해선 더 많은 연구가 필요하다.
> ……
> 파란 장미가 개발되기 전 사실 파란 카네이션이 먼저 육종에 성공했고 이어 파란 장미도 그런 기세를 몰아 시도한 결과, 두 파란 꽃

모두 보라색에 가까운 파란 장미, 파란 카네이션이 탄생했다.

당신이 방금 문서 작업을 끝낸 것처럼 느껴졌다. 당신이 남긴 문서 자료를 찾으려고 컴퓨터 안을 거듭 뒤졌다. 몇 번이나 읽어도 이해할 수 없는 자료들이 대부분이었다. 푸른 장미에 대한 여러 가지 자료도 정리되어 있었다. 문장을 다 끝맺지 않은 채 중간중간 넘어간 곳도 많았다. 혹시나 행간 속에 숨어 있을지도 모를 당신을 찾으려고 두리번거리며 소리쳤다.

"아버지, 어디 계세요?"

소리는 적막으로 변하면서 가뭇없이 사라졌다. 그 대신에 푸른 장미 꽃숭어리가 대답이라도 하듯 흔들렸다. 은은한 꽃향기에 섞여 덜 태운 나무 냄새가 밀려왔다. 당신의 체취나 마찬가지였다. 유리 천창에 매달렸던 물방울이 목덜미에 떨어졌다. 소스라치게 놀랐다. 하지만 당신은 끝내 모습을 드러내지 않았다.

아주 작고 푸른 꽃 한 그루를 뜨기 위해 꽃삽을 들이댔다. 뿌리를 얼마나 단단히 내렸는지 꽃삽이 잘 들어가지 않았다. 한 번, 두 번, 삽질을 했지만 요지부동이었다. 당신이 갈무리해놓은 문서 중에서 빨간 글씨로 된 한 구절을 되새겼다.

그러니까 반전은, 이런 연구 외에 미국에서 사람의 유전자를 이용한 파란 장미 개발도 착수했다는 거… 결과는 나와봐야 알겠지만……

이 문서는 '불의 여우'가 보낸 또 다른 메시지일 터였다. 당신은 사라지지 않았다. 당신은 이 온실 안에 분명히 존재하지만, 원래 모습을 찾아낼 수 없다. 나는 당신을 더 이상 찾지 않았다. 정수 형에게 말했다. 출하할 상품이 있으면 준비를 서두르자고. 목이 말랐다. 입술이 탔다. 스프링클러 스위치를 올렸다. 가는 물줄기가 안개처럼 피어올랐다. 한낮의 열기로 처졌던 꽃들이 싱싱하게 살아나기 시작했다. 내 마른 입술도 촉촉해졌다. 하얀 방역복 한 벌이 양팔과 양발을 벌린 채 벽걸이에 걸려 있었다. 우주선 선장의 우주복이었다. 나는 그 우주복을 입고 방독면까지 썼다. 천창의 거치대를 잡고 올랐다. 유영하듯 양팔을 펼쳤다. 무중력의 우주 공간에 떠 있는 기분이었다. 천천히 미끄러지듯 레일을 탔다. 아래를 살펴봤다. 장미들이 질서 정연한 대오를 갖추고 있었다. 그 장미들을 꼼꼼하게 살폈다. 천창이 서서히 닫히기 시작했다. 마치, 우주선이 이륙하기 위해 출입문을 닫는 것처럼. 햇빛이 차단되면서 푸른 빛살들이 유난히 도드라지며 클로즈업되었다. 푸른 장미, 당신이 접붙인 그 푸른색 꽃숭어리는 '불의 여우' 꼬리에서 빛을 발하던 것과 같은 순혈의 푸른색을 뽐냈다. 거기에 덜 탄 나무 냄새가 똬리를 은밀히 틀고 있었다.

침대

침대

　매트리스가 굵은 로프에 매달려 내려갔다. 엑스 자로 묶여 대롱거리는 모습이 섬뜩했다. 폐기 처분할 정도로 낡았다. 몇 가지 가재도구가 같은 방법으로 내려갔다. 묘한 기분이었다. 5층 남자 방에서 나왔다. 간혹 계단에서 만났던 노신사, 향수 냄새가 독했다. 옷차림은 젊었다. 꽉 낀 청바지에 가죽 점퍼를 입었다. 붉게 파마한 머리를 목덜미 언저리에서 느슨하게 묶었다. '신사'가 정장한 남자를 칭하는 것이라면 그에게 어울리지 않는 말이었다. 그는 어깨에 기타를 항상 멨다. 말수가 없었다. 외모와는 달리 점잖았기 때문에 '신사'라 지칭했다. 그를 달리 부를 만한 호칭이 생각나지 않은 탓이기도 했다. 위층 남자라고 말하기는 싫었다. 노신사라고 말하면 내가 사는 오피스텔의 격이 조금 더 나아 보였을까. 옆방의 남자는 복도에서나 편의점에서 만날 때 마다 차 한 잔, 술 한 잔, 아니면 식사를 핑계 대며 치근댔다.
　며칠 전, 관리인 아줌마의 비명에 이어 사이렌이 요란했다. 몇 안 되는 입주자들이 소리 나는 쪽으로 몰려갔다. 5층, 바로 내 방 위층 그 노신사가 죽었다. 관리인 아줌마의 말을 들어보면 그는 젊은 시절 밴드를 결성하고 드러머로 잘 나갔단다. 생활이 그다지 모범적이지 않았다. 10년 전까지 음악 학원을 운영하며 젊은 여자들과 어울렸다. 나이 먹자 재정이 점점 나빠졌고, 이곳으로 이사 온 지 5년이었다. 일흔이 채 되지 않은 나이였다. 결혼하지 않아 자녀도 없었다. 집 앞에서, 그는 식당에서, 슈퍼에서 부닥쳐도 무표정했다. 소주병이나 안줏거리가 담긴 검정 봉지를 달랑거리며 3층 계단을 지나 5층으로 올랐다. 이곳에 4층은 없다. 가끔 음악소리가 크게 났을 뿐, 그 남자의 움직임은 조용했다.

관리비와 월세가 3개월 체납되었다. 여러 날 문을 두드렸지만, 대답이 없어 열쇠공을 불렀다. 구청에서 무연고자로 시신을 수습하고 유품관리사가 집을 정리했다. 한 달이 넘은 시체는 어떤 모습이었을까. 그는 노인 시설에서 음악 봉사를 했고 가끔 버스킹을 했다. 언젠가 공원에서 그가 기타 치며 노래 부르는 것을 들었다. 오래전에 유행한 곡인지 내가 모르는 곡이었다. 중년 관객이 제법 있었다. 듣기에 무난했다. 기타 케이스 위에 사과 한 알, 커피 한 잔, 동전 몇 개, 천 원짜리 지폐 몇 장이 늘어져 있었다.

"색시, 혼자 살지 말어. 아직 늦지 않았네. 아이도 낳아. 저 노인네 봐. 혼자 고독사가 뭐냐고. 에이, 집 내놓으려면 좀 찝찝하게 됐네. 색시, 왜 그 멀끔한 남자는 안 보여?"

멀끔한 남자, 그는 한 침대를 쓰던 사람을 말했다. 외형상 그의 모습은 스마트했다. 백팔십 조금 못 미치는 키에 하얀 피부, 사각 턱이 남자다웠다. 외꺼풀이지만 눈웃음이 상냥해 보이는 남자. 얼마 전까지 한 침대를 썼던 남자였다.

이 오피스텔은 역세권이고 대형 마트가 가까웠다. 근처에 초등학교, 중등학교가 있는 주택가였다. 엘리베이터가 없는 것 빼고는 좋은 조건이었다. 내가 가질 수 있는 가장 최대치의 호사였다.

주인 아줌마의 오지랖이 짜증났다. 바로 위층에서 한 사람이 고독사한 것도 찝찝한데, 귀에 거슬리는 잔말까지 들어 심란했다. 뭐라더라? 결혼하지 않고 혼자 사는 것은 자연(自然)의 화기(和氣)를 해치는 일이라던가? 그녀는 오피스텔을 운영하면서 별별 사람을 다 만났을 터였다. 그래서 오지랖이 넓어진 것일까. 비혼주의자에게 결혼해서 아이 낳으라는 소리를 스스럼없이 늘어놓다니.

요즘 자식을 낳아 잘 키운들 그 자녀들이 늙은 부모를 책임질까. 나도 직장을 잡아 독립한 뒤로 명절 때 외에는 부모님이 있는 고향에 가지 않았다. 인생이란 결국 혼자이며 노후도 스스로 책임져야 한다. 결혼이나 아이에 대해 생각해보지 않았다. 머릿속으로 넣고 있는 연금보험을 계산해봤다. 65세가 되었을 때, 일하지 않아도 살아가기에 지장 없을 정도는 돼야 한다. 그때도 지금 정도의 생활 수준은 유지하고 싶다.

내 침대, 아니, 그의 침대를 흘깃 바라봤다. 유난히 넓어 보였다. 그가 캐리어를 끌고 나간 지 한 달 지났다. 저 물건도 치우려면 저렇게 줄에 매달아야 하나. 침대가 처음 들어올 때는 매장 직원 두 사람이 트럭에 싣고 와서 소중하게 계단으로 옮겨왔다. 근 2년 다 되도록 저곳에 누워 지친 몸을 쉬었다. 필요 없다고 저런 식으로 함부로 버려야 하나. 그냥 두고 쓰자니, 그가 남겨두고 떠난 그림자 때문에 찝찝했다. 그와 함께한 스무 달은 월세를 절반 나누어 낸 것 외에 그다지 특별한 의미 없는 생활이었다.

실내 온도를 적당히 맞추고 잤어도 며칠째 어깨가 시렸다. 환절기면 으레 치르는 일. 감기가 왔다. 잠이 오지 않았다. 밤새 여러 가지 꿈을 꾸었다. 어수선한 밤이었다. 한 사람이 몇 년간 몸을 누였던 물건이 쓰레기 되어 나가는 것을 보려고 그랬는가 보다. 그 노신사의 낡은 침대는 누웠던 자국이 움푹하게 꺼져 있었다. 시신을 담는 목관처럼 움푹 패어 있는 그 곳에는 음산하고 엽기적인 분위기가 서려 있었다.

그가 떠난 자리가 실감났다. 코를 너무 골아 시끄러웠지만 서로 어깨를 나란히 하고 잘 때는 그런대로 따뜻했다. 실내 온도가 높은 것과 옆 사람의 체온으로 따뜻하게 느껴지는 것은 달랐다. 침대가 실내를 거의 차지했다. 침대를 치우고 예쁜 화장대를 놓으면 이 방이 더 아늑해 보일 것 같았다. 아니면, 강아지나 고양이를 한 마리 사서 키워야 하나. 바라보는 것은 괜찮지만, 동물 털이 날리거나 특유의 냄새도 싫었다. 킹사이즈 침대는 혼자 자기에 너무 넓었다. 그에게 침대를 가져가든지 버려주라고 전화하고 싶었다. 엉덩이를 걸치자, 여태 뜯지 않은 비닐에서 바스락거리는 소리가 났다. 사람을 불러 버려야 하나. 아니, 아직 깨끗하니 중고센터에 가져가라고 하면 되지 않을까. 그가 떠난 자리에 덩그러니 남은 침대. 그는 침대를 사서 이 방으로 올 때가지만 해도 자상했다. 침대는 매트리스가 좋아야 한다고 했다. 아주 꼼꼼하게 골랐다. 침대를 사기까지 여러 매장을 둘러보았다. 직접 누워 보기도 했다. 아이들처럼 앉아서 굴러보기까지 했다. 그가 고른 침대는 내 형편에는 다소 부담스러울 고가의 브랜드였다.
"침대는 쿠션이 좋아야해"
그는 좋은 침대 고르는 일반적인 필수조건을 무시했다. 숙면을 취할 수 있는 쾌적한 조건 같은 것은 신경 쓰지 않았다. 침대가 들어온 날은 아주 많이 들떠 있었다. 내가 부탁하면 무엇이든지 들어줄 것처럼 굴었다. 나는 단 한 번 있었던 옛날의 기억을 더듬었다. 그리고 기대했었다. 아련한 추억의 그날 밤과 같은 시간을.
붙박이장 문을 열자, 그의 옷이 걸렸던 자리가 훤했다. 달팽이가 집을 비워두고 이사 간 것 같았다. 그 역시 비혼주의자였다. 수컷 본연의 종족 보존 본능도 없었다. 가까운 사람들의 애경사에 갔다가 만난 2세들을 부러워하거나 예뻐하지 않았다. 아이 하나 낳아 기르는 데 드는 시간과 돈을 계산했다. 아이에게 인생을 저당 잡히고 싶지 않다고 말했다. 자신의 노후에 대해서도 심각하게 생각하지 않았다. 가끔 미술관이나 영화 관람하는 것 외에는 특별한 취미도 없었다. 함께 사는 동안, 특별한 일이 없으면 퇴근하자마자 집에 왔다. 침대에 누워 티브이를 보든지 외국 잡지를 보는 것이 전부였다. 늘씬한 외국 여자들이 나오는 잡지였다. 나는 그가 구독하는 잡지도 별로였다. 어려운 영어 단어들을 한사코 번역하기 싫었다. 또, 선정적인 모델의 자세가 내 취향도 아니었다. 한 달에 한 번 정도 함께 1박 여행을 갔다. 일본 갔을 때 그는 남녀가 함께 하는 혼탕을 원했다. 어쩌면 관음증이 있는지 모르겠다. 일본의 '에로' 동영상 보기를 즐겼다.
쉰 살 다 되도록 결혼하지 않고 자유분방하게 사는 연예인들의 모습을 티브이에서 연속 방송하고 있었다. 그도 나도 그 프로는 즐겼다. 나도 결혼에 대한 환상이 없었다. 내 위의 언니는 대학을 나오자 바로 결혼했다. 아이를 가진 탓이었다. 언니는 좋은 대학의 인기학과를 나왔지만 전공을 살리지 못했다. 남자 조카 두 명에게 인생을 저당 잡힌 것 같았다. 2년에 한 번은 올라가는 집세 때문에 발을 동동 굴렀다. 갑자기 무슨 일이 생기면 나에게 아니면 가까운 친지들에게 아이를 돌봐달라고 부탁했다. 언니는 장난꾸러기 두 아들 때문에 가끔 지쳐 있었다. 누구의 엄마로 불리면서 자신이라는 존재가 어디론지 사라졌다고 불평했다. 그래도 아들 때문에 울고 웃는 시간이 행복하다고 했다. 나는 언니와는 다른 삶을 살고 싶었다. 그렇다고 지금의 내 생활이 내가 원했던 삶의 모습은 아니었다. 1년에 한 번 아님 2년에 한 번 여행을 갈 수 있는 것 외에는 언니의 생활과 다르지 않았다. 단지, 책임질 가족이 없다는 것이 편했다.

나에게 연애는 사치였다. 2년제 대학을 나와 가내공업 수준인 회사에 15년 다녔다. 무늬만 과장이었다. 대기업에 비하면 형편없는 대우였다. 그만그만한 조건의 남자와 평생 함께하는 동행은 사절이었다. 그동안 직장 생활을 하며 그럭저럭 지냈다. 딱히 살아가는 것에 대해 특별히 생각해보지 않았다. 누군가를 사랑하고 아이를 낳고 하는 것에 대한 희망도 꿈도 없었다. 15년 다녔던 회사를 사표 내던 날이었다.

"생활비는 서로 절반, 월세도 절반, 먹고 싶은 것을 살 때는 각자, 그리고 한 달에 한 번, 공연 관람이나 외식은 내가 쏠게."

보증금을 올리지 않으려면 월세를 더 내야 했다. 얼마 안 되는 저축으로 오르는 집세 따라 잡기는 힘들었다. 그의 동거 제안은 솔깃했다. 실업급여로 받는 금액으로는 집세와 공과금 내고 나면 생활비가 부족했다. 또 그가 싫지도 좋지도 않았다. 연애가 처음은 아니지만 훤칠한 외모와 안정된 수입, 새로 직장을 잡기까지 그의 제안은 그럴싸했다.

나는 소규모 봉제 공장에 다녔다. 경리와 전반적인 사무 업무를 봤다. 원청회사에서 요구하는 견적서나 납품서를 준비하고 본사 직원을 상대로 단가 협상하는 일을 했다. 제품 생산을 맡은 공장장, 작업반장, 재봉과 그 외의 잡무를 하는 총 30여 명 생산직원의 급료를 계산하는 간단한 업무였다. 생산직원의 급료는 작업량에 따른 '개인 도급제'였다. 사장과 영업을 뛰는 부장, 그리고 나, 사무직원이라곤 세 사람이 다녔다. 최저임금이 올라 시급 '알바'에 대한 사회적인 대우가 좋아지자, 회사는 임시직원을 더 쓰지 못했다. 점차 가족끼리 하는 부업 형태로 바뀌었다.

일이 서서히 줄었다. 큰 회사는 인건비가 싼 베트남 등지의 동남아에서 완제품을 해 왔다. 우리 회사는 본 작업이 줄고 샘플을 제작하는 경우가 많아졌다. 각 사이즈, 색깔, 디자인별로 작업 공정을 세분화하고 패턴을 떠서 본사에 제출했다. 본사는 그 패턴과 샘플을 베트남이나 인건비가 더 싼 나라에 보냈다. 봉제를 하는 베테랑 몇 명과 보조 몇 명이 회사를 떠났다. 경리 장부는 시집 간 딸이 차지했고 나는 일감을 얻어오는 영업사원이 되어 밖으로 내몰렸다. 3개월째 일이 없자 사표를 냈다. 위로가 필요했다.

그를 즈음, 그가 술을 샀다. 마주 보고 앉았던 그가 옆으로 앉았다. 그의 뜨거운 입김에 귀가 간지러웠다. 그의 팔과 내 팔이 닿았다. 차

가운 맥주로 서늘하던 몸이 조금씩 뜨거워졌다. 그날, 그는 나를 집에 바래다주었다. 동거하자는 말을 불쑥 꺼냈다.

그와 나는 가끔 업무 관계로 어울린 사이였다. 퇴근 후 생맥주 한잔 정도 하면서 업무에 대해 서로 정보 교환을 했다. 원청회사의 결제 수준이나 동종의 생산 능력 등. 그다지 싫지도 좋지도 않다고 생각했다. 외적으로 보이는 그는 혼기를 놓친 만년 과장이었다. 하는 일이 단추 공장의 디자이너 겸 납품 영업이었다. 그의 회사는 중소기업 치고 탄탄했다. 동대문이나 남대문에 납품하는 물량이 꽤 됐다. 오래된 회사였다. 그의 건장한 가슴에 얼굴을 묻자 따뜻했다. 숨찼던 일상들이 잠시 느리게 갔다. 실업급여를 받는 동안 그가 다른 직장을 소개했다. 그곳도 얼마 가지 못했다. 곧 문을 닫아야 했다. 그는 다시 자신의 인맥을 동원해 일자리를 구해주었다.

뿌연 거울에 샤워기로 물을 뿌리자 내 모습이 보였다. 젖은 머리칼을 뒤로 쓸어 넘기고 나를 바라봤다. 아이를 낳지 않은 몸은 적당한 볼륨과 함께 균형 잡힌 몸매였다. 납작한 가슴이 문제였다. 그는 납작한 가슴에 젖꼭지만 큰 내게 불만을 토했다. 속았다고 했다. 취향이 아니라고 했다. 등에 더운 물을 세차게 뿌렸다. 온몸에 열이 후끈하니 퍼졌다. 밤새 추워 오그리고 잔 몸이 비로소 풀어졌다. 아침 일찍 내려 보내는 위층의 침대를 보면서 한 사내의 고독사가 마음 쓰였다. 그가 두고 간 침대 탓이었다. 둘이 살 때는 좁았던 실내가 넓어졌다. 살 닿는 것이 싫어 침대 끄트머리에 몸을 누이면서도 바닥에 내려 눕지 않았다. 그가 침대를 가지고 오기 전까지는 스펀지 요를 두툼하게 깔고 잤다. 침대 생활을 시작하자 바닥이 배겼다. 다투어도 나는 침대를 고집했다. 이불 속으로 전해지는 그의 온기가 좋았다. 아주 간사한 심리였다.

  나는 아직 위층 남자처럼 고독사할 때는 아니다. 물론 태어나는 것은 순서가 있지만 죽는 것은 나이 순서가 아니다. 거울을 보며 외출 준비를 했다. 매무새를 다잡았다. 고객을 만나러, 전장으로 나가야 했다. 나의 보디라인은 완벽해야 했다. 회사 제품으로 몸을 단장했다. 고객 앞에 허술하게 보여선 안 되었다. 165센티에 66사이즈, 가슴에 뽕을 넣어 볼륨을 적당하게 주었다. 그가 나에게 속은 것 중 하나였다. 내가 봐도 손색없는 몸매였다. 고가의 외출복으로 멋을 냈다. 세련되고 섹시한 모습. 그게 내가 고객을 응대할 무기였다. 보정 속옷을 입고 균형 잡힌 몸으로 소개할 상품을 고객들에게 홍보해야 했다. 착용 전과 후를 설명했다. 얼마간은 실적이 제법 좋았다. 새 직장에 대한 열정이 있었다. 그동안 쌓아두었던 인맥도 도움이 됐다. 처음은 지인들이 인사치레로 한 번쯤은 이용했다. 주임이라는 직책도 주어졌다. 요사이 점점 실적이 줄었다. 비싼 속옷을 입는 것도 경기가 좋은 때는 가능했다. 백만 원이 넘는 속옷을 입는 사람은 드물었다. 체형 때문에 어쩔 수 없어 맞춤해야 하는 사람도 많지 않았다. 오랜만에 들어온 상담이었다. 오늘 만날 고객에 대한 정보는 없었다. 실적 없는 나를 위한 팀장의 배려로 소개받았다. 치수를 재고 고객의 요구 사항을 꼼꼼하게 적어오면 되었다. 최근 두 달 사이, 할당된 실적을 올리지 못했다. 통장 잔액이 줄어들자 초조해졌다. 내 신경이 자연 곤두섰다. 우리 관계도 삐걱댔다. 그가 식탁 위에다 캔 맥주를 마시고 함부로 놓는 것에 화를 냈다. 멀거니 쳐다보던 그는 문을 쾅 닫고 나갔다. 밖에서 술을 마시고 왔다. 그런 날 그는 잠자리에서 난폭했다. 특별한 자세를 요구했다. 가임기라 조심해야 한다는 내 말도 무시했다. 내 집에 처음 들어올 때의 상냥함은 없어졌다. 나는 소심해졌다. 그의 눈치를 보는 것과 동시에 짜증이 많아졌다.

소도시의 변두리, 농촌 풍경이 드문드문 드러나는 곳에 중고등학교가 보였다. 작은 단층 건물 앞에 주차했다. 참고서와 문구, 간단한 간식거리가 적당히 진열된 가게였다. 문 앞에 '에인절트럼펫' 꽃이 하늘에서 지상으로 그 몸을 열어 환하게 웃고 있었다. 코끝이 간질거렸다. 꽃향기가 짙었다. 어린 여자아이가 유모차에 앉아 꽃처럼 방긋 웃었다. 뒤에 키가 작은 여자가 서 있었다. 나는 아이와 여자의 등을 번갈아 보며 당황했다. 붉은 숄을 두른 여자의 어깨에 팔뚝만 한 생선 한 마리가 걸쳐 있는 것 같았다.

"그렇게 보지 마세요. 비싼 보정 옷을 주문하는 것도 이 때문이에요."

여자의 말에 내 얼굴이 화끈했다. 마치 도둑질하다 들킨 것 같았다. 쌍꺼풀이 굵었다. 커다란 눈에 오똑한 콧날, 도톰한 입술에 피부가 하얀 미인이다. 키가 커 보이게 하려는 듯 정수리 쪽으로 바짝 올려 묶은 머리, 붉은 립스틱이 선정적이었다. 여자는 점심이라도 준비하다가 나온 듯 양손을 하얀 수건으로 닦으며 나왔다. 가겟방을 지나 부엌 쪽에서 나는 매콤하면서 달달한 음식 냄새가 침샘을 자극했다. 나는 아침 겸 점심으로 집 앞 카페에서 커피와 샌드위치를 사서 운전하며 먹었다. 내 배에서 꼬르륵 소리가 나자 손으로 배를 감쌌다. 줄자를 꺼내고 주문서를 폈다. 여자가 숄을 벗었다. 뭉뚝한 어깨를 날렵하게 만들려는 듯 꽉 끼는 티셔츠를 입었다.

"다른 것은 필요 없어요. 등을 좀 날씬하게 보이게 해주세요."

아이가 말갛게 웃었다. 하얀 피부가 말캉하니 감촉이 좋아 보였다.

"아, 예뻐라. 한번 안아봐도 돼요?"

아이를 좋아하지 않았지만 아이 엄마인 고객을 만나면 아이에게 먼저 호감을 보이는 것도 일종의 상술에 속한다. 여자는 자랑스러운 듯 고개를 끄덕였다. 유모차 안에서 아이를 들어올렸다. 아이와 눈을 맞추고 웃었다. 아이가 순진무구한 얼굴로 까르르 웃으며 내 얼굴을 만졌다. 아이를 안은 감촉이 이상야릇하게 흥분되었다. 아이 손이 얼굴에 닿자 가슴까지 뛰었다. 처음 있는 일이었다. 피를 나눈 조카를 안아줄 때도 이런 기분이 들지 않았다. 아이의 살 냄새가 향긋했다. 번쩍 들고 배에 입을 대고 부르르 간지럼을 태웠다. 아이는 소리치며 웃었다. 아이 눈이 머루 알처럼 까맣게 빛났다.

가슴 큰 여자들이나 가슴이 너무 작다거나 허리가 굵고 아랫배가 나온 나이 많은 사모님들의 체형을 보정하기 위한 맞춤 속옷이었다. 한데 어깨의 날렵함이라니, 고객의 어깨에 달린 팔뚝만 한 생선을 치우라는 주문은 황당했다. 팀장이 애써 배려하고 양보한 고객이었다. 주문대로 옷이 나올지 의심스러웠다. 요즘 홈쇼핑에서 뚱뚱한 뱃살과 허리라인을 날씬하게 보이는 보정 옷이 가격이 저렴한 탓에 잘 팔렸다.

"돌이 되기 전 마루에서 떨어지면서 어깨가 굽었어요. 지금처럼 의

료 기술이 좋았다면 이렇게 되진 않았겠지요. 지금이라도 고칠 수 있다면 고치겠어요."

너무 큰 가슴을 날씬하게 보이려면 꼭 여미면 되었다. 굽어 뭉뚝한 어깨를 날씬하게 보일 수 있을까. 줄어든 키가 커질 수 있을까. 무엇보다 아이 아빠가 궁금했다. 여러 가지 상상을 했다. 전에도 주문해서 입었냐고 물었다. 처음이라고, 지인의 소개라고 말했다. 어깨에 얹힌 생선 부분의 치수를 몇 차례 더 쟀다. 잘게 쪼개 재단하기 위한 것이다. 자동차 소리가 나더니 안채 쪽으로 누군가 들어왔다.

"혜순아, 이거."

남자가 들고 온 것은 가물치였다. 양파 망에 들어 있는 가물치가 몸부림쳤다. 물비린내가 끼쳤다. 여자에게 좋다는 보양식품이다. 건장했다. 깔끔한 외모였다. 여자보다 다섯 살은 어려 보였다. 요즘 연하남과의 결혼이나 연애가 대세다. 주방 식탁에 점심상이 차려졌다. 가게를 지나 주방이 딸린 방과 그 안쪽에 방이 하나 더 있었다. 안채 쪽으로 마당이 보였다. 시골의 전형적인 상가 건물이었다. 남자가 가물치를 들통에 넣고 물을 담았다. 문득, 한 번도 내가 좋아하는 것을 사 들고 오지 않았던 그가 생각났다. 속으로 욕을 했다. '나쁜 자식', 그 외에도 내가 아는 욕들을 나열했다. 남자가 내 쪽을 바라보고 여자를 쳐다봤다.

"으음, 내 손님. 저기 식사 같이 하세요."

'으음', 콧소리를 내는 여자의 음성에 눈이 커졌다. 내가 한 번이라도 저런 톤으로 말해본 적이 있었을까. 줄자를 들고 있는 팔뚝에 소름이 돋았다. 여자의 음식 솜씨가 궁금했고 배가 고팠다. 집 안의 커튼이나 살림살이가 여자의 맵찬 솜씨로 돋보였다. 손뜨개로 싼 전기밥솥, 식탁에 늘어진 레이스, 아기자기한 소품들이 진열된 방 안을 신기한 듯 바라봤다. 집안에 작은 액자 하나 놓지 않고 사는 나와 비교됐다. 직업상 여러 가정을 방문했지만 이 집안의 공기는 특별했다. 돈으로 매길 수 없는 달콤하고 신비한 것이 떠다녔다. 이전 방문한 집들은 그 지역에서 제법 사는 집들이었다. 강남의 고급 아파트나 주택가였다. 그들은 보정 옷으로 몸매를 정리하는 것을 대체적으로 감추었다. 때때로 아주 친한 사이에는 두세 명이 한집에 모여 주문할 때도 있었다. 그때는 가격을 깎았다. 오늘 방문한 이 집은 그다지 부유하지 않았지만 보정 옷이 필요한 집이란 것을 새삼 깨닫게 했다. 어깨에 매달린 저 생선을 내려놓을 수 있다면, 키는 작지만 꽤 괜찮은 모습이었다. 고객에 대해 개인적인 호기심을 가지지 말라는 회사의 방침과는 다르게 궁금했다. 140이 될까 말까한 작은 키와 굽은 어깨. 서울에서 꽤 떨어진 이 소도시의 변두리. 그다지 부유하지 않은 가정. 내가 상대했던 부잣집과는 조금 다른 느낌이다. 코를 매콤하게 자극하던 음식의 정체도 궁금했다. 두 사람은 나란히 앉았고 맞은편 내가 앉았다. 구운 김, 배추김치, 호박볶음, 두부가 들어간 된장국, 나를 유혹했던 음식은 두툼한 무가 들어간 고등어조림이었다. 환상적이었다. 비린내도 나지 않았다. 아이가 발치에서 보행기를 타고 밀고 다녔다. 식탁 쪽으로 와서 남자의 바지자락을 붙잡았다. 남자가 발로 슬쩍 보행기를 밀었다. 아이는 신난다는 듯 까르르 웃었다.
  요즘 흔히 입는 저가 브랜드의 아웃도어, 통 좁은 바지에 오리 궁둥이라 부를 만한 육감적인 엉덩이를 가진 연하남. 기존 상식을 깨뜨린 조합이었다. 여자의 얼굴이 예쁘고 음식 솜씨가 좋다지만 저 정도의 남자가 저 여자와 아이를 낳고 산다니. 벽에 걸린 가족사진은 완벽했다. 아이의 백일 사진이었다. 주방에서 방으로 들어가는 문과 연한 벽에 아이의 침대가 놓였다. 판매하는 제품이 아니다. 누군가의 손으로 정교하게 짜 맞춘 편백 침대였다. 아이의 낙상을 예방해서 사면에 올린 난간대 끝에는 여러 동물들과 꽃이 조각되어 있다. 신발을 벗고 방에 들어섰을 때 맑은 향이 났다. 아기 침대에서 번진 냄새였다. 아이의 작은 침대를 보자 오늘 아침 유리창 밖에서 대롱거리며 수거된 노신사의 매트리스가 생각났다.

그는 온 밤을 섹스로 지새우려고 했다. 가임기라고 거부하자 피임약을 사 들고 왔다. 며칠 먹어보았지만 내게는 맞지 않았다. 어지럽고 구역질 났다. 그러면서도 정작 본인은 어떤 대비나 대책을 준비하지 않았다. 어쩌다 일이 많아 늦은 퇴근으로 지쳐 와도 배려하지 않았다. 동거하자는 그의 말에 깊게 생각하지 않고 고개를 끄덕인 것이 후회됐다. 월세 절반과 공과금 등 생활비 절반의 조건이 깊게 생각하지 못했다. 제일 중요한, 침대에서의 생활 약속을 하지 못했다. 멍청한 일이었다. 세세한 부분을 문서로 작성했어야 했다. 집요하게 요구하는 그를 밀쳐내면 스마트폰으로 동영상을 보면서 나를 자극했다. 아무런 감흥을 느끼지 못하면 석녀라고 비아냥거리다가 하루이틀 외박하는 날이 많아졌다. 끝내 짐을 쌌다. 한 번도 아이를 낳고 같이 살자고 한 적이 없었다. 직장을 그만두고 쉴 때는 행여 내가 낼 생활비를 자신이 더 부담하게 될까 우려하는 눈치도 드러냈다.

들통 안의 가물치가 몸부림치며 물장구치는 소리가 들렸다. 그를 향한 욕이 명치끝까지 치올랐다. '걱정 말고 쉬어. 천천히 구해'라는 말을 기대했는지 모른다. '경단녀'가 될 수 있으니 어지간하면 일자리를 구하라는 독려는 더 화나게 했다.

된장국을 한 숟갈 입으로 넣다가 눈이 커지며 가슴이 떨렸다. 열린 방문 사이 침대가 보였다. 분홍색 레이스 실로 촘촘히 뜨개질 한 침대보가 정갈했다. 침대 바닥에 깔린 극세사 침구의 분홍빛은 유난히 보드랍고 포근해 보였다. 여자의 어깨에 굽어진 혹만 아니라면 완벽하게 행복해 보이는 가정이었다. 보행기에 앉아 좁은 방안을 이리저리 돌아다니는 아이도 귀여웠다. 남자의 직업이 궁금했다. 점심을 먹으러 오는 남자, 요즘 유행하는 아웃도어 차림. 부부는 어떤 생활을 하는지. 여자를 위해 가물치를 들고 와서 한약재와 함께 푹 고아 먹으라고 말하는 저 남자에게서 따뜻함을 느꼈다. 자고로 장례문화와 섹스문화는 잘 바뀌지 않는다는데. 저들의 체위는 어떤 것이 있을까. 저들도 그처럼 동영상을 함께 볼까. 정상이 아닌 여러 체위를 할까. 고객을 놓고 별 상상을 하다가 얼굴이 화끈 달아올랐다.

"넌 불구자야. 정상적인 성인 남녀라면 뜨거워야지. 네 몸은 얼음처럼 차가워."

그의 음성이 비수처럼 명치끝을 찔렀다. 수저를 놓았다. 아직 밥그릇에 밥이 반이나 남았다. 불구자, 병신, 그가 내리친 칼끝은 날카롭게 내 살을 저몄다. 나는 아직 섹스에 대환 환상이 있다. 기름지고 푸짐하기보다는 소녀의 첫사랑 같은 아련함과 달콤한 분위기를 원했다.

내 첫 경험은 대학 입학을 앞둔 송년회 날이었다. 다가올 2000년은 거리 공기마저 들떠 있었다. Y2K, 그 애와 나는 남산에 갔다. 눈이 쌓여 발이 푹푹 빠졌다. 밀레니엄을 기념해서 특별히 야간 개장한 식물원은 천국이었다. 희귀한 여러 꽃이 향내를 풍겼다. 지금까지 내가 본 것 중에서 가장 아름다운 풍경이었다. 우리는 젖은 옷을 말리기 위해 따뜻한 곳을 찾아야 했다. 그 애는 젖어 불은 내 발을 따뜻한 물에 담가 꼭꼭 주물러주었다. 처음 신은 높은 구두 탓이었다. 남산에서 후암동으로 내려오는 언저리 어디쯤이었던가. 낡은 숙박시설이었지만 그 애와의 하룻밤은 꿈같았다. 둘이 다 처음이라 서툴렀다. 낡은 침대가 삐걱거리는 소리를 냈다. 그래도 우리는 서로를 찾으며 밤을 새웠다. 서로 다른 대학에 들어가고 우리는 서서히 멀어졌다. 지금 그 애는 어디서 무얼 하며 살고 있을까. 저들처럼 밥상머리에서 웃으며 서로의 수저에 반찬을 얹어줄까. 아이가 있다면 몇 살이며 몇 명을 두었을까. 이 가족에게 필요 이상의 관심을 가진 이유를 깨달았다. 20년 전의 그 애와 닮았다. 짙은 속눈썹과 오똑한 콧날에 큰 키, 닮은 듯 다른 느낌의 이 집 남자 주인에게서 애써 찾아내려 했던 것. 그 애가 생각났다. 그들은 낯선 사람 앞에서도 스킨십이 자연스러웠다. 고등어 살을 발라 남편의 수저에 올렸고 남자는 빈 그릇을 설거지통에 넣었다. 집을 나서는 남편의 옷매무새를 고쳐주었고 여자의 어깨를 다독였다. 새삼스럽게 스무 달을 함께 살다 나간 그와 비교했다.

그날이 전 직장에서 정리해고를 당한 날이었다. 나는 그의 따뜻한 위로가 필요했다. 부드럽게 그의 품에 안겨 있기를 원했다. 내가 다 알아서 할 테니 좀 쉬라고 말할 줄 알았다. 몇 달 일하지 않았는데도 위로금은 받았냐고 물었다. 1년을 채우지 못해 퇴직금도 없었다. 그는 그런 나를 못마땅한 눈으로 바라봤다. 그리고 밤이 왔다. 다짜고짜 삽입과 함께 난폭할 정도로 그는 격렬했다. 나는 참지 못했다.
"야, 넌 이것밖에 모르냐?"
그는 뜨악한 표정이었다. 뭐가 문제인지 모르는 눈치였다. 만들어진 반찬을 사자고 하면, 집에 있으면서 그것도 사야 하냐고 불퉁거렸다. 집의 공과금이 많아졌다고 따졌다. 동거 생활 끝을 낸다 해서 그다지 아쉽지도 않았다. 나는 따뜻한 말 한마디가 더 좋았다. 곰곰이 생각해 보니 한 번도 따뜻한 말을 내게 건넨 적이 없었다. 한 침대를 공유하고 그의 욕망을 채워주는 그 이상도 그 이하도 아닌 사이였다. 그렇다고 그가 하는 몸짓이 그다지 싫지도 좋지도 않았다. 뜨뜻미지근한 나의 행동이 그를 자극했는지 모르겠다. 조금은 신성하고 사랑스럽고 애틋한 것을 바랐는지 모르겠다. 그런 그에게 미련이 남지 않았다. 단지 어젯밤 커다란 침대가 넓고 추웠을 뿐이었다.

고향에서 그의 부모가 온 날이었다. 소식 끊긴 지 오래된 친척의 장례식에 왔다고 했다. 그가 결혼을 채근하는 어른들을 모면하려 나에게 부탁했다.
"결혼할 사이라고 말해줘."
그날의 경비는 그가 냈다. 장을 보고 음식을 준비하고 청소하는 내내 우리는 신혼부부 흉내를 내고 있었다. 그의 부모들이 좋아할 접대였다. 내게 이런 시간이 있나 할 정도로 두근거린 날이었다. 내년 봄에는 결혼하겠다고 했다. 부모들은 흡족해했다. 어른들의 잠자리를 준비할 때도 그랬다. 눈치 없는 그는 어른들을 위해 밖에다 방을 구하려고 했다.

"불편해도 아들 옆에서 주무시고 가세요."

내가 밖으로 나가자 그의 어머니가 내 손을 잡았다. 아버지는 헛기침을 몇 번 했다. 소주와 맥주 안줏거리를 사서 들고 왔다. 술 한잔하자고 말했다. 그의 아버지에게 술을 받았다. 여러 순배가 오갔다.

"좁고 불편해도 하룻밤 여기서 같이 자자. 자고로 가족은 함께 먹고 자야 정이 생긴다."

"내 어릴 적에는 좁은 방에 온 식구가 요를 나란히 펴고 잤지. 서로 요 사이의 어우름에 안 누우려고 했단다. 새벽이면 구들이 식고 요 사이의 틈이 벌어져 맨바닥 찬기가 닿았거든."

"그때가 좋았지. 한 집에 가족이 모여 서로 부비며 온기를 나누고……."

내년이면 고물고물한 아이도 보듬어볼 수 있겠다고 좋아했다. 그의 부모를 침대에 모셨다. 그의 부모는 의례적인 사양 끝에 당연한 듯 침대에 누웠다. 우리는 침대 아래에 자리를 깔고 누웠다. 그의 아버지는 자는 척하는지 말이 없었지만 어머니는 밤새 도란거렸다. 내게, 그에게. 잠이 오지 않는 밤이었다. 술의 힘을 빌려 자려 했지만 눈조차 감기지 않았다. 새벽녘에야 간신히 잠이 들었다. 아침상이 차려져 있었다. 지난 밤 마시던 술상은 말끔히 치워졌고, 칼칼한 찌개 냄새가 났다. 아들에게 아침상을 차려주고 싶어 불편한 하룻밤을 참았던 것 같았다. 그는 자기 어머니가 차려준 아침밥을 달게 먹고 나갔다. 어쩌면 정말 결혼할 상대인지 알아보려는 의도였겠다. 며느릿감으로 어떤지 살펴보는 것일 수도 있었다. 반차를 내고 그의 부모를 배웅했다. 아들을 부탁하는 노인들을 보며 돌아가신 부모님 생각이 났다. 예정에 없던 봉투를 드렸다. 한 번쯤 그래보고 싶었다. 돌아오는 길에 곰곰 생각했다. 나답지 않은 일이라고. 그와 약속한 대로 그가 내민 돈으로 차표를 샀으면 그만이었을 터인데. 차 안에서 드시라고 간식까지 챙겼다. 오지랖 넓은 짓이었다. 그 후, 그의 고향에서 택배가 왔다. 쌀, 김치, 말린 생선, 그는 그달 치 생활비를 절반만 주었다. 그런 그가 너무 치사해 보였다. 그가 잠자리를 요구할 때면 계산속인 그의 속내가 보이는 듯해 화가 났다. 그날도 나는 가급적 침대 끝, 모서리에 바짝 붙어 이불로 몸을 말고 잤다.

 집으로 돌아오는 길에 아차 했다. 여자의 치수 잰 주문서를 놓고 왔다. 내일도 아무 실적 없이 출근할 수는 없다. 한 시간 거리를 되돌아가야했다. 거리는 어스름이 내려앉았다. 여자의 남편은 가까운 댐에 야간 경비를 하는 직업이라 했다. 출근하고 없을 것으로 생각했다. 가게 문을 열고 들어갔다. 고객의 이름을 불렀다. 대답이 없었다. 안채 텃밭이나 마당에 나가 있을 수도 있겠다. 빨래를 걷거나 점심때처럼 호박이나 상추를 따고 있지 않을까. 텃밭의 상추와 호박을 따서 주면 가져갈 거냐고 물었었지. 그가 떠난 뒤 집에서 해 먹는 음식 수가 줄었다. 필요 없다고 했다. 텃밭에 있기엔 너무 늦은 시각이었다. 가게 안에 서서 한참을 망설였다. 가게 방문을 열자 아이만 침대에 잠들어 있었다. 어디서 들고양이 울음이 들렸다. 점심 먹던 테이블 끄트머리에 있는 바인더를 발견했다. 여자가 잠깐 화장실에라도 간 걸까. 진열장을 둘러보며 기다렸다. 시계를 보다가 돌아갈 시간을 생각했다. 훔쳐가지 않으니까. 내 물건을 찾아가니까. 스스로 위로하며 속삭였다.
"저 주문서 놓고 가서 가지러 왔어요. 가지고 갈게요."
아이가 깰세라 식탁을 향해 발뒤꿈치를 들고 걸었다. 대각선으로 보이는 열린 문틈으로 침대 위에 남자의 것인 듯 발이 보였다. 엎드린 듯 보이는 발이 쉴 새 없이 움직였다. 비로소 들고양이 소리의 의미를 알 것 같았다. 얼굴이 화끈거렸다. 가슴이 두근거렸다. 머리를 망치로 얻어맞은 것 같았다. 반듯하게 놓여 있던 분홍 레이스 침대보가 반쯤 내려와 방바닥을 덮었다. 무엇을 훔쳐 도망치는 기분이었다. 그들에게 들킬까 봐 뒤꿈치를 들고 조용히 나왔다.

비가 한두 방울 떨어졌다. 와이퍼를 작동했다. 왔다갔다 움직이는 브러시와 흘러내린 분홍 레이스 침대보, 움직이던 발이 겹쳐 보였다. 레이스 실로 정교하게 짠 침대보가 윈도우 브러시의 흔들림 속에 펼쳐 있었다. 어지러웠다. 그가 함께 보기를 원했던 성인영화, 그는 트렁크를 열고 제일 먼저 시디부터 챙겨 담았다. 볼 때마다 더럽고 추하다고 생각했다. 그런데 오늘 그들의 모습은 나를 설레게 했다. 온몸이 뜨거웠다. 단지 남자의 두 발만 보았을 뿐인데, 어떤 성인영화보다 설렜다. 여자는 어떤 느낌일까. 들고양이 소리를 내는 여자의 기분은 어떨지 궁금했다. 어쩌면 그도 나에게 들고양이 소리를 듣고 싶었는지 모르겠다. 사람이 들어가도 모를 만큼 열중한 그들의 모습이 뇌리에서 떠나지 않았다. 가슴이 답답했다. 차를 세웠다. 서울이 가까운지 라이트를 켠 차들이 기다란 뱀처럼 구불거리며 움직였다. 저만큼 전

봇대 아래 쓰레기들이 수거차를 기다렸다. 5층 노신사의 것과 비슷한 침대가 널브러져 있었다. 누운 자리가 움푹 패어 있는 그 침대가 망령으로 덮쳐왔다. 붉은색 파마머리를 느슨하게 묶은 노신사의 무표정한 얼굴도 떠올랐다. 속이 더부룩하니 명치끝이 쓰렸다. 차에서 내렸다. 먹은 고등어를 다 토했다. 눈물이 쏟아졌다. 갓길에 주차하고 눈을 감았다. 차창에 기대 섰다. 마른 풀 냄새가 코끝에 스몄다. 벼 익는 냄새가 났다. 속이 편안해졌다. 빗방울은 멎었다. 변덕스러운 날씨다. 아이의 예쁜 모습과 함께 고물거리는 고사리 손이 눈에 삼삼했다. 말갛게 웃으며 그 손을 벌렸다. 머루 눈이 나를 쳐다봤다.

집이 가까워지자 집에 들어가야 할 일이 걱정되었다. 창밖으로 흔들리며 내려간 침대와 방 안의 휑하게 넓은 침대가 생각났다. 현관문을 잡고 서 있었다. 지난 밤 꾸었던 꿈이 생각났다. 커다란 보석함에 색색의 보석이 들어 있었다. 오색 빛이었다. 누군가 내 것이라고 했다. 가슴에 담뿍 안았다. 비로소 내게 난처한 일이 생긴 것을 깨달았다. 망연히 서서 밤하늘을 올려다봤다. 오만 생각이 소용돌이쳤다. 보름달이 차고 있었다. 방아 찧는 옥토끼 대신에, 누군가의 손으로 정교하게 짜 맞춘 편백 아이 침대 하나 놓여 있었다.

클럽 헬로

클럽 헬로

　전단을 들고 거리에 나섰다. 북항에서 출발해 삼학도를 한 바퀴 돌아오는 유람선이 물보라를 하얗게 일으키며 선회하고 있었다. 소금기를 머금은 습한 바람이 불었다. 입안에 찝찔한 모래가 버석거리는 기분이었다. 조금날이라서 어선들이 정박해 있었다. 어선에 걸린 깃발들이 무시로 펄럭거렸다. 조기가 풍년이란다. 어쩜 매상을 많이 올릴 수 있겠다. 어부들이 주차해놓은 자동차 와이퍼 사이에 전단을 꽂았다. 기본 5만 원, 맥주 3병, 과일 안주, 마른안주, 부킹 가능. 붉고 푸른 글씨들이 한가득 찼다. 전단이 바람에 팔랑, 떨어졌다. 내가 아꼈던 악보가 쓰레기통에 들어갈 때처럼 가슴이 철렁 내려앉았다. 주워서 와이퍼로 꾹 눌렀다. 겨드랑이에 낀 전단 뭉치를 기타 삼아 E7 코드에서 Am로 가는 시늉을 했다. 꼬리음까지 제대로 치려면 연습과 암기만이 필요했다. 〈목포의 눈물〉은 세 개의 코드와 근음을 외우면 되었다. 이 노래는 돌아가신 할머니 또래 나이를 먹었으나, 사람들의 입에 여전히 회자했다. 네 박자의 가락은 서글펐다. 사람들은 이 항구도시의 '애국가'라고 했다. 이 노래는 비릿한 바다 냄새를 머금고 있었다. 이 도시 어느 식당에 가도 상 위에 오르는 김치 맛이었고, 클럽 헬로에서 하루에 한 번쯤 들어오는 신청곡이기도 했다. 처음에는, 구질구질한 음악이라고 여겼다. 방탄소년단이 해외에서 케이팝으로 명성을 얻는 시대인데. 빠르고 신나는 곡들이 많은데. 청승맞았다. 애써 외면했다. 내 취향도 아니었다. 그런데 그날 사부의 연주를 듣고 생각이 바뀌었다. 이 곡을 사부만큼, 아니 사부보다 더 잘 연주하고 싶었다.

선창에 고깃배가 북적대고, 섬으로 오가는 뱃고동이 앞다퉈 우렁우렁 울릴 때만 해도 이 지역은 제법 흥청거렸다. 이젠 섬과 섬 사이에는 다리가 놓였다. 조선소가 들어서자, 앞바다에 떠 있던 작은 섬 세 개를 막아 신시가지가 조성됐다. 유흥가는 그곳으로 재빨리 옮겨 갔다. 구 도심지는 사양길로 접어들었다. 엉뚱하게도, 나는 그리스의 하얀 건물들과 요트가 정박해 있는 아름다운 도시를 상상했다. 어쩜 이 지역도 그렇게 변하지 않을까 하고…….

내가 일하는 클럽 헬로는 단란주점도 클럽도 아닌 어정쩡한 술집이었다. 모텔 지하 주차장을 개조한 사다리꼴의 좁은 공간이었다. 말이 클럽이지, 신시가지의 깔끔하고 반듯한 단란주점보다 못한 곳이었다. 어부와 인근 섬사람이 주 고객이었다. 어부들은 조금날이 가까워지면 항구로 돌아왔다. 그들은 만선일 때는 흐뭇한 웃음을, 흉작일 때는 한숨을 술에 타서 마셨다. 클럽은 조금날이라야 손님이 그런대로 들락거렸다.

그날은 비가 왔다. 추적거리는 비에 홀은 습기로 가득 찼다. 손님이 거의 없었다. 마감 시간이 다 되었다. 술에 취한 '진상' 손님이 있었다. 그는 〈님과 함께〉를 신청했다. 반주기를 틀었다. 자신이 부르는 대로 밴드가 박자 맞춰 연주하라고 주문했다. 내가 건네준 마이크를 잡자마자 비틀거렸다. 마이크에서 삐익, 하는 '하울링'이 폭발했다. 그 손님은 마이크가 못마땅하다고 여겼던 것인지, 고성과 함께 난동을 부렸다. 나는 무대 한쪽에 세워놓은 기타부터 걱정했다. 다행스럽게도, 손님이 무대 위로 오르기 전에 정수 형이 말렸다. 두 사람이 엉겼다. 드잡이하다가 테이블과 의자가 밀려났다. 정수 형이 고주망태가 된 손님 목덜미를 그러쥐고 밖으로 나가려고 했다. 손님은 끌려가지 않으려고 버둥거렸다. 그 순간, 그런 장면을 말끔히 덮어버리는 음악이 무대 한쪽에서 흘러나왔다. 내가 모르는 곡이었다. 맑고 묵직한 리듬이 홀을 가득 채웠다.

어느 틈에 들어왔던 것일까. 하얀 수염이 덥수룩한 노인이었다. 그가 두 번째 곡을 시작했다. 아르페지오 주법으로 〈목포의 눈물〉을 연주했다. 홀의 분위기가 숙연해졌다. '진상' 손님도 멈칫하더니 굳어버렸다. 기타로 어떤 기교도 부리지 않은 것 같았다. 그런데 알게 모르게 느낌이 달랐다. 무대 한쪽에 놓여 있던 나의 기타가 주인을 제대로 만나 애달프게 노래하고 있었다. 내 손가락으로 한 번도 퉁겨내지 못한 소리였다.

우리의 거칠고 지친 마음이, 그의 연주로 위로받았다. 우리는 침묵을 지키다가 손뼉을 치고 앙코르를 외쳤다. 그는 〈목포의 눈물〉을 다시 연주했다. 나는 눈시울이 축축해졌다. 서울을 떠나오면서도 눈물을 흘리지 않았다. 그런데 아버지 카드로 긁어 산 비싼 기타가 한 번도 제대로 된 소리를 내지 못해서, 낡고 구리다고 외면했던 뽕짝에 취해서 발생한 현상이었다.

그는 두 번의 연주가 끝난 뒤, 사람들의 감동이 깨어나기도 전에 홀연히 사라졌다. 나는 급하게 그를 뒤쫓았다. 새벽의 가랑비가 그의 발자국을 지우고 있었다. 그를 모시고 선술집으로 들어가서 술을 권했다. 기타를 가르쳐달라고 애걸하는 표현이었다. 그는 내 마음은 전혀 거들떠보지도 않은 채, '소맥' 석 잔을 연거푸 들이켜고서 선술집 밖으로 나갔다. 이윽고, 항구에 서 있는 가로등 불빛 속으로 사라졌다.

정수 형과 이모들이 홀 가운데 모여 앉아 그의 기타 실력에 대해서, 그의 정체에 관해 조잘거리고 있었다. 이 지역에서 '음악의 대부'라고 했다. 나는 그날부터 그에게 기타를 배워야겠다고 마음먹었다. 나 스스로, 요즘 무협지에서나 나올 법한 호칭까지 동원하여, 그를 '사부'로 모시기로 했다. 나는 사부를 수소문했다. 어떤 사람이, 그는 기타에 미쳐서 일평생을 허비한 폐인이라 했다. 찾을 가치도 없는 사람이라고 했다. 그런데 람보는 그가 '살아 있는 전설'이라며 엄지를 추켜세웠다. 한때 서울 교외선에서, 그가 치는 기타 소리에 많은 장발족이 찢어진 청바지에 몸을 흔들었단다. 여러 날 수소문해서 찾아간 그의 집은 '뒷개' 바다를 바라보는 언덕배기에 있었다. 비틀린 마루청에서 앓는 소리가 번지는 집에, 그는 골골거리며 혼자 살고 있었다. 고열에 시달리는 그를 물수건으로 안정시키고, 죽을 사다 먹였다. 먼지 낀 집을 청소하고 나왔다. 그리고 틈만 나면 그 집을 찾았으나 그럴 때마다 욕지거리를 들어야 했다.

사부가 나의 방문을 묵인한 것은 얼마 되지 않았다. 주머니를 털어 치킨과 소주, 맥주를 사 갔던 날이었다. 그는 며칠째 구들더께 처지였다. 혼자 사는 늙다리에게 풍기는 특유의 냄새가 방구석에 절어 있었다. 덮고 있는 이불을 걷어서 빨랫줄에 널었다. 오그린 그의 모습은 번데기에서 막 부화한 애벌레 같았다. 라면에 치킨을 넣어 끓였다. 푹 퍼져서 죽으로 변한 라면을 그에게 건넸다. 나는 욕감태기가 되고 말았다.

"에라, 썩을 놈, 이걸 사람한테 먹으라고 내놓냐!"
"원기 회복하시려면 죽이 필요하잖아요."
"아쭈, 인생 죽 쓰는 소리 하고 자빠졌네. 인마, 뭐 빨아 먹을 것이 있다고 나한테 빨대를 꽂냐."
"사부님!"

다짜고짜 무릎을 꿇었다. 순가락이 날아와 '라면죽'이 가슴에 달라붙었다. 손바닥으로 털어내며, 기타를 배우고 싶다고 했다. 대답은 어김없이 욕지거리였다. 그런데 눈을 한동안 감고 있던 그가 번쩍 뜨며 뒷개 바다 쪽을 바라보았다.

"어허, 팔자땜하라는 것이여."

낮게 중얼거리는 소리가 잇새로 흘러나왔다.

사부는 말했다. '음악은 공식이다. 외워라. 연습만이 최고가 되는 길이다.'

그는 술에 찌들어 손을 달달 떨다가도 기타만 잡으면 언제 그랬냐 했다. 주위에서 알코올중독자라 했다.

"음악은 인생이다. 사람이다. 기술이 아니다. 연주는 영혼을 맑게 해주는 수술과 같은 거다. 웃음이 필요한 사람을 즐겁게 해주고, 울음으로 풀어야 하는 사람을 울게 해줘야 한다. 음악으로 돈이나 명예를 탐하지 마라. 마음으로 곡을 사랑해라. 그래야지 명연주를 하게 된다."

사부는 사는 꼴하고 전혀 달리, 도를 통한 사람이었다. 나는 사부에게 그 손기술을 얼른 배우고 싶었다. 몸을 저절로 흔들게 하는 신나는 연주. 사람을 숙연하게 만드는 연주. 그중에서 압권은 단연 〈목포의 눈물〉이었다. 그 선율은 가볍지도 무겁지도 않으면서 가슴 밑바닥까지 파고 들어왔다. 그가 연주하는 〈목포의 눈물〉은 두고 온 가족을 생각나게 했다. 이 도시에 대해서도 다시 생각하도록 만들었다. 걸쭉한 사투리, 비릿한 바다 냄새. 네 것, 내 것이 구별되지 않는 인심까지. 용산역에서 차표를 잘못 끊어 온 것이 아니었다.

그날 새벽, 이 항구도시의 역에서 내렸다. 누군가의 배웅을 나왔다는 람보를 만났다. 악기를 든 나에게 아는 척하며 다가와, 이 클럽으로 데려왔다. 람보는 연주하는 사람이 필요한 게 아니라, 여러 곡이 내장된 반주기를 조작할 사람이 필요했다. 또 쟁반을 들고 손님 테이블을 오가도록 했다. 기회 봐서 다른 곳으로 가려고 했는데 벌써 1년 넘었다.

중학 시절, 처음으로 드럼과 기타를 만질 때 아버지는 단서를 붙였다. 취미로 해라. 성적은 반에서 상위 10퍼센트 안에 드는 것을 잊지 마라. 만약 떨어지면 악기들은 모조리 갖다버리겠다. 악기를 만지기 위해 잠을 줄여 공부했다. 고등학교에 가자 아버지와 어머니는 무리한 요구를 해왔다. 음악은 안 돼. 음대나 다른 예체능계는 기웃거리지 마. 의대나 법대를 가야 해. 나는 악기를 하나둘 더 좋은 것으로 장만하는 것으로 스트레스를 풀었다. 가끔 주말에 학원 수업이 없는 날이나 가정교사가 안 오는 날은 공부 대신에 연주회를 찾아다녔다. 홍대의 클럽들을 기웃거렸다. 자연, 성적은 저조했다. 아버지는 어렵사리 장만한 값 비싼 악기들을 내다 버렸다. 힘들게 모으고 베꼈던 악보들도 쓰레기통에 처넣거나 불 질렀다. 불빛 속에 스러져 재로 변하는 악보를 보면서 아무 저항도 하지 못했다. 그날 저녁, 나는 아버지 지갑에서 카드 한 장을 훔쳤다. 밤 기차를 탔다. 람보를 만나기 직전, 역전에서 험악한 분위기의 사내들이 나에게 다가왔다. 들고 있는 기타를 끌어당기며 일자리가 필요한지 잠잘 곳이 필요한지 물었다. 나중에 알았지만, 하마터면 큰일 날 뻔했다. 역에서 잘못 걸리면 새우젓 배를 탈 수밖에 없단다. 새우젓 배는 멍텅구리 배라고 했다. 무동력선으로 한 곳에 정박해서 좋이 6개월 동안 움직이지 않고 새우를 잡는다고 했다. 잡은 새우를 예인선에 올려 보내고 다시 새우를 잡고, 아니면 섬에 있는 김 공장에 보낸다고 했다. 섬으로 끌려가서 노예 생활하는 인신매매 이야기를, 나도 뉴스로 가끔 듣긴 했다.

나는 머리를 기르고 흔들며 노래하는 김경호를 닮고 싶었다. 그의 공연은 머리칼을 곤두서게 했다. 그는 꽉 끼는 청바지에 티셔츠를 입었다. 내 평상복도 그처럼 바뀌었다. 구식 케케묵은 이 도시가 맘에 들고 정들어서 이곳에 머무는 것은 아니었다. 부모 간섭 없이, 맘껏 드럼 치고 기타나 키보드를 연주하면 행복할 것 같았다. 사부가 됐다고 할 때까지 이 도시에 머물러야겠다. 파도가 출렁이며 다가왔다. 갈매기 몇 마리가 먹이를 찾는지 모래를 헤집고 있었다. 잔물결이 바지런하게 굼실거렸다. 사부의 말을 곱씹었다.

"1도는 5도를 부른다. 이건 만고불변의 진리다. 외우라고. 머리로 말고 손으로. 가슴으로."

사부의 그 말은 인과응보라는 말보다 더 가슴에 닿았다. 음악에서만 사용되는 말이 아니었다. 모든 일에는 순차적인 흐름이 있다는 말이었다. 살아가는 공식과도 같았다. 어쩌면, 나의 가출을 당연시하는 변명에 속한 것이기도 했다. 하지만 왼손으로 지판을 누르는 동시에 오른손은 줄을 스치듯이 두드리는 주법이 쉽지 않았다. 트로트의 기본 주법은 '얼턴드 베이스'다. 오른손으로 코드 잡은 줄을 스치듯이 치는 기법이다. 여섯 줄이 내는 소리는 어느 악기의 소리보다 훨씬 신났다. 사부를 만난 것은 행운이었다. 피나는 연습만이 성공의 지름길이라고 했다. 오늘은 기타를 들고 사부에게 갈 시간이 없다. 지나는 길에 라면과 소주, 치킨을 사다 놓아야겠다. 골골거리는 사부가 건강하기를 바라지만, 그를 위해 할 수 있는 것이 용돈을 쪼개 소주나 먹거리를 사다 드리는 것밖에 없었다. 그나마 힘들어졌다. 요즘 헬로의 매상이 계속 줄어들었다.

사부의 조언을 되새기며 코드를 짚었다. 왼 손목이 불편했다. 검지가 쓰라렸다. 오늘 코드 잡기는 힘들겠다. 손가락을 찬찬히 보았다. 유리에 베여 살갗이 벌어져 있었다. 소독하고 밴드를 붙여야겠다. 약국 유리문에 내 얼굴이 비쳤다. 까칠했다. 열아홉 살, 나이보다 훨씬 더 먹게 보여 아저씨로 변했다. 나는 학교 다닐 때 외모에 신경을 꽤 썼다. 칼라 무스로 머리를 세우고 얼굴을 솜털 하나 없이 밀었다. 엄마가 쓰는 마스크 팩도 가끔 했다. 여자애들도 내 피부를 부러워했다. 오늘은 면도하는 것도 잊고 나왔다. 약국 옆 식당집 이모가 도롯가 연탄 화덕에 생선을 굽고 있었다. 맛깔스러운 냄새에 회가 동했다. 생각해보니, 아침과 점심을 컵라면으로 때웠다.

북항 쪽 고갯길을 넘었다. 하늘에 늘어진 해상 케이블은 오선지였다. 줄에 매달린 케이블카는 4분 음표였다. 〈목포의 눈물〉이 하늘에서 연주되는 것 같았다. 케이블카가 움직이는 속도에 따라 머릿속으로 멜로디를 외웠다. 손가락을 내밀고 허공에서 코드를 짚었다. 사부는 기본이 충실하면 악보 없이 1,000곡을 신나게 연주할 수 있다고 했다. 사부를 만나기 전까지는 내 정도면 이런 지방의 물 좋은 클럽에서 연주할 수 있을 줄 알았다. 헬로에 있으면서 몇 번 물 좋은 신시가지의 유명 클럽에 가서 문을 두드렸지만, 내 실력으로는 명함도 못 내민다는 것을 알았다. 서울에서 먼 곳이라 만만하게 보고 온 나의 가장 큰 실수 중 하나였다.

이 낡은 항구도시는 연예인을 유난히 많이 배출한 곳이었다. 말 그대로 예술과 낭만의 항구도시였다. 손님마다 친한 연예인을 한 사람씩 들먹였다. 그들의 말처럼 이 지방 출신 유명 연예인 중 음악 하는 사람을 속으로 꼽아보았다. 그리고 나의 이름이 그 반열에 오르기를 기원했다. 중학 2년부터 드럼에 미쳤고, 기타나 키보드는 짬짬이 쳤다. 어느 악기의 실력도 프로 되기에는 멀었다. 처음, 사부는 내가 기타를 가르쳐달라고 하자 욕부터 했다. 객지에서 고생하지 말고 집으로 돌아가라고 했다. 샛길로 빠져 잡스레 굴다가는 자기처럼 된다고 했다. 내가 추구하는 음악은 한 모금 담배 연기에 불과한 것이라고 했다.

저녁 장사 준비를 했다. 벽에 걸린 양복을 입었다. 물을 뿌려 구겨진 와이셔츠를 대충 폈다. 물티슈로 양복 바지를 닦았다. 그사이에 람보가 다녀갔다. 매상을 정리하러 왔다. 람보는 클럽 문을 닫고 창고로 세놓는다고 했다. 부동산에서 몇 번 다녀간 적이 있었다. 그럴 때마다, 헬로에서 일하는 이모와 음악을 책임지는 정수 형, 연자 이모 등 몇 사람이 람보에게 사정했다. 우리는 월급을 따지지 않고, 헬로를 우리 스스로 운영하면서 람보에게 이익금을 넘겨주었다. 겨우 각자의 밥값 정도 떨어졌다. 람보의 몫도 집세 정도 받을 때도 있고 두 달씩 건너뛸 때도 있었다. 자연히, 연자 이모는 손님들에게 술을 강매하려고 나섰다. 지난밤에도 계꾼들이 와서 기본에 미치지 못하는 술을 시키자, 테이블 수를 늘려야 한다고 나섰다. 손님들이 짜증을 냈다. 나는 가까스로 무마시키고 조명을 최대한 올렸다. 람보가 디자인한 무대 조명은 환상적이었다. 춤꾼으로 알려진 람보는 본인의 경험을 살려 무대 천장에서 빙글빙글 도는 불빛 속에 꿈을 불어넣었다. 춤추는 사람의 모습이 어느 각도에서나 근사하게 보였다. 좁고 낡은 홀이지만 조명만은 아름다웠다. 이모들 몇 명이 춤추러 오는 이유도 이 불빛 때문일 터였다. 근처 클럽들이 문을 닫았지만 작은 모텔 지하 주차장을 개조해 만든 헬로가 지금까지 살아남은 이유 중의 하나였다.

낮에 전단을 돌릴 때 몇 명의 단골손님을 만났다. 근처 선구점에서 일하는 사람들이었다. 그들은 술보다 여자가 필요해서 찾아왔다. 때때로 혼자 와서 여자 몇 명이 있는 꽃밭에 끼어들기도 했다.
"야, 민아, 저녁에 가면 예쁜 여자 부킹해줄 수 있냐?"
나는 어느새 클럽 헬로의 영업 상무가 되어 있었다. 그날 새벽, 람보를 처음 만나 이 클럽의 헬로라는 간판을 보았을 때, 나는 라이오넬 리치가 부른 〈헬로(Hello)〉라는 발라드풍의 감미로운 노래를 자연스럽게 떠올렸다. 이 클럽이 곧 내가 그토록 간절하게 '헬로'라고 외치며 구원을 요청할 장소이고, 나의 유토피아로 여겼다. 그런데 클럽의 잡일이나 하게 되었고, 〈헬로〉 노래와 전혀 딴판인 뽕짝과 맞닥트리고 말았다.
오늘은 자동차에 꽂힌 전단을 보고 찾아올 손님도 있겠다. 부지런히 청소하고 냉장고에 들어 있는 과일을 점검했다. 다섯 시면 준비가 끝나야 했다. 무대 위의 기타가 손짓했다. 한 번만 얼러주라고 졸랐다. 사부의 손길을 애타게 그리는지도 모르겠다. 기타도 영혼이 있다면 나 같은 주인보다 자신을 아끼고 사랑해주는 사부 같은 사람이 필요하겠다. 그동안 3일이나 기타를 만지지 못했다.
며칠 전, 사부네 집에서 사부의 기타를 만졌다. 오래된 세고비아였다. 몸통 모서리가 손 기름으로 반들거렸다. 사부가 화장실에 앉아 있는 사이였다. 나는 내 기타와 사부의 기타를 바꾸고 싶었다. 내 기타가 더 비싸겠지만, 사부의 혼과 손때가 스며 있어 만지기만 해도 최고의 소리가 날 것 같았다. 사부가 어느새 나와서 내 머리통을 쥐어박았다. 내일은 기타를 가지고 가야겠다. 사부에게 부탁해보자. 벽에 걸린 채 먼지 날리는 기타와 내 기타를 바꾸자고. 아니면, 아예 나에게 달라고. 아마, 이번에도 머리통 쥐어박히고 욕만 배 터지게 얻어먹겠지.

다신 오지 말라고 할지도 모르겠다.

　어느새 연자 이모는 주방 안을 정리하고 홀 위의 테이블을 닦고 있었다. 이모의 팔뚝에서 나비가 흔들렸다. 이모는 헬로가 아니면 갈 곳이 없었다. 그녀는 무국적자였다. 조선족인데 꿈을 안고 한국에 들어왔다. 연자 이모는 중국 어선을 타고 흑산도를 거쳐 이 항구도시로 밀항했다. 돈을 몽땅 벌어 고향에 가서 식당을 차리는 게 꿈이라 했다. 알고 보니까, 누군가를 그리워하고 무엇인가를 간절히 기원하는 '헬로'는 연자 이모에게 가장 잘 어울리는 단어일지도 모르겠다. 주민증 없는 이모는 이 클럽에 틀어박혀 먹고 자며 주방일을 했다. 이모는 돈을 구메구메 모아 고향으로 보낸다고 했다. 돈을 모은다고 해봤자, 자기가 먹고 입는 것에 인색하게 구는 방법밖에 없을 터였다.

　정수 형이 아직 오지 않았다. 무대 위로 올라갔다. 발목을 긁었다. 다리를 흔들었다. 드럼을 치기 전에 하는 나의 버릇이었다. 드럼 스틱을 잡았다. 유행하는 리듬을 때렸다. 박자가 제대로 맞지 않았다. 이마에 땀이 맺혔다. 문 쪽을 힐끗거렸다. 정수 형은 일자리를 구하다 느지막이 올 터였다. 네 살배기 딸을 둔 정수 형은 한 달에 100만 원이라도 꾸준하게 갖고 갈 수 있으면 좋겠다고 했다. 문을 열려면 30분 남았다. 이번에는 기타를 잡았다. 줄을 튜닝했다. 너무하다고 앙탈하는 것 같았다. 손님이 오기 전, 정수 형 출근하기 전이 무대에서 악기 만질 기회였다. 소리가 마음에 들지 않았다. 기타를 제자리에 놓았다. 정수 형이 들어왔다. 구부정한 어깨가 더 굽었다. 나는 오후에 문을 열어놓고 손님이 오기 전 악기를 다룰 때가 가장 행복했다. 클럽에 들어오는 손님은 흘러간 노래들을 요구했다. 간혹 최신 유행곡을 원했지만, 악보 없는 정수 형의 연주는 어딘지 모르게 매끄럽지 못했다.

"그건 때려치우고, 목포의 눈물이나 연주하랑께."

그 노래는 알코올과 흥의 '스타트 모터'였다. 정수 형이 전공인 트럼펫으로 뽕짝을 불었다. 손님들에게 '오부리'를 받기 위해 한 음정 한 음정 구성지게 꺾는 모습이 역력했다. 그런데 나는 정수 형의 트럼펫 연주 종착점을 잘 알고 있었다. 결국은 재즈로 가게 되었다. 정수 형의 얼굴이 거무스름해서 재즈로 돌아가는 것은 결코 아니었다. 그는 종종 중얼거렸다. 재즈는 나의 인생이며, 나의 혼이며, 저 바다의 까치놀이라고. 하긴, '착각은 자유'라고 했다. 손님들은 금세 짜증을 내며, 기수를 뽕짝으로 돌리라고 소리칠 터였다. 당연히 '오부리'도 야박해질 수밖에 없었다. 그런데도, 돈이 필요하다는 정수 형은 재즈를 향한 열정에서 고집스레 벗어날 줄 몰랐다.

예상했던 것처럼 손님들이 짜증을 냈다. 어쩔 수 없이, 노래방 기계나 다름없는 앰프에서 뽕짝을 틀었다. 요즘 들어서, 텔레비전의 어떤 프로그램 때문에 뽕짝의 기세가 하늘을 찌르고 있었다.

나는 원래 뽕짝 하려고 음악에 뛰어들지 않았다. 뽕짝은 왠지 촌스럽다고 여겼다. 슈퍼주니어에게 미쳐 있었다. 동해라는 가수 때문이었다. 그의 고향도 이 항구도시였다. 아주 오래전에 '모모는 철부지'란 노래를 만들어 부른 가수도 마찬가지였다. '모모'는 나를 두고 하는 말처럼 들렸다. 내가 태어나기도 전의 노랫말이 어쩌면 이렇게 나와 어울리는지.

한 무리의 손님이 들어왔다. 이번 어장은 조황이 좋았다고 했다. 위판을 보는 경매사들과 함께 왔다. 원양어선 선원들이었다. 동남아 외국인들이 섞여 있었다. 오케이, 오늘은 매상을 올려야겠다. 이모들도 단장하고 곧 들어올 터였다.

헬로에서 제일 예쁜 현이 이모를 찾는 낯선 사람이 나타났다. 나보다 서너 살쯤 위로 보였다. 연자 이모는 고향에 두고 온 가족이 생각났는지 커피를 끓여서 내놓고 자세히 물었다. 찾는 사람이 누구냐고. 그 손님은 빛바랜 사진을 보여주며 어머니라고 했다. 입대하기 전에 꼭 만나고 싶다며. 현이 이모는 아직 오지 않았다. 찾아온 사람에게 이곳에 드나드는 이모들 정보는 가르쳐주지 않는 것이 불문율이었다. 꼭 좀 연락해달라고 말하는 그 남자의 축 처진 어깨가 나를 찾고 있을 엄마와 닮았다. 혹시 들르면 알려주겠다고 했다. 남자는 위층 모텔에 하루 묵을 예정이라고 했다. 남자가 홀을 나간 한참 후, 현이 이모가 나타났다.

"이제 이 짓도 고만해라. 아들이 찾아왔음메. 조금 전에 나갔음메. 입대한다 카더라. 에미가 한번은 봐야지 않겠음메."

"난 가족이 없어요."

현이 이모의 나직한 대답에 연자 이모나 나나 할 말을 잃었다. 연자 이모가 수프를 끓여 현이 이모에게 내밀었다.

"빈속에 술 많이 처묵으면 아니 됨메. 아나, 이거라도 무라."

수프 속에 이슬 한 방울이 떨어졌다. 현이 이모의 눈시울이 촉촉하다. 묵묵히 숟가락질했다. 며칠 사이 얼굴이 더 상해 있었다. 눈 밑에 다크서클이 가득 내려앉았다. 이모는 잘생기고 반지르르한 손님을 그다지 좋아하지 않았다. 이모는 밤을 함께 보낸 손님의 양말이나 속옷을 빨아 선풍기에 말려서 입혀 보낸다는 소문이 났다. 그런 손님은 주머니 사정이 여의치 않아, 현이 이모의 수입은 별로였다. 버리고 온 가족에 대한 죄책감 때문이었을까, 그렇지 않으면 뭘까.

"니, 그래 가지고 돈 모으겠나. 니가 이 생활 하면서 돈도 아니 모으면 늙고 병들어서 어쩔라고 그럼메. 그것도 가진 거라고 '육보시'하는 것임메. 그 인물에 지금까지 이게 뭐임메. 얼굴값 좀 하고 살아래이."

연자 이모의 잔소리에도 현이 이모는 아랑곳없었다. 합석하고 이 차 갈 손님이 없는 날은 다른 이모들이 내주는 술 몇 잔을 얻어먹고 쓸쓸하게 돌아갔다. 현이 이모와 함께 작업할 다른 이모 둘이 들어와 자리에 앉았다. 햇볕에 그을린 남자 셋이 합석했다. 양주를 주문했다. 나는 홀을 부지런히 돌았다.

람보가 입구에서 얼굴을 살짝 내밀며 장사 분위기를 살폈다. 그는 이 항구도시에서 춤으로 성공한 인물이었다. 춤과 노래로 헬로 클럽이 있는 이 모텔 주인이 됐다. 춤을 추면서 상대에게 손을 내밀 때, "헬로!" 하고 멋들어진 본토 발음을 했다고 한다. 우리 사이에서 그를 람보라고 부르는 까닭이 있다. 람보는 남진을 사모한다는 '남모'였다. 저 푸른 초원 위에, 하고 몸을 흔들며 노래를 부르면 남진보다 더 멋있었다고 했다. 하지만 내 눈에는 별로였다. 중년 아줌마들은 깜박 죽었다. 가끔 계를 마치고, 람보의 명성을 듣고 찾아오는 아줌마들이 흥분했다.

"어머머, 정말 똑같네. 아니, 더 멋있어."

그녀들은 친구들을 끌고 이곳을 찾기도 했다. 그렇게 남진을 흠모하는 '남모'에서, 외국 영화 중 근육질 배우가 한창 인기였던 영화 제목인 '람보'로 변했다. 나는 언제쯤 환호하는 팬들을 만날까. 내가 원

클럽 헬로

하는 나의 무대를 가질 수 있을까. 얼마나 많은 돈을 벌어야 방음이 되는 음악실을 가질 수 있을까. 돈을 모아 전자기타를 사려던 생각은 아예 잊어야 했다.

웬일인지, 스무 개의 테이블이 거의 찼다. 며칠간은 람보의 잔소리가 없을 것이다. 음악이 돌고, 여기저기서 '오부리'를 내고 노래를 신청했다. 정수 형이 신났다. 드럼 소리가 평소와 달리 힘찼다. 정수 형의 밥벌이가 시작됐다. 조명이 번쩍거리며 돌았다. 현이 이모가 합석했던 손님과 무대 위로 올라갔다. 현이 이모의 옷차림이 선정적이었다. 치마가 아주 짧았다. 언제나 긴 치마에 예쁜 블라우스를 입던 이모가 아니었다. 오늘은 꼭 붙는 티셔츠에 머리를 틀어 올리고 짧은 청치마를 입었다. 나이보다 훨씬 어려 보였다. 이모의 모습이 조명 위에서 빛났다. 무대에 선 현이 이모의 모습은 화려한 보랏빛이었다. 이모가 무대에 나오면 침 흘리는 사람이 많았다. 가끔 현이 이모를 두고 손님들 사이에 싸움이 일어나기도 했다. 나는 연자 이모를 도와 주방과 홀 사이를 열심히 오갔다. 왼손가락이 쟁반을 잡을 때면 코드를 짚는 연습을 하던 버릇도 잠시 잊었다. 매상 올리기 여념 없었다.

영업 시간이 12시를 훌쩍 넘었다. 마지막 손님들이 들어왔다. 갑자기 쨍그랑 날카로운 소리가 났다. 맥주병 깨지는 소리였다. 현이 이모와 손님이었다. 블루스 타임, 남자가 현이 이모에게 밀착해서 더듬다가 제지를 받은 모양이었다. 이럴 때 손님 대부분은 민망스러운 표정으로 웃었다. 하지만 질 나쁜 손님은 대개 여자에게 행패를 부리곤 했다.

"너, 이 쌍년. 개 같은 년!"

남자가 이모를 밀쳤다. 남자의 눈에서 불똥이 튀었다. 얼른 뜯어말려야 했다. 양주 쟁반을 든 나는 무대까지 가려면 쟁반부터 내려놓아야 했다. 현이 이모가 무대 위에서 넘어졌다. 소란할 때면 더 신나는 음악을 틀어야 했다. 정수 형이 볼륨을 올리며 빠른 템포로 바꾸었다. 현이 이모가 손님에게 달려들었다.

"그래, 이놈아, 나는 새끼 버리고 서방 버리고 나와 개지랄하는 개만도 못한 년이다. 쳐라, 쳐! 그러는 네놈은 얼마나 깨끗한 놈이냐!"

음악 속에서도 두 사람의 소리는 한 옥타브 더 높아 조명 위에서 울렸다. 오늘 장사는 종 쳤다. 아니, 람보의 귀에 들어가면 이젠 어쩔 수 없이 문을 닫을지도 모르겠다. 넘어진 현이 이모에게 남자의 발길질이 시작됐다. 남자가 발을 들었다. 나는 남자의 팔을 붙잡았다. 테이블 스무 개 정도의 헬로에는 뒷정리하는 기도도 없었다. 후진 클럽에서 자주 일어나는 소요였다. 연자 이모가 주방에서 재빨리 나왔다. 현이 이모를 일으켰다. 깨진 맥주병에 현이 이모 다리가 상했다. 피가 흘렀다. 구급상자를 가져왔다. 응급처치했다. 그다지 큰 상처는 아니었다. 이모의 얼굴에 검은 두 줄이 흘러내렸다. 화장이 번졌다.

람보가 나타났다. 마이크를 잡고 구성지게 노래 불렀다. 손님 주의를 돌리려는 수법이었다. 정수 형이 손님을 달래서 내보냈다. 노래를 끝낸 람보가 현이 이모가 앉은 테이블로 왔다. 두툼한 손으로 이모의 뺨을 때렸다. 남아 있던 몇 안 되는 손님들이 자리를 떴다.

"야 이년아, 망가져도 이렇게 망가지냐. 손님 치근대는 게 싫으면 나오지 마. 그래 인제 고만해라. 집구석으로 돌아가든지, 식모질이라도 하든지, 남의 장사 한두 번 망치는 것도 아니고, 나도 봐줄 만큼 봐

줬다. 에이, 내일부터 문 닫아. 다들 갈 데 알아봐."

람보의 입이 실룩거렸다.

현이 이모 왼쪽 뺨이 발갛게 부었다. 짧은 치마 아래의 무릎에 붕대 감은 모습은 가관이었다. 현이 이모는 고개를 숙인 채 아무 말이 없었다. 람보가 조금은 미안한 모양이었다.

"다친 다리는 어떠냐? 병원에 안 가도 되냐?"

"그런다고 사람을 때림메. 잘못은 손님이 먼저 했음메."

연자 이모가 현이 이모 역성을 들었다.

"니들 처지 딱한 것은 안다만, 내일부터 고만 영업해라. 뒤치다꺼리하는 것도 지쳤다. 내가 헬로에서 돈을 퍼 담아 가냐?"

람보가 테이블을 거칠게 밀치고 나갔다. 빈 홀에서 조명이 여태 혼자 돌고 있었다. 조명이 제 딴에는 신바람을 내며 그림자놀이를 하고 있었다. 연자 이모가 갑자기 일어나 무대 위로 올라갔다. 마이크를 잡았다. 이모의 팔뚝에 나비 한 마리가 앉았다. 파르르 날개를 떨었다.

"반가압습니다. 반가압습니다."

반주도 없이, 연자 이모가 노래 불렀다. 노래는 다시 〈굳세어라 금순아〉로 넘어갔다. 정수 형이 앰프를 켰다. 뽕짝 메들리였다. 정수 형이 색소폰을 잡았다. 나도 질세라 드럼을 쳤다. 현이 이모가 다친 몸으로 춤을 추었다. 다른 이모들도 합세했다. 뽕짝 메들리가 끝없이 흘러나왔다. 연자 이모가 "고향이 그리워도 못 가는 시인세~" 하고 노래하다가 마이크를 떨구었다. 목이 멘 것이었다. 정수 형이 음악 볼륨을 높였다. 이모들이 연자 이모의 아픔을 춤으로 덮으려는 듯 미친 듯이 몸을 흔들었다. 아예 발악이었다. 몸뚱이에 달라붙은 고통과 근심 그리고 남루가 떨어져 나가라고 악착같이 흔들었다. 템포가 빨라졌다. 정수 형이 나서서 '말춤'을 추었다. 쿵쾅쿵쾅, 무대 바닥이 울렸다. 화장이 번진 현이 이모가 웃음을 되찾았다.

람보가 다시 돌아왔다. 무대에서 어깨동무하고 춤추며 노래하는 우리를 보고 눈알이 동그래졌다. 급기야, 주먹으로 테이블을 쳤다. 그래도 우리의 제의(祭儀) 아닌 제의는 멈추지 않았다.

"병신들, 지랄 육갑하고 있네."

람보가 쌍심지를 켰다.

그때, 몇 손님이 사부와 함께 홀로 들어왔다. 람보가 손님을 받지 않는다고 손을 내저었다. 그런데 사부를 발견한 순간 손이 굳었다. 아무도 그런 장면을 알아차리기 힘든 순간이었지만, 나는 똑똑히 보았다. 곧이어 람보의 굳은 손이 풀리자마자 비칠비칠 뒤로 물러서 벽에 기대섰다.

"민아, 네 사부님 오셨음메! 어서 모시지 않고 뭐 함메."

연자 이모가 내 등을 쳤다. 평소 같으면 따끔했을 텐데 시원했다. 나는 이모들과 함께 흐트러진 테이블을 재빨리 정리했다. 연자 이모는 주방으로 들어갔고, 다른 이모들은 사부와 손님들의 손을 잡아끌었다. 노래 대신에 웃음꽃이 피기 시작했다. 정수 형은 앰프 옆으로 냉큼 달려갔다. 나는 맥주와 소주병을 담은 쟁반을 들고 강아지처럼 달려갔다. 연자 이모가 준비한 안주도 도착했다. 현이 이모는 사부의 취향을 잘 알고 있었다. 맥주잔에 소주를 먼저 붓고, 병뚜껑을 딴 맥주병 주둥이를 엄지로 막고 흔든 다음에 분수처럼 뿜어 소주와 희석했다.

클럽 헬로

한 손님이 "엽전!" 하고 건배사를 외쳤다. 다른 손님들이 "열닷 냥!" 하고 받으면서 술잔을 단숨에 비웠다. '소맥'을 석 잔씩 연이어 들이켰다. 함께 온 손님들이 사부를 일제히 쳐다보았다. 나는 무언의 눈빛이 무얼 의미하는지 눈치챌 수 있었다. 그 눈치가 틀리지 않았다.

사부가 무대 위로 올라갔다. 늙고 야윈 뒷모습만 놓고 보면, 어디에서 그런 연주가 나오는지 신비했다. 정수 형이 빙글빙글 도는 현란한 조명을 끄고, 사부에게 한 줄기 스포트라이트를 맞췄다. 〈엽전 열닷 냥〉이 연주되었다. 잠시 후, 흥에 겨운 사람들이 무대 위로 뛰어 올라갔다. 사부와 함께 온 손님들이 '개다리춤'과 '구두닦는춤'을 추었다. 주방에서 나온 연자 이모가 '때밀이춤'을 추었다. 모두 무아지경에 빠진 듯했다. 나는 무의식적으로 사부의 손동작을 따라 하고 있었.

한바탕 신나는 춤판이 끝났다. 잠시 정적이 흘렀다. 나는 람보의 눈치를 살피기 위해 홀을 둘러보았다. 그는 마포 바지에 방귀 새듯 어디론가 자취를 감추었다.

누군가 "목포의 눈물!"이라고 외치자, 다른 사람들이 그 소리를 세 번이나 복창했다. 전주곡이 흘러나오기 시작했다.

띤띠~띤띠리띤디~ 띤띠~
띠리리 띠리리리~ 띠리리 띠리리리~

항구로 밀려오는, 특별한 의미를 간직한 파도 소리였다. 19세 이난영의 애절한 목소리가 되살아나는 순간이었다. 특유의 비음까지 생생했다. 그때 그 시절, 조선의 아픔이 파도로 넘실댔다. 아니, 어쩌면 시간과 공간을 뛰어넘어 헬로 사람들의 현실까지 담긴 것인지도 몰랐다.

  1절이 끝나고 서글픈 간주가 끝났다. 2절이 시작되자 연자 이모가 마이크를 잡고 노래하기 시작했다. 곧이어 현이 이모가 연자 이모의 손을 움켜쥐고 함께 불렀다. 다른 이모들이 두 사람을 둘러싸고 노래를 불렀다. 앰프 옆에 앉아 있던 정수 형이 입이 들썩거리고 있었다. 죽기 살기로 재즈만 고집하던 형의 변화가 놀라웠다. '떼창'이었다. 내 손가락도 바빠졌다. 왼손은 허공의 가상 지판 위에서 코드 따라 움직였고, 오른손은 여섯 줄을 퉁기느라 바빴다. 비록 허공에서 움직이는 손가락들이었지만, 나는 나의 연주 소리를 충분히 느낄 수 있었다. 3절이 시작되어 '어찌타 옛 상처 새로워진다'는 노랫말이 진행될 때, 누군가의 울음이 터지기 시작했다. 현이 이모였다. 그 울음소리가 또 다른 울음소리를 낳았다. 이번에는 연자 이모였다. 노랫말을 울음소리가 대신했지만, 사부의 기타 연주는 멈추지 않고 끝까지 이어졌다.

  커피포트에서 물이 끓었다. 사부와 손님들이 떠난 홀은 진공 상태로 변했다. 청소도 잊고 멍하니 앉았던 나는 싱크대 맨 아래쪽 서랍을 열었다. 서랍 속은 어둡고 깊었다. 퀴퀴한 냄새가 훅 끼쳤다. 숨을 참고 컵라면을 꺼냈다. 서랍 옆에 있던 바퀴벌레가 주방 쪽으로 도망쳤다.

  연자 이모가 침대 위에 돌아누워 있었다. 주방 한쪽에 빈 맥주 상자 몇 개를 잇대어 만든 간이침대였다. 모로 누운 이모의 왼쪽 팔뚝에 새겨진 나비 한 마리가 흔들렸다. 나비는 연자 이모의 꿈이었다. 시간이

지나면 나비도 늙는 것일까. 나비는 알에서 벌레로, 나비로 다시 변한다고 배웠다. 연자 이모의 나비도 그렇게 변하게 될까. 희멀겋게 쳐진 이모의 팔뚝에서 나비가 늙어가고 있었다.

뜨거운 컵라면을 들고 옥상으로 향하는 철제 비상계단을 오르기 시작했다. 밟아도, 밟아도 옥상은 나타나지 않고 똑같은 계단 그대로일 뿐이었다. 오르고 또 올랐다. 계단 중간쯤이었을까. 뚜껑을 열고 국물부터 후루룩, 마셨다. 매콤한 국물이 뱃속을 자극했다. 불어터진 면발이 입안에 감겼다. 허기가 밀려와서 현기증이 일었다. 나무젓가락으로 면발을 허겁지겁 긁어서 씹는 둥 마는 둥 삼키고 남은 국물을 마저 마셨다. 그래도 허기는 가시지 않았다. 하나쯤 더 먹으면 배가 차겠다.

계단을 밟고 옥상까지 올라갈 여력이 없었다. 철제 난간에 몸을 기댄 채 바다를 바라보았다. 바다 위에서 해돋이가 시작되고 있었다. 항구가 붉게 물들었다. 어제의 태양이 아닌 오늘의 태양이 떠올랐다. 비릿하면서도 싱싱한 아침 공기가 코끝에 닿았다. 나도 모르게 〈목포의 눈물〉 노랫말을 흥얼거리기 시작했다. 갈매기가 기타 여섯 줄을 퉁기며 날아올랐다. 항구의 윤슬은 시공을 초월한 〈목포의 눈물〉이었다.

로또맨

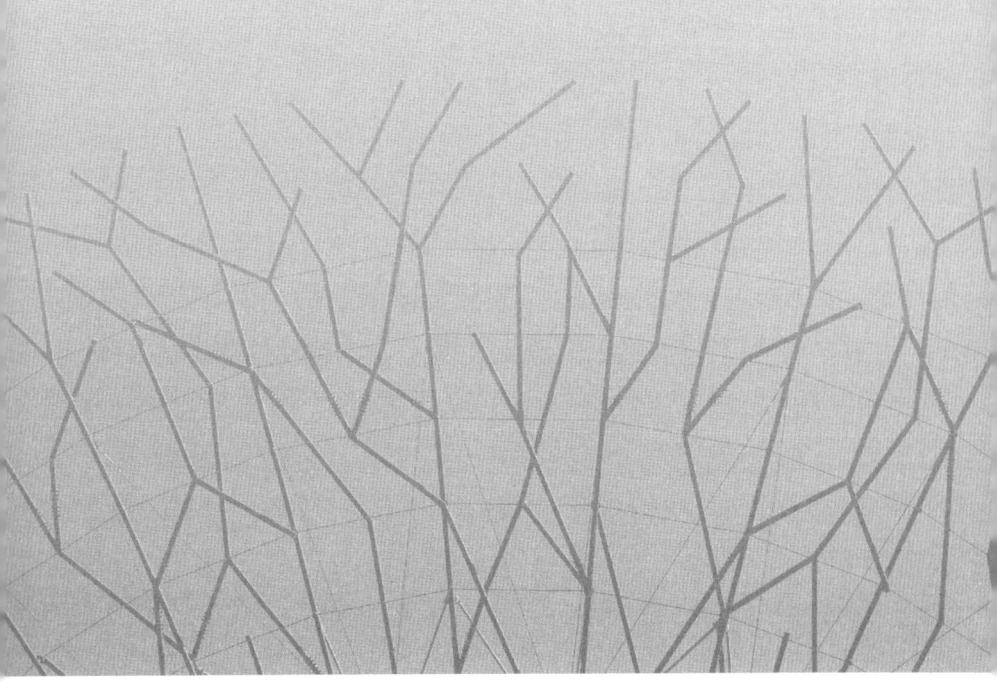

로또맨

연일 뉴스에서는 소읍의 땅이 꺼져 사라지는 사건을 보도했다. 주민의 삶은 농업이 주산업이지만, 다른 농촌보다 윤택했다. 전국 생산량 절반 이상을 차지하는 양파나 그 밖의 특수작물을 경작해서 소득이 높았다. 배산임수의 전형적인 촌락인 이 소읍은 어머니의 자궁처럼 편안하고 살기 좋은 곳이라 했다. 그런데 지질학적으로 석회석이 많은 지역이었다. 물이 담겨 있던 지층에 물이 빠지자 땅이 꺼진 현상이라고, 지질학자들이 말했다. 지하수를 농업용수로 많이 사용해서 고갈되자, 석회석의 무른 지질이 물 빠진 공동 속으로 내려앉았다.

영태의 건물이 있는 중심 상가 끝자락의 방앗간이 삽시간에 사라졌다. 다행스럽게도, 사람들이 퇴근한 밤에 일어난 일이라 인명 피해는 없었다. 그렇지만 하룻밤 사이에 감쪽같이 사라진 건물과 휑한 공동을 보며, 주민들은 당황해했다. 그 지역은 재개발할 수밖에 없었다. 마을, 밖을 휘돌아 흐르는 강은 예나 지금이나 별 차이 없이 흐르는

데 땅속 물이 마른 것은 이변이었다. 돈을 물 쓰듯 한다는 옛말이 무색했다. 땅속 물이 고갈되다니, 공기와 같이 자연으로 순환되어 생성되는 물이 사라졌다. 사람들이 물은 언제나 흔하다고 생각했다. 화수분처럼 언제까지나 마르지 않을 줄 알았다. 그런데 집집이 농업용 관정을 파서 맘껏 사용하다 땅이 꺼지는 괴변이 발생한 것이다.

소읍에서 짓는 양파나 특수작물은 물이 많이 필요한 농사다. 특히, 양파 성분의 80퍼센트가 물이었다. 건기에 소읍의 밭은 대부분 스프링클러를 설치했다. 햇살이 환한 낮이나 달빛이 밝은 밤에도 밭마다 물을 양껏 뿌렸다. 그때마다 몽환적인 무지개가 어렸다. 사람들은 그런 광경을 바라보며, 저마다 아름다운 꿈을 꾸었을지도 모르겠다. 그런데 그렇게 꿈에 취해 있다가 지하수가 알게 모르게 고갈되고 땅이 꺼지는, 이른바 싱크홀 현상까지 생겼다.

티브이 아나운서는 돈을 벌기 위해 아무것도 가리지 않는 오늘의 현실을 지적했다. 그리고 부유하지는 않으나 행복하게 사는 다른 나라를 예로 들었다. 티브이는 중앙아시아의 한 곳을 보여주며 비교했다. 건포도로 유명한 곳이다. 투루판 사람들은 지혜로웠다. 그들은 물의 증발을 막기 위해 지하수로를 개발했다. 연간 강수량이 20밀리밖에 안 되는 건조한 곳에서 설산에서 내려오는 물을 아끼기 위한 지혜는 기적처럼 보였다. 그들의 삶은 21세기를 사는 요즘의 물질문명이 발달한 것과는 전혀 달랐다. 한 방울의 물도 허투루 쓰지 않았다. 그중에 한 농가 부부의 삶을 보여주었다. 그 집에는 낡은 트럭과 오래된 라디오가 있었다. 주방에는 불 때는 화덕이 있고, 그 화덕 위에서 중년의 안주인이 음식을 만들었다. 남편은 수확한 포도를 자연 건조하는 곳간에 들였다. 건포도를 말리는데 어떠한 가공 요소도 보태지 않았다. 자연 바람이 통하는 곳에 걸어둘 뿐이다. 수천 년 내려온 그들 삶의 지혜였다. 그들의 삶은 평온했고 하늘의 섭리에 순응하는 듯했다. 아나운서의 마지막 논평은 우리나라 사람들의 생활과 비교하며 요행을 바라는 복권이나 주식시장을 비판했다. 빠르게 달리는 자동차도 보여주었다. 복권이 잘 당첨되는 매장에 줄 서 있는 모습이 마지막 화면을 장식했다.

　영태의 사진관 바로 옆 정육점과 채소 가게가 기우뚱했다. 전문가 말에 따르면, 지하수층은 영태네 바로 옆인 정육점 건물까지였다. 그래도 영태네까지 공사해야 한다고 했다. 물이 빠진 공동을 시멘트로 메워야 했다. 그 주위는 철거 명령과 함께 안전띠를 두르고 통행을 금했다. 방앗간과 정육점은 새로 마련된 임시 상가로 옮겨갔다. 영태네는 어차피 이달 말일 안으로 살림집이 딸린 사진관 건물을 비워야 했다. 대출 원리금을 제때 내지 못해 경매에 넘어갔다. 영태는 집안에 닥친 여러 문제를 복권 한 방으로 해결하려 했다.

　영태는 편의점 탁자에 앉아 OMR카드를 뚫어지게 바라봤다. 간밤에 만든 좌표를 보며 열심히 숫자에 표시했다. 고개 숙인 영태의 정수리가 훤했다. 입고 있는 하얀색 점퍼의 소매는 솔기가 닳아 실밥이 느실거렸다. 덧입은 검정 조끼에 흰머리 한 가닥이 실밥처럼 어깨에 흘러내렸다. 영태가 입을 오므리자, 볼이 홀쭉하게 패었다. 영태의 가느스름한 두 눈은 하얀 뭉게구름 같은 욕망에 차서 창호지처럼 부옇다.

영태가 고개를 쳐들고 창밖 하늘을 바라보았다. 때맞추어 바람이 한 차례 휘몰아치듯 불었다. 가로수의 노란 은행잎이 우수수 떨어졌다. 은행잎은 자동차 바퀴를 따라 황금빛 동전이 구르듯 도로 위를 굴렀다. 영태는 마치 알라딘의 요술 램프에서 황금 동전이 쏟아지는 것처럼 황홀하게 쳐다보았다. 황금 동전은 곧 도로에서 사라졌다. 영태가 벽에 걸린 시계를 쳐다봤다. 그동안 몇 장의 로또가 발행되었는지 어림잡았다. 처음 영태가 복권을 산 뒤 카센터 이 군이 만 원어치를 샀고, 짜장면집 안주인이 만 원어치를 샀다. 다음은 낯선 사람이 두 명 왔다. 확률을 계산했다. 영태가 계산대 쪽을 바라보며 의자에서 일어날 때였다. 교복 입은 여학생 두 명이 편의점 안으로 들어왔다. 한 여학생이 영태를 보고 흠칫 놀라며 뒤돌아서 나갔다. 같이 오던 여학생이 멍하니 뒤따라 나갔다. 영태는 자신을 보고 도망치듯 피해 가는 사람이 있는 것도 모를 정도로 로또에 열중했다. 사인펜으로 검은 칠을 한 로또 용지를 계산대에 내밀었다. 계산대 아가씨가 무표정한 얼굴로 오천 원 로또 한 장을 내밀었다. 영태는 로또를 소중하게 주머니에 넣었다. 거리는 점점 어두워졌다. 한 시간이 지났다. 다시 오천 원 로또를 주문했다. 벌써 영태의 점퍼 안주머니에는 로또 열두 장이 제법 부피를 가지고 다 닳은 지갑 속에 들어 있었다.

영태는 머릿속으로 계산하기에 바빴다. 부옇게 흐린 눈이 반짝였다. 누적 당첨 금액까지 합산하면 요번 일등 당첨금은 세금을 공제하고도 18억쯤 되겠다. 대출금 갚고, 읍내 새로 지은 아파트를 사야지. 최신형 카메라를 들고 누드 모델을 데리고 이름난 폭포 아래로 사진을 찍으러 다녀야지. 사진작가 대부분은 누드 모델을 계약해서 알려지지 않은 비경을 찾아다니며 작품 활동을 했다. 영태도 그런 작품을 제작해서 공모전에 출품하고 싶었다. 두 번째는 아내, 인정의 미술 공부를 계속하게 해야지. 참, 좋은 일도 겸해야 하니 한 달에 두 번은 주말에 영정사진 찍는 봉사를 해야겠다. 한 달에 한 번은 어린이집 아이들 사진을 찍어 작은 소품 사진첩을 만들어주어야지. 아! 서울에서 취업 준비하는 민수의 오피스텔을 얻어주어야지. 계산하는 영태에게 18억의 돈은 절대 많지 않았다. 편의점을 나온 영태의 어깨는 구부정했다. 큰 키에 마른 체구가 더욱더 초라해 보였다.

어느새 거리는 어두워져 인적이 없었다. 읍의 가장 번화한 사거리가 싱크홀 현상 탓인지 한산했다. 24시 편의점과 밤새워 영업하는 술집 몇 군데만 불이 켜져 있었다. 영태의 휘청거리며 걷는 발걸음은 곧 쓰러질 것처럼 위태로웠다. 관리가 안 된 3층 건물 앞에서, 영태는 주머니를 뒤적거렸다. 열쇠 하나가 뒷주머니 끝에서 잡혔다. 옆 건물은 한 귀퉁이가 기울었다. 영태네 사진관으로 들어가는 길은 노란 줄이 쳐져 출입을 금했다. 영태는 허리를 굽혀 건물 앞으로 들어섰다. 사진관 문을 열자, 엽서 한 장이 떨어졌다. 2주 이내 집을 비우라는 안내장이다. 엽서를 한 참 들여다보다 휴지통에 넣었다. 환한 조명이 비추는 사진 속에서 영태와 아내, 인정 그리고 아들, 민수와 딸, 민솔이 행복하게 웃고 있었다. 영태는 흐뭇하게 사진을 바라봤다. '조금만 기다려 곧 대박이 날 것이야. 그때까지만 참아.' 속으로 중얼거렸다. 영태는 상상했다. 인정이 예쁜 치마를 입고 정돈된 주방에서 요리하는 모습이었다. 인정이 영태 대신에 사진관을 운영한 지 오래됐다. 인정은

로또맨

언제나 청바지에 점퍼 차림으로 사진관에 있었다. 집안 살림에 먼지가 끼기 시작한 지도 그때쯤이었다.

영태는 자신이 운이 좋은 사람이라고 생각했다. 로또에 당첨될 운을 타고났다고 믿었다. 영태가 세 살 때였다. 엄마와 아빠, 영태 세 사람은 할머니 댁으로 가다가 교통사고가 났다. 빗길에 차가 미끄러져 뒤집혔다. 뒤집힌 차 속에서 어린 영태만 살아남았다. 산길이라 지나는 차들이 없었다. 영태는 뒤집힌 차 속에서 다섯 시간 만에 발견되었다. 찰과상 하나 입지 않았다. 자동차 사고는 2차 사고가 더 무섭다고 한다. 그러나 영태가 탄 차는 엔진에 불이 나지 않고 시동만 멈추었다. 천만다행이었다. 영태는 뒷좌석에 묶인 카시트가 비스듬히 기울어진 곳에서 천연스럽게 잠들어 있었다. 영태를 꺼낸 경찰관이나 119 대원들은 기적이라고 했다. 영태는 기저귀에 똥을 한 무더기 싼 채였다. 억세게 재수 좋은 아이였다. 영태의 할머니가 영태를 받아 안고 말했다.

"내 새끼, 너희 조상이 천 년간 너를 위해 빌고 빌었나 보다. 그 추운 차 속에서 멀쩡히 살았으니, 오만 액땜은 다 했어야. 너는 잘살 일만 남았지. 암 그렇고말고."

영태의 첫 번째 로또 당첨이었다. 영태는 자만했다. 자신은 억세게 운 좋은 사람이라고.

언제나 나쁜 일은 영태를 비껴갔다. 단지 부모님이 일찍 돌아가신 것이 불행이었다. 그러나 영태는 할머니의 지극한 사랑 덕인지 부모님의 빈자리를 느끼지 못했다. 유치원 다닐 때였다. 같은 반 아이들

여섯 명 모두 수두를 앓았지만, 영태는 아무렇지 않게 지나갔다. 초등학교에서 고등학교를 졸업하는 내내 숙제를 안 해가도 한 번도 혼난 적이 없었다. 준비물을 갖추지 않아도 잘 모면했다. 영태가 준비물을 제대로 갖추지 않은 날은 수업이 일찍 파했다. 뭔가 잘못해서 단체로 혼이 날 때도 영태 앞줄에서 끝났다. 회초리를 들고 한 사람씩 때리다가 영태 바로 앞에서 선생은 말했다. 잘못한 것을 알고 다음부터 하지 않을 사람은 앉아도 좋다고.

할머니는 주문처럼 말했다.

"아가, 네게는 앞으로는 항상 좋은 일만 있을 게다. 네 어미 아비가 모든 불운은 다 갖고 갔으니 말이다."

영태는 할머니의 말을 굳게 믿었다. 그리고 자신에게 왔던 행운을 열거했다.

아내, 인정은 영태 인생에서 두 번째 당첨된 '로또'였다. 인정은 영태의 중학 동창이다. 인정은 예쁜 모범생이었다. 마음이 고왔다. 할머니와 둘이 사는 영태에게 상냥했다. 솜씨도 좋았다. 도시락이 필요한 날은 언제나 영태 몫까지 싸 왔다. 인정은 성적도 좋았고 부모님은 성실했다. 할머니와 단둘이 사는 영태와는 달랐다. 영태는 아버지가 남겨준 카메라를 항상 가지고 다녔다. 카메라로 학교 이곳저곳 사진을 찍었고 그 사진 속에는 인정이 있었다. 고등학교를 졸업하고 영태가 근처 도시의 대학에 가면서 인정의 집안 반대에도 불구하고 둘은 살림을 차렸다. 곧 아이가 생겼다. 민수를 낳았다. 영태와 인정이 스물두 살이었다. 영태 할머니는 민수 백일에 온 동네에 떡을 돌려 잔치했다. 덩실덩실 춤을 추었다. 영태의 아들, 민수는 영태 할머니의 보물이었다.

　민수가 태어나자, 할머니는 영태에게 꽤 많은 돈을 물려주었다. 할머니 소유의 토지를 판 돈과 영태 부모의 보험금이었다. 읍내에 사진관 낼 정도의 돈이었다. 살림방이 딸린 사진관을 보증금 끼고 월세로 마련했다. 사진관에 필요한 여러 기구를 들였다. 사진관은 잘되었다. 소읍의 학교나 어린이집 소풍이나 졸업식 앨범, 결혼식 사진 제작은 돈이 되었다. 3년 만에 단층짜리 낡은 사진관 건물을 샀다. 영태는 군 복무도 소읍 안에서 대체 근무했다. 낮에 인정이 사진관을 지켰고 저녁에 퇴근한 영태가 사진관 업무를 마무리했다.

　그리고 그 자리에 3층 건물을 지은 것이 세 번째 로또였다. 건물을 지어 입주하던 날, 할머니는 층마다 북어와 정화수를 마련하여 빌고 빌었다. 영태와 인정은 20대에 소읍 상가 3층 건물주가 되었다. 주위의 부러움과 칭찬이 쏟아졌다. 할머니 밑에서 외롭게 산 영태를 응원했다. 사진관도 계속 잘됐다. 소읍의 주민들은 영태네 사진관에서 가족사진을 찍었다. 양파나 특수작물 재배로 생활이 윤택해진 소읍의 주민들은 해외여행을 많이 갔다. 여권 사진이나 해외에서 찍은 사진을 인화해서 서로 나누었다.

　"아무쪼록 재수 있게 해주세요."

　할머니는 영태의 앞날을 위해 언제나 정성을 다해 빌었다. 경로당에 음식을 아끼지 않고 제공했고 때 되면 읍에서 가까운 절에 가서 열심히 불공을 드렸다. 아침이면 상가 주위를 청소했다. 영태네 건물 주위는 언제나 깨끗했다. 인정도 할머니처럼 바지런했다. 노인들이 지나가면 여름에는 시원한 에어컨 밑에서 쉬어 가라고 자리를 내놓았고, 겨울에는 따뜻한 차를 대접했다.
"집안이 잘되려면 황토밭 여우라도 돌본단다. 아가, 너는 착하게만 살면 복이 온다. 걱정 말고 열심히만 살아라."
할머니는 입이 닳도록 영태를 훈계했다. 영태도 할머니 말에 순종하며 성실하게 살았다. 주위 칭찬을 들었다. 청년 실업가로 인정받았다. 언제나 사는 것에 자신이 있었다.

할머니는 둘째 증손주를 기다리다 돌아가셨다. 병석에 누운 지 사흘 만이었다. 민수가 열 살, 민솔이 인정의 배 속에 있었다. 두 사람이 밥벌이하느라 둘째 생각을 하지 못하다가 민솔이 생겼다.
병시중을 오래 했다면 지쳐서 정이 떨어졌을 것이다. 할머니는 감기를 앓았다. 기침이 심해 병원에 모시고 갔다. 이미 몸 상태가 말이 아니라고 의사가 고개를 흔들었다. 보기에는 멀쩡했다. 혈압이 높다고 했다. 숨 가쁘다고 자주 말했지만, 나이 탓인 줄 알았다. 영태는 자책했다. 할머니 건강을 챙기지 않고 바라기만 했다는 걸 깨달았다. 너무 늦었다. 사진관을 하면서도 할머니 영정사진 한 장 마련해두지 않았다. 할머니가 돌아가시자 영정사진이 없었다. 민수의 입학식 날 학교에서 민수와 찍은 사진을 급하게 편집해서 만들었다. 사진관 건물 지은 대출금이 10년 남은 시점이었다.

할머니가 돌아가시고 영태는 마음을 잡지 못했다. 어머니나 아버지에 대한 기억은 없었다. 세상은 점차 빠르게 변해갔다. 사진관에 사진 찍으러 오는 손님도 줄었다. 점차 수입이 줄었다. 상가 건물 대출금에다 민수와 민솔의 학자금, 생활비에 허덕이게 되었다. 그럴 때마다 할머니 말씀이 귀에 쟁쟁했다.

"좋은 일을 하다 보면 하늘에서 주는 복이 온단다. 복 짓는 일을 해야 복이 오는 거란다."

영태는 혼자 계신 노인분들의 영정사진을 공짜로 찍어드려야겠다고 생각했다.

영태는 영정사진 찍는 봉사를 하고 온 날 처음 복권을 샀다. 읍사무소 복지사와 찾아간 집은 옛날 영태가 할머니와 살던 곳보다 더 시골이었다. 버스 정류소까지 가는 길로 10분은 걸어야 하는 곳이었다. 추운 날씨에 언 손으로 사진기를 내리는 영태를 보자 그 집 할머니는 이불 속에 영태의 손을 넣어주었다. 따뜻했다. 영태를 키워주었던 친할머니처럼 다정했다. 따뜻한 녹차를 건넸고, 냉장고를 뒤져 이것저것 반찬을 꺼내 밥을 차려주었다. 우거지를 넣고 끓여준 된장찌개는 할머니와 함께 먹던 맛이었다. 숟가락을 든 채 벽에 붙은 가족들의 전화번호를 봤다. 서울, 대전, 자녀들의 전화번호였다. 위급할 때 누구나 전화할 수 있게 크게 써놓은 번호였다. 큰아들, 둘째 딸, 무심결에 전화번호를 외웠다. 오구 삼사, 사오이, 외우기 쉬웠다. 한쪽 다리를 끌며 걷는 할머니는 차가 보이지 않을 때까지 대문 앞에서 손을 흔들었다. 따스한 할머니의 대접에 봉사하러 갔던 영태는 오히려 위로를 받았다. 콧노래를 흥얼거리며 출장 간 가방을 내리다가 신나는 음악 소리를 들었다. 편의점이 확장 이전하면서 기념 행사를 하고 있었다. 복권방이 새로 들어왔다. 풍선 터널 앞에서 행사 모델들이 예쁘게 춤을 추는 것을 바라봤다. 이웃이 개업했으니, 뭐라도 팔아주어야 했다. 할머니가 차려준 음식 덕에 배가 부른 영태는 마땅히 주전부리할 것도 필요하지 않았다. 영태의 눈이 로또의 마킹 용지에 꽂혔다. 여섯 개의 숫자 조합을 머리에 굴리다 할머니 집 벽에 있던 전화번호가 생각났다. 딱히 머리 굴려 조합하지 않고 같은 번호를 석 줄쯤 찍었다. 그날 산 로또가 3등으로 세 개가 당첨됐다. 좋은 일 하자고 봉사하러 갔던 곳에서 뜻 없이 외운 전화번호가 행운을 가져왔다. 그날 당첨금은 건물 대출금을 냈다. 딱 그만큼의 돈이 필요했다. 영태는 자기는 역시 복 있는 사람이라고 뿌듯했다.

영태의 눈자위가 올라가며 주름이 곱게 잡혔다. 요번 토요일에는 곧 당첨될 것 같다. 어젯밤 꿈이 좋았다. 똥을 한 무더기 쌌다. 물 꿈과 똥 꿈은 재물 꿈이라 했다. 영태는 꼭 이길 거라는 확신이 들었다. 영태의 눈빛은 결연했다. 어제는 로또를 주관하는 은행에 전화했다. 늘 불통이던 전화가 어찌어찌 걸렸다. 담당과 입씨름을 했다. 너희가 의도적으로 당첨 번호를 조작하는 것 아니냐고 시비 걸었다.

담당 직원은 늘 대하는 터무니없는 고객이라 여기는지 대꾸가 없었다. 영태의 말만 네, 네 하고 들을 뿐. 영태는 자기 말을 인정하느라 담당 직원이 할 말을 잊었다고 생각했다. 인터넷에서는 국가 요원들이 로또 추첨 시간이 되면 당첨금 지급 은행에 007가방을 들고 와서 지킨다는 뜬소문이 돌았다. 사실처럼 정교하게 꾸며진 뜬소문이었다. 그들과의 머리싸움에서 이겨 자신이 제시한 숫자가 당첨권 안에 들 것으로 생각했다. 다른 사람들이 자동으로 뽑으면 그 숫자를 확인했다. 로또를 자동으로 출력해 가는 사람들이 영태를 보는 눈은 장난기가 섞였다. 영태는 그들의 로또를 보고 나름의 숫자를 조합했다. 로또가 확률이라고 생각하지 않았다. 로또는 팔백십사만 오천육십 개의 숫자 조합 중 하나가 1등에 당첨된다. 즉 말하자면 팔백십사만 오천 분의 1 확률이다. 학교 공부를 소홀히 한 영태가 확률에 대해 알 턱이 없다. 그보다 영태는 자신이 로또보다 운 좋은 사나이 중의 사나이라 생각했다. 언젠가는 1등에 당첨될 것이라 굳게 믿었다.

매주 2만 원씩 로또를 하는 영태는 5등 당첨을 매회 놓치지 않았다. 할머니의 부재로 인한 허전함을 로또로 잊었다. 딸, 민솔이가 돌아가신 할머니를 닮은 것도 싫었다. 영태가 손만 내밀면 필요한 무엇이라도 주던 할머니가 사라졌다. 영태는 점점 로또 사는 이유를 만들었다. 이젠 온종일 숫자 조합에 매달렸다. 사는 액수도 늘었다.

인정아, 기다려. 곧 행복하게 해줄게. 집을 비워주고 나면 갈 데가 없다고 볼멘소리 하는 인정의 모습이 가슴을 찔렀다. 영태의 눈에 결연한 빛이 어렸다. 꼭 당첨되어 최신 장비를 갖춘 스튜디오와 새 자동차를 장만해서 아내, 인정에게 주는 상상을 했다. 인정은 미술대학에 1년을 다니다 아이를 가지는 바람에 학교를 그만두었다. 일확천금이나 요행수를 노리지 말고 힘껏 성실하게 살자는 인정의 말은 들리지 않았다. 아빠가 창피하다고 울부짖는 민솔이의 소리도 귀에 들어

오지 않았다. 영태는 주머니에 들어 있는 로또 복권 한 뭉치를 꺼내어 한 장 한 장 넘기며 흐뭇해했다. 어젯밤 좌표는 아주 잘 그려졌다.

영태는 당첨된 전 회차의 로또를 좌표로 그렸다. 어떤 때는 갈고리 모양이었고 어떤 때는 찌그러진 원이었다. 영태는 1부터 45의 숫자로 그릴 수 있는 좌표를 여러 개 그렸다. 인화지에 어리는 물무늬를 보고 좌표를 그렸다. 그렇게 숫자를 표시하며 로또 1등 당첨을 기원했다.

가끔 중년 여인과 중년 남자가 영태와 함께 편의점에서 음료수를 마셨다. 그 사람들에게 영태는 소주 몇 잔이나 컵라면을 얻어먹었다. 영태는 열변을 토해 로또 숫자 배합을 강의하기도 했다. 실제 영태가 3등에 당첨하는 일이 가끔 있었다. 3등 당첨하면 십만 원만 남기고 인정에게 주는 호기도 부렸다. 인정이 손님 없는 사진관을 지키며 저녁에는 이웃 김밥집에 아르바이트하러 다니는 것이 미안했다. 십만 원이면 2주는 로또를 할 수 있는 돈이었다.

"아니, 가게 문 닫고 어디 갔다 오는 거야. 아직도 정신 못 차리다니."

영태가 집 안에 들어가자, 인정이 노랗게 도끼눈을 하고 혀를 차며 안방 문을 닫았다.

"그나마 사진관도 비워주어야 하니 잘됐네. 잘됐어."

영태가 로또에 미쳐 가게를 겉도는 동안 야무진 인정이 사진관을 운영했다. 급한 사진을 찍으러 오는 손님을 받았다. 여권을 낸다거나 이력서에 올릴 사진이었다. 인정의 목소리가 모래밭에 손을 묻어 다

로또맨 127

독인 두꺼비 집처럼 비에 젖어 허물어지듯 허물어졌다.

"아빠, 제발 그 로또 좀 그만할 수 없어? 친구들이 아빠를 로또맨이 래. 아빠가 일은 안 하고 로또에 미쳐 산다고 수군거려. 정말 창피해."

여중생인 민솔이가 영태에게 소리치며 방문을 꽝 닫고 들어갔다. 낮에 편의점에서 만난 여학생이 민솔이였다. 다니러 온 아들, 민수도 아무 말 없이 한심하다는 듯 아버지를 훑어보고는 방으로 들어갔다. 영태 혼자 거실에 무참히 서 있었다. 자정이 가까웠다. 영태는 암실이 있는 지하로 들어갔다. 용액을 붓고 빈 인화지를 넣어 저었다. 여러 가지 무늬를 바라봤다. 인화지에 엉기는 무늬를 보며 숫자를 조합했다. 속이 쓰렸다. 먹은 것이 별로 없었다. 요즘은 암실에서 사진을 인화하지 않지만, 영태는 인화지를 흔들 때 생기는 무늬를 보며 숫자를 조합했다.

영태는 첫차를 탔다. 이웃한 동네로 로또방을 찾아가기 위해서였다. 영태는 지갑에서 2만 원을 꺼냈다. 동네 선배에게 꾸었다. 선배는 양파 저온 창고와 양파즙 짜는 공장을 했다. 놀지 말고 자신의 공장에 와서 기계를 돌보라고 말했다. 돈은 갚지 않아도 된다고 했다. 로또 하지 말고 따뜻한 밥이라도 사 먹으라고 했다. 할머니께 신세 진 일이 많다고 했다. 못 들은 척했다. 어제 조합한 숫자에서 1을 빼고 조합했다. 컵라면 하나를 사서 먹고 다시 시간을 기다렸다. 영태는 조금 전에 산 오천 원 로또를 골똘히 들여다보았다. 서너 사람이 로또를 사고 나자 다시 오천 원 로또 한 장을 주문했다. 영태는 머릿속으로 남은 돈을 계산했다. 내일 아침은 다른 이웃 동네로 로또를 사러 갈 생각을 하며 흐뭇해했다.

　가끔은 로또를 사러 오는 이웃에게 자신이 숫자 조합을 잘한다고 자랑했다. 수학을 잘한다고도 말했다. 수학에서 확률은 정확하다고 했다. 대부분은 잘 조합해서 3등이나 4등은 틀림없다고 했다. 때때로 영태에게서 로또 번호를 얻어 사는 이웃이 있기도 했다. 그들은 영태의 말을 믿는다기보다 한 주간 로또를 사는 것으로 어떤 희망을 품는 것이다. 그들에게는 한 주에 만 원이 그리 큰돈이 되지 않았다. 영태는 이웃 읍내로 로또를 사러 다녔다. 영태에게 친절하게 다가온 중년 여인이 그에게 만 원을 내밀고 영태가 조합한 로또를 따라 샀다. 영태가 침을 튀기며 로또 발행 은행이 숫자 조합하는 기계를 임의로 조작한다는 등의 횡설수설을 듣고 고개를 갸웃거렸다.

　"아저씨는 어떻게 수를 그렇게 잘 읽으세요. 바둑을 잘 두시나 봐요. 학교 다닐 때 수학을 잘했나 봐요."

　영태는 어깨를 으쓱했다. 네 그래요. 난 머리가 좋아요. 그것보다 나는 운이 좋아요. 3등은 자주 해요. 곧 1등 당첨할 거예요. 하는 자세였다. 영태는 그 중년 여인에게 전화번호를 물었다. 자신은 3등을 여러 번 했다. 차라리 3등을 한 달에 두 번만 맞으면 힘든 식당 일을 하지 않아도 된다는 요지의 말을 했다. 영태는 3등은 필요하지 않았다. 꼭 1등이라야 했다. 영태는 자신이 조합해서 산 로또 두 장을 중년 여인에게 내밀었다. 만 원에 사라고 했다. 중년 여인은 현금을 가지고 다니지 않는다고 했다.

　영태는 횡설수설했다. 요지는 언제나 본점의 발행 기계 앞에 있는 사람이 전국 로또 발행 숫자를 들여다보다가 자기가 주고 싶은 점포에, 그것도 최신 로또 매장을 개장하는 곳에 당첨되게 한다는 얼토당토않은 궤변을 늘어놓았다. 이웃 읍은 로또 판매장이 개장한 지 아직 1년이 안 됐다. 영태는 로또 판매점이 업장을 새로 열면 꼭 그곳에 한번은 갔다. 전국의 1등 당첨 번호 배출한 곳을 찾아다니며 로또를 사기도 했다. 서울 어느 곳은 명당이라고 소문났다. 실지로 1등 배출을 많이 한 곳이었다. 영태가 사는 이 읍의 로또 점도 명당이 될 거라는 막연한 희망을 버리지 않았다. 영태가 로또를 하는 돈 액수는 늘어갔다. 영태는 이웃들에게서 점차 외면되었다. 가족들도 영태에게서 등을 돌리는 것 같았다.

영태는 법당에 카메라를 들이댔다. 사진기를 만진 것이 실로 몇 년 만이었다. 한 달 동안 주지 스님의 부탁으로 절 주위의 풍경을 찍기로 했다. 달력을 만들 예정이라고 했다. 하기 싫었지만, 인정과 민수의 권유가 있었다. 인정은 만약 가지 않으면 이혼도 불사하겠다고 했다.

인정이 내민 이혼 서류에 도장을 찍을 수는 없었다. 인정이 로또를 멈추고 생계를 위해 일하러 가든지 이혼해주든지 하라고 했다. 영태 자신도 로또에 미쳐서 가정을 돌보지 않은 것을 알고는 있었다. 출장 사진을 찍으러 갔다가 로또에 정신이 파는 일이 잦았다. 그러다 보니 고객이 줄었다.

인정이 감춰둔 지갑을 몰래 열어 민솔의 학원비까지 갖다 썼다. 돈이 떨어지면 이웃에게 손을 내밀었다. 부부싸움을 처음 할 때 영태는 큰소리쳤다. 내가 바람을 피우냐, 폭음하냐. 아주 적은 돈, 일주일에 만 원으로 행복을 느끼는 것도 꼴 못 보냐. 영태도 알았다. 자신이 로또에 미쳐 정상이 아니라는 것을.

절에서 한 주일은 견딜 수 있었다. 일주일이 지나자 머릿속에 숫자가 아른거렸다. 빈 노트에 여섯 개의 숫자를 적고 또 적었다. 법당에 기도할 때도 부처님이 당첨될 번호를 불러줄 것 같았다. 요번에는 발행처의 속임수를 이길 수 있으리라 생각했다. 잠시 걸음을 쉬고 하늘을 쳐다보면 구름이 숫자로 보였다. 나뭇가지 흔들리는 것도 숫자로 보였다.

열흘째 되는 밤이었다. 영태는 밤중에 슬며시 절을 나왔다. 함께 자던 총무 스님이 화장실을 간 틈이었다. 맨발로 살금살금 기었다. 총무 스님이나 주지 스님이 알면 붙잡을 것만 같았다. 일주문을 나오자 달렸다. 자꾸 뒤돌아봤다. 산길을 내려오는 내내 누군가 뒷덜미를 챌지 온 신경이 쓰였다. 산 아래 정자 밑에서 날을 밝혔다. 자리옷을 입은 채였다. 영태를 찾아 나오는 기색은 없었다. 간신히 지나가는 차를 얻어 탔다. 쌀쌀해진 날씨였다. 길가 의류함에서 옷을 꺼냈다. 영태의 운은 여기서도 통했다. 키 큰 영태에게 맞을 가죽 점퍼와 바지가 있었다. 주머니에는 동전 몇 개가 있었다. 몰래 사진관 건물로 찾아 들었다.

영태가 살던 집은 텅 비었다. 인정과 민솔이 어딘가 집을 얻어 나갔다. 버리지 못한 낡은 사진기와 가방 하나가 남았다. 서럽지도, 슬프지도, 화나지도 않았다. 로또 1등만 당첨되면 아내 인정과 민솔, 민수와 함께 행복해질 수 있다. 가방과 사진기를 들고 건물 옆 지하 계단을 내려갔다. 다른 사람에게 들킬 때까지 지하 암실에서 지낼 작정을 했다. 영태는 1등이 당첨되면 이깟 건물은 아무것도 아니라고 생각했다. 사용하던 지하 암실 안에서 가방을 끌어안고 누웠다. 읍내 새로 지은 아파트에서 인정과 민솔이 함께 통닭 먹는 상상을 했다. 새로 장만한 스튜디오 안에서 사진을 찍는 영태 허리가 꼿꼿하다. 시원한 맥주가 생각났다. 한 잔 쭉 들이켜면 답답한 속이 내려갈 것 같았다. 로또 당첨을 진행하는 여자가 영태를 보고 웃고 있었다. 영태도 마주 보고 웃었다. 숫자 쓰인 볼이 영태에게 굴러왔다. 영태는 볼을 안았다. 정신이 든 듯 벌떡 일어나 앉았다. 가방을 열었다. 회차 지난 로또 용지가 가방에 차곡차곡 담겨 있었다. 영태의 손때가 묻어 나달거렸다.

영태는 매번 숫자를 보면서 연구했다. 제일 잘 나오는 숫자와 아직 나오지 않은 숫자. 노트에 빽빽하게 당첨됐던 번호가 순서대로 적혀 있었다. 당첨된 로또 상점까지. 영태가 있는 이 읍의 로또 점은 딱 한 번 당첨되었다.

개점한 지 1년 되었을 때였다. 소를 키우는 이웃 축산 농가였다. 귀농한 지 얼마 되지 않은 젊은 사람이었다. 장인이 물려준 소 막의 소똥 치우는 것이 힘들어 밤도망을 여러 번 쳤던 끝이었다. 지금은 착실히 잘 산다. 영태도 그렇게 1등에 당첨될 수 있을 것이다. 로또 마킹 용지를 꺼냈다. 열심히 숫자를 칠했다. 할머니의 목소리가 들렸다.

"아가, 넌 억세게 재수 좋은 사내다. 너는 천년에 한 번 오는 하늘의 복을 탔단다. 자신 있게 당당하게 살아라."

영태는 할머니 말을 철석같이 믿었다. 천년에 한 번 오는 하늘의 복을 타서 1등짜리 로또가 당첨될 것을.

바람이 한차례 지나갔다. 다 떨어지고 몇 닢 남지 않은 은행잎 한 장이 영태의 발등 위를 스쳐 도로 위에 앉았다. 시골 마을로 가는 마지막 버스가 손님 한 사람을 태우고 빠르게 지나갔다. 영태의 구부정한 어깨가 앞으로 10도쯤 기울었다. 홀쭉한 얼굴에 돈 버짐이 군데군데 피어 있다. 45살이 아니라 65살로 보였다. 영태의 눈에 광기가 비쳤다. 영태의 상의 주머니에 로또 복권이 비죽이 내밀고 있었다. 편의점 외에는 거리에 불이 꺼졌다. 위험이라는 표지판과 함께 공사 중 표지판이 곳곳에 서 있었다. 공사가 시작되어 안전띠가 설치된 곳을 기어서 들어섰다. 굴착기가 당당하게 서 있다. 공동을 메우고 건축을 하는 재건축이 시행되고 있었다.

  어두웠다. 불이 꺼진 상가에서 영태가 가게 문에 열쇠를 돌렸다. 주위에 안전띠를 둘러놓았다. 열쇠가 들어가지 않았다. 영태는 한 걸음 물러서서 가게의 간판을 확인했다. 간판이 기우뚱 곧 떨어질 기세였다. 자신의 가게가 맞다. 영태는 뭔가 짐작 가는 듯 건물 옆 지하로 통하는 계단을 내려갔다. 문득 생각난 듯 밖에 서 있는 굴착기 문을 열었다. 열리지 않았다. 일주일만 기다려주지. 로또가 든 주머니를 손으로 더듬는 영태의 눈은 비장했다. 바퀴를 발로 찼다. 커다란 바위 같다. 어둠이 3층 건물을 삼켰다. 공동이 영태의 사진관 건물을 삼키려고 입을 벌리고 있었다. 정육점을 헐고 공동을 메우고 있었다. 파이프를 박아 지하수를 뽑아내고 모래와 시멘트를 집어넣어 기반을 다져야 건축을 할 수 있다. 상인들은 임시로 마련된 건물 상가로 옮겨갔다.

어두운 암실 안, 영태는 간이침대에 누웠다. 지나가는 자동차가 천장에 어룽지며 그림을 그렸다. 영태는 천장에 지는 무늬를 숫자로 바꿨다. 가만있자, 둥근 것이 둘 겹쳤군. 저건 8이네. 그리고 저건, 다시 숫자를 만들었다. 영태는 허공에 숫자를 썼다. 손놀림이 컸다. 한껏 팔을 저었다. 배에서 소리가 났다. 고픈 배를 쓰다듬다 잠이 들었다. 아니, 배가 고픈지도 모르겠다. 뱃심이 없을 뿐이었다. 언제 제대로 된 식사를 했는지 기억이 없었다. 영태는 카메라 초점을 여자의 가슴에 맞췄다. 크지는 않지만, 폭포가 하얗게 부서지는 배경 아래 모델은 나체 위에 훤하게 비치는 가림 천 하나를 두르고 있었다. 영태가 찍고 싶은 사진이었다.

할머니의 음성이 크게 들렸다.

"아가, 일어나 밖으로 나가. 살아야지. 목숨을 구하는 것이 제일 큰 로또란다."

어느새 날이 밝는지 잦았던 자동차 다니는 소리가 났다. 갑자기 지진이 났다. 뭔가 때려 부수는 소리와 함께 누워 있는 영태의 몸이 세게 흔들렸다. 침대에 누운 채 한쪽으로 쏠렸다. 일어나려 했지만, 몸이 가눠지지 않았다. 화장실이 급했다. 움직일 수가 없었다. 먹은 것이 부실해서 화장실 간 지 며칠 되었다. 영태가 눈을 크게 뜨고 소리 나는 쪽으로 바라봤다. 빗살만큼 남은 유리창 틈으로 굴착기가 건물을 부수려고 버킷을 치켜 올렸다. 아찔했다. 땅이 사라지듯 영태 자신이 사라지는 것이 아닌가 두려웠다. 영태는 다급해졌다. 사람 있다고 멈추라고 손을 흔들었다. 굴착기가 영태의 3층 건물을 찍어 내렸다. 둔탁한 소리가 났다. 건물 한쪽이 주저앉았다. 덤프가 왔다. 폐기물을 실어냈다. 공동을 메우기 위해 시멘트를 부을 것이다. 믹스트럭이 도로 옆에 서 있다. 영태는 다급해졌다.

"인정아, 살려줘! 민수야! 민솔아!"

영태의 외침은 절규에 가까웠다. 아이처럼 울었다. 이리저리 밖으로 나갈 곳을 찾았다. 포클레인 버킷이 영태 머리 위에서 움직였다. 쌀가마니 크기의 구멍이 보였다. 가방을 지상으로 힘껏 올려 던졌다. 가방이 열리고 로또 종이가 창 근처로 날아올랐다. 굴착기 기사가 운전을 멈추고 내려왔다. 회차 지난 로또 용지와 마킹할 용지가 사방으로 흩어져서 뿌려졌다. 사람들이 몰려들었다. 영태의 머리가 아주 조금 보였다. 영태가 살려달라고 두 팔을 흔들었다. 사람들이 영태 쪽을 내려다보며 손가락질했다. 믹스트럭이 반죽된 시멘트를 붓기 위해 빙글빙글 작동했다. 영태는 진땀 났다. 힘을 아랫배에 주었다. 뭔가가 몽글거리며 나왔다.

영태의 엉덩이 쪽이 뭉툭했다. 어린아이가 젖은 기저귀를 찬 듯 묵직하다.

카라빈카

카라빈카

 늦봄의 햇볕이 너무 더웠다. 키 큰 소나무가 듬성듬성 서 있는 곳. 가마 세 기가 산비탈을 기어오르듯 설치되어 있었다. 벽돌과 기와를 굽기 위해 임시로 마련한 가마. 근처 평지에는 구운 벽돌과 기와가 산처럼 쌓였다. 가야 스님은 흐뭇한 표정으로, 암키와 수키와 두 무더기를 바라보았다. 용마루 끝머리에 얹을 치미(鴟尾)와 나머지 암수 막새 등을 포함해서 몇 가지만 더 구워내면 가마 작업은 끝날 터였다.
 가야 스님은 이마에 끈적이며 흐르는 땀을 소맷부리로 훔쳤다. 미처 깎지 못해 흘러내리는 덥수룩한 머리카락과 수염이 햇볕 아래 검게 빛났다. 그는 땀에 절어 이마에 흘러내린 머리카락을 입술로 불어 올렸다. 얼굴은 구릿빛으로 그을렸지만 커다란 눈이 맑게 빛났다. 세상의 이치가 그 속에 담겨 고요히 내려앉아 있는 것 같았다. 아직 약관을 넘지 않아 애티가 가시지 않은 얼굴이라서 그런 경지에 올랐다는 것이 놀라웠다. 그가 엎드려서 반죽한 흙을 집더니 엄지와 검지로 비볐다. 이내 입으로 가져가 눈을 감고 조심스럽게 혀끝으로 입술에 비벼 음미했다. 그 모습이 마치 의식을 치르는 듯 진중하고 엄숙했다. 알갱이가 입술에서 굴렀다. 모래알처럼 까끌까끌했다. 좀 더 치대야겠다. 눈을 뜬 그가 반죽을 다시 이겼다. 흙 반죽을 이기는 어깨가 기우뚱거렸다.

가야 스님이 흙을 발로 밟고 나무 주걱으로 두드리며 기와나 벽돌을 구운 지 꽤 많은 날이 지났다. 손을 꼽아 날수를 세고 하늘을 보며 계절을 느꼈다. 두 번의 해가 바뀌었다. 땅을 다지고 나무를 다듬고, 서까래를 놓고. 지난 가을부터 기와를 구웠다. 정월이 지나고 언 땅에 꽃바람이 불고 산야가 녹색 옷을 입는 봄이 되었다.

산 아래서 소란스러운 소리가 들려왔다. 소나무 가지 끝에 앉았던 참새가 재잘거리며 일시에 날아올랐다. 흥겨운 합창이 끊어질 듯 이어지며 들려왔다. 가야 스님이 산으로 오르는 길을 내려다보았다. 진흙을 이고 진 사람들이 기와 굽는 가마를 향해 오르고 있었다. 앞에서 메기는 소리와 화답하는 뒷소리가 흥겨웠다. 무거운 진흙을 이고 진 사람들은 마치 즐거운 놀이를 하듯 가볍게 걷고 있었다. 남자들은 걸을 때마다 지게 작대기를 두드리며 흥을 돋우고, 입으로 추임새를 넣었다. 머리에 이고 오는 아낙들은 팔을 흔들며 엉덩이를 실룩거렸다. 백성들이 올라오는 길을 왼쪽으로 돌면 새로 짓고 있는 서너 채의 건물이 있었다.

가야 스님이 하늘을 쳐다보았다. 해가 정수리를 비쳤다. 진흙을 이고 지고 올라오는 백성들이 무척 더울 터였다. 바람이 불어와 백성들의 땀을 씻어주기 바랐다. 백성들의 노랫소리가 점점 가까워져 왔다. 가야 스님이 기와와 벽돌을 구우며 흥얼거렸던 바로 그 노래였다.

약관이 채 되지 않은 스님이 한 가지 소원을 들어주는 절을 짓는다고 했다. 그 소문이 산 아래 큰 마을에 퍼졌다. 그 마을 사람들이 자신들의 염원을 담아 절집 짓는 일에 합세하면서 소란해지기 시작했다.

> 살아서 착한 일 하지 않으면
> 죽어서 나쁜 길에 떨어지리니
> 가기를 빨리하여 쉼이 없다가
> 가서는 필요한 물건이 없으리라

이 노래는 가야 스님의 누이인 수미가 맨 처음 불렀다. 수미는 가야 스님이 절을 짓는 동안 천상의 소리를 가지고 오겠다고 오래전에 길을 떠났다. 소리 공덕으로 가야를 돕겠다고 했다.

얼추 사오 년 전의 일이었다. 이국에서 왔다는 어떤 스님이 수미가 부르던 노래를 듣다가 느닷없이 '카라빈카'라고 소리쳤다. 수미가 그 뜻을 물었다. 카라빈카는 천상에서 가장 아름다운 새이며 아름다운 노래를 부른다고 했다.

그때, 가야는 수미 누이의 눈동자가 반짝이는 것을 보았다. 얼굴에 홍조를 띠며 스님 앞으로 다가앉는 모습을 놓치지 않았다.

'누이도 카라빈카처럼 노래하고 싶은 모양이구나. 누이는 노래를 불러 사람들을 위로하고 싶은 모양이구나. 누이는 내게 주는 사랑처럼 다른 이들에게도 큰 사랑을 나누어주려는구나. 나는 그리는 것이 즐겁고 조각하는 것이 즐겁지만, 오직 나를 위한 것인데 누이는 다른 이들을 위하는 마음이 있구나. 누이가 멀리 떠나게 될지도 몰라. 그러면 나는 어쩌지? 나는 누이가 없으면 아무것도 할 수 없어. 멀리 갈 수도 없고. 누이가 따다 주는 꽃으로 색을 입힐 수도 없고….'
"치!"
가야는 입술을 삐죽이며 못마땅한 표정을 지었다. 알 수 없는 불안이 계속 치솟았다. 누이가 이국에서 온 스님을 좋아하게 되고, 카라빈카라는 새를 찾아서 어디론가 사라지지 않을까 걱정이었다. 가야는 누이가 노래하지 않았으면 좋겠다는 생각이 얼핏 들기도 했다. 하지만 가야는 알고 있었다. 누이는 자신을 위해 노래하지 않았다. 그 노래는 중생을 위한 것이었다. 가야가 그림을 그리면서 누이의 노래를 듣다 보면, 자신도 모르게 불법의 세계로 빨려들어 갔다. 그림 그리는 일도 흥겨워졌다. 그래서 누이가 노래하는 것이나 카라빈카를 찾아 천상의 음악을 배워 오는 것에 대해 반대하지 않았다. 그렇게 해서 가야의 누이인 수미는 전설의 새인 카라빈카를 찾아 아주 먼 길을 떠나게 되었다.

가야 스님은 천상의 새가 부른다는 노래를 누이가 배워 오기를 기도하는 마음으로 기와를 구웠다. 카라빈카의 노래처럼 아름다운 절을 짓자. 스님은 신명이 솟구쳤다. 흙을 치대는 일에도 흥이 났다. 기우뚱기우뚱 어깨가 흔들리고 엉덩이가 실룩거렸다. 이 절이 다 지어질 즈음이면 돌아오겠다고 누이는 새끼손가락을 걸고 떠났다. 날개옷을 입고. 천상의 소리를 가지고.
가야 스님이 소리 높여 노래했다. 후렴 메기는 소리가 새처럼 날아올랐다. 하늘 끝에서 보고 있을 부처님께 상달되기를. 누이가 돌아오기를 고대하며 부르는 소리였다. 소리는 산 아래 큰 마을까지 들릴 정도로 맑고 청아했다.

가마 한쪽에 기와와 벽돌이 보기 좋게 쌓였다. 스님은 그 기와 더미와 벽돌 더미를 흐뭇한 눈길로 바라봤다. 가마에 한두 번 불을 더 지피면 기와나 벽돌 굽는 일은 끝이었다. 적당히 말린 기와와 벽돌을 가마 안에 쟁였다. 치미와 어갈, 암수 막새, 취두(경두)·귀면·착고(저고)·어새·망와·점돌. 기와를 켜켜이 쟁이고 가마 입구를 막았다. 스님을 돕는 와공들의 손길도 빨라졌다. 절 짓는 작업은 가야 스님 혼자서 할 수 있는 일이 아니었다. 백성과 와공들뿐만 아니라 산천과 하늘까지 거들어야 할 일이었다.

가야 스님이 산을 오르는 백성들을 위해 시원한 물을 받으러 물통을 지고 약수가 나오는 샘 쪽으로 내려갔다. 가야 스님의 덥수룩한 얼굴이 우물에 비쳤다. 온 얼굴에 검댕이 묻었다. 저잣거리의 각설이 같았다.

물을 떠서 물통에 붓는 스님의 손길이 정성스러웠다. 백성에게 줄 수 있는 스님의 조그만 성의였다. 옷매무새를 가다듬었다. 스님은 청정한 이 샘물을 마시는 백성의 마음도 그같이 맑아지기를 축원했다. 잠시 목마름을 축여주는 물 한 잔이지만 타는 목마름을 축여주는 이 물처럼 인생 또한 촉촉하게 젖어 윤기 나기를. 갖은 상처로, 가난으로 고통 받는 백성들의 소원이 이루어지기를 기도했다. 스님이 하늘을 향해 합장했다.

"나무관세음 무량수불."

무엇이든지 혼자 하는 것보다 함께 할 때가 좋은 법이었다. 먹는 것도, 일하는 것도. 슬픔과 고통이 없는 태평세월이 오기를 바라는 백성들의 마음이 가야 스님과 함께 어우러져 절을 지었다.

'절이 다 지어지면 누이는 날개옷을 입고 돌아올까. 그때처럼 아름다운 노래를 불러줄까. 누이는 내가 지은 절을 보고 좋아할까.'

누이의 소식을 전하듯이 나비 두 마리가 날아왔다. 가야 스님이 어린 시절에 누이와 함께 어울려 놀듯 두 마리 나비가 서로 어울렸다가 멀어지곤 했다. 나비가 하늘하늘 나는 것을 보았던 날이면, 가야 스님은 항상 깊은 꿈을 꾸곤 했다. 스님은 졸음이 가물가물 쏟아지기 시작했다. 눈을 부릅떠 수마를 쫓아내며 공덕 닦는 이들이 들고 온 찰흙이 마르지 않도록 짚가리로 덮었다. 모든 일을 끝낸 후, 스님은 소나무 등걸에 기대 눈을 잠시 붙였다.

햇살이 아지랑이처럼 가물거리며 이제 막 새초롬히 내민 여린 풀을 쓰다듬었다. 소년이 흙바닥을 가는 각목으로 반반하게 폈다. 소년의 볼은 젖살이 통통했다. 흙을 펴는 손도 오동통했다. 아직 어미의 품을 그리워할 나이다. 겨우 젖을 떼고 아장거리며 걸을 나이. 소년의 옆에는 소년 손에 맞춤한 날카로운 대나무 칼과 암키와 몇 장이 놓여 있었다. 소년이 다듬는 대나무 칼은 소년의 손때가 묻어 반질거렸다. 부드러운 햇살이 기와 위에 머물렀다. 칼끝에 방금 자른 진달래 꽃물이 촉촉하게 배어 있었다. 소년 옆자리에 초록색 어린잎, 숯가루, 붉은색, 누런색 흙가루가 담긴 기와가 나란히 놓였다. 제법, 화공이 마련한 색채 같았다. 땅바닥은 큰 화선지였다. 소년은 작은 몸을 진중하게 움직였다. 누이가 옆에 앉아서 소년의 작은 손이 움직이는 것을 신기한 듯 보고 있었다. 귀밑머리를 앙증맞게 딴 소녀의 이름은 수미였고, 소년의 이름은 가야였다.

소년은 그림을 그리기 위해 날마다 흙바닥을 평평하게 쓸었다. 얼마나 많은 그림을 그리고 지우기를 거듭했는지 흙바닥이 화선지처럼 매끄럽고 부드러웠다. 날이면 날마다 새로운 그림이 그려졌고, 그 그림에 색이 입혀지곤 했다.

수미는 곱게 채색된 그림이 좋았다. 마치 실물을 대하듯 똑같은 모습과 색깔을 지닌 그림이었다. 그래서 키가 닿지 않아 가야가 따지 못하는 솔잎이나 꽃숭어리를 구해서 물감으로 쓰라며 갖다 주었다. 가야는 화선지나 비단은 엄두도 내지 못하고 숯막 한쪽의 흙바닥을 평평하게 만들어서 그림을 그리곤 했다. 그리고 그림을 그릴 때면 누이, 수미에게 노래를 불러달라고 했다. 수미는 제 노래를 들어주는 동생, 가야가 무척 사랑스러웠다.

수미가 소쿠리에 쑥밥을 담아 왔다. 이른 봄 막 올라오는 쑥을 밥 위에 얹어 뜸을 잘 들였다. 주걱으로 잘 치대고 소금 몇 알갱이를 섞었다. 반찬이 없어도 먹을 만했다. 어머니가 해주던 그 맛이었다. 수미는 어린 티가 역력했지만, 동생을 쳐다보는 눈길만큼은 제법 의젓했다. 쑥밥을 먹고 난 가야는 어느새 바닥에 인물을 그렸다. 화사한 누이의 모습이다. 숯가루로 눈썹과 눈을 그리고 진달래꽃을 잘게 잘라 입술에 올리고 막 돋아난 솔잎으로 저고리를 입혔다. 그림으로 그려진 누이는 고왔다. 쑥밥을 가져다준 누이에 대한 고마움의 표현이었다.

수미는 그림 그리는 가야 옆에서 아름다운 노래를 불렀다. 아직 어

카라빈카 145

린 나이지만 소리가 익어 카랑카랑 힘이 있었고 호소력이 짙었다.

"지혜로운 사람은 꾸준하고 천천히 나아가면서 마음의 때를 씻어 버리네. 마치 금을 다루는 사람이 금을 불리는 것과 같이…."

"노래가 너무나 아름다워. 이런 노래를 들으면 하늘을 날아다니는 것 같아."

"그런 소리 마. 부끄럽잖아. 그런데 가야야, 누구를 이렇게 예쁘게 그렸니?"

"그건 비밀."

가야는 부끄러웠다. 누이의 모습이라고 말하기가. 가야의 눈에는 누이, 수미가 지상에서 가장 예쁜 사람이었다.

"허허, 솜씨가 제법이구나."

먼 나라에서 왔다는 스님이 가야가 마당에 그린 그림을 신기하다는 듯이 보았다. 갈색 눈동자에 코가 부리부리한 스님이었다.

"음, 그리고 방금 불렀던 노래는 부처님 말씀인데 어디서 배웠을꼬?"

"아, 저 큰 산 아래 큰 절 스님이 이렇게 춤을 추면서 노래하시던데요."

수미는 양손에 막대기를 들고 빙글빙글 돌면서 북 치는 시늉을 하며 노래를 계속 불렀다. 스님은 알 듯 모를 듯한 미소를 띠면서 수미를 다시 바라보았다. 그리고 남매가 알아들을 듯 말 듯한 작은 소리로 말했다.

"카라빈카."

"네, 뭐라고요? 카?"

스님이 수미의 말을 받아 설명하기 시작했다.

"저 먼 나라에 가면 아름다운 부처님의 궁전이 있지. 그곳에는 아름다운 극락조, 카라빈카가 살지. 이쪽 설산에서 저쪽 설산을 날며 노래를 하는 새야. 새의 노래를 들은 사람은 이 세상 시름을 다 잊게 되지. 그 새의 얼굴은 세상에서 둘도 없이 아름다워."

수미가 스님 앞으로 바짝 고개를 디밀었다.

"스님, 그곳은 여기서 얼마나 먼가요? 저도 갈 수 있는 곳인가요?"

"많은 공덕을 쌓고 고운 마음을 가지면 갈 수 있지."

"그럼 우리는 오늘부터 그 궁전에 가기 위해 공덕을 쌓고 마음을 닦을게요."

수미와 가야는 한목소리를 냈다. 가야는 불편한 다리를 이끌고 그 먼 곳까지 갈 수 있을까 걱정했다. 혹시 누이가 저 혼자 두고 고운 소리를 얻으러 가는 것은 아닐까 걱정스러웠다.

일곱 살 가야는 세 살 되던 해에 열병을 심하게 앓았다. 앓고 난 뒤 한쪽 다리에 힘이 없었다. 누이처럼 지천으로 널린 참꽃을 따러 가지 못했다. 언제나 다섯 살 위의 누이가 업어 앉혀놓은 곳에 앉아 흙바닥에 그림을 그렸다. 수미와 가야가 사는 이곳은 강이 산을 휘둘러 흐르는 곳. 큰 마을이 산 아래 까마득히 내려다보이는 숯막이었다. 큰 산을 등에 지고 잇대어 기댄 듯 있는 작은 산 중턱이었다. 어린 남매의 부모는 숯을 구웠다. 그들은 숯 구울 나무가 있는 곳을 찾아 며칠씩 집을 비웠다. 그럴 때마다 어린 가야와 수미는 그림을 그리고 노래를 부르며 부모를 기다렸다.

산은 사시사철 심심치 않았다. 날마다 바뀌는 자연이 가슴 저리게 아름다웠다. 가야는 눈으로 그런 풍경을 볼 수 있을 뿐, 누이처럼 이 산 저 산을 쏘다니지 못했다. 가야는 짧은 한쪽 다리로 멀리 갈 수 없었다. 그래서 흙바닥이나 헌 기와에 숯으로 그림을 그리며 시간을 보냈다. 누이의 얼굴, 어미, 아비, 소나무, 가끔은 흙을 주물러 아기 부처님을 빚기도 했다. 철마다 피는 꽃으로 물감을 대신해서 색을 냈다. 근처에서 구하는 흙도 가야의 물감이 됐다. 보슬거리게 말려서 곱게 갈고 체로 치면 좋은 물감이 되었다. 누이, 수미는 가야를 두고 이 산 저 산 옮겨가며 꽃이나 나물을 캐곤 했다. 그럴 때마다 자신이 어디쯤 있다는 것을 알리려고 노래를 불렀다. 그래서 어린 수미였지만 소리가 깊어졌다.

누이의 청아한 노랫소리가 멀리서 들려오자, 가야는 노래하는 누이를 그림으로 그리기 시작했다. 손바닥으로 곱게 다듬은 흙바닥 위에 대나무 작대기로 얼굴과 몸을 그렸다. 그리고 기왓장 위에 숯을 얹어 곱게 갈았다. 숯이 곱게 갈리자 누이의 머리에 뿌렸다. 엄지와 검지, 중지로 아주 꼼꼼하게 얹었다. 눈썹과 눈동자도 그렸다. 그런데 누이의 노랫소리가 점점 멀어졌다. 그럴 때면 가야는 불안을 느꼈다. 어미 아비처럼 여러 날 돌아오지 않는 것은 아닌가. 벌떡 일어나서 누이가 간 곳으로 걸음을 옮겼다. 불안하게 기우뚱거렸다.

"누이야!"

가야는 누이의 노랫소리가 점점 사라지자 소리를 질렀다. 다급한 목소리가 산골짜기를 흔들었다. 수미는 가야가 있는 숯막에서 얼마나 멀리 왔나 거리를 가늠하던 중에 가야의 다급한 목소리를 들었다.

황급히 대답했다.

"가야야! 나 여기에 있어!"

멀리서 누이의 화답하는 소리와 함께 산이 같이 대답했다. 부르고 대답하는 소리가 산골짜기에서 어우러졌다. 가야는 누이가 대답하는 소리를 듣고 불안했던 마음을 내려놓았다. 이내 누이의 노랫소리가 다시 들렸다. 부처님을 찬양하는 노랫말. 수미의 노랫소리가 가야의 가슴 속으로 파고들었다. 그때야 가야는 그림 그리기에 몰두할 수 있었다. 곱게 빻은 황토를 몸에 올리고 숯가루로 눈썹을 그리고 있는 듯 없는 듯한 입가의 미소. 입술에는 붉게 타는 단풍잎을 잘게 잘라 얹었다.

몇 번의 봄이 가고 왔다. 가야 얼굴에서 젖살이 빠졌다. 이젠 소년 티가 완연해졌다. 수미는 처녀티가 났다.

수미는 가야에게 비단을 구해주고 싶었다. 그 비단에 그림을 그려 고운 물감으로 색칠하도록 해주고 싶었다. 하지만 비단도 화공이 쓰는 물감도 감히 엄두를 내지 못할 만큼 비쌌다. 종이도 마찬가지였다. 수미는 가야가 깨진 기와를 가지고 아기 부처님을 조각하는 것도 눈여겨보았다. 조각하는 칼이 스쳐 지나갈 때마다 천진난만한 아기 부처님 모습이 드러났다. 연꽃을 조각할 때는 흡사 살아 있는 것처럼 생생한 모습이었다. 수미는 가야의 화구를 마련해주려고 산나물을 뜯어 마을에 내다 팔기 시작했다. 때로 마을 어른들의 잔심부름도 열심히 하여 돈을 모았다.

수미는 가야를 뒷바라지하는 일 외에 노래하는 것이 즐거웠다. 가끔 반 마장 떨어진 절에서 큰 행사가 있는 날은 큰스님들이 노래하고 춤을 추었다. 그 구경이 가장 즐거웠다. 저자에 나물을 팔러 가면 놀이패들이 노래하고 춤을 추었다. 그 노래에 빠져들었다가 늦어 가야를 애타게 기다리도록 한 적도 있었다.

수미는 이제 막 움트는 찔레 순 아래에 붉은 흙덩이를 보았다. 저 흙을 가야에게 갖다 주어야지. 수미는 찔레나무 아래에 호미를 넣었다. 조심스럽게 흙덩이를 한 덩이 들어 올리다가 찔레 가지에 손목을 긁혔다. 길게 생채기가 나면서 붉은 피가 번졌다. 입으로 그 피를 빨았다. 오랜만에 구한 붉은 흙덩이였다. 가야에게 그 붉은 흙덩이를 갖다 주자 가루로 곱게 빻아 물감으로 만들었다. 가야는 송홧가루를 받아 노란색 물감으로 쓰기도 했다.

붉은 흙 한 덩이를 담아 왔던 바구니에 나비가 내려앉았다. 이윽고 날아올라 수미의 어깨 위로 내려앉았다. 가야가 그 나비를 그렸다. 구부러진 더듬이는 고운 숯가루로 누이의 반달 눈썹처럼 구부렸다. 날개는 보랏빛 도라지 꽃잎을 곱게 펴서 알맞게 얹었다. 허공에서 하늘거리며 나는 나비와 누이의 어깨에 앉은 나비 한 쌍이 따뜻한 봄날을 장식했다.

때맞추어 두 사람의 머리 위에 하얀 새 한 마리가 고운 노래를 부르며 날았다. 남매는 새를 따라 고개를 돌리다가 건너편 산언저리의 굽은 소나무가 있는 곳에 빨갛게 핀 꽃 한 송이를 보았다. 두 사람은 마주 보며 눈을 빛냈다. 저 꽃을 따서 채색한다면, 가야는 그 꽃을 구해서 누이의 입술 색으로 칠하면 가장 아름다울 것 같다고 생각했다. 수미는 가야가 속내를 털어놓지 않아도 그 마음을 벌써 읽었다.

"가야야, 잠시 기다려. 누이가 빨갛게 핀 저 꽃을 가져올게."
"누이야, 가지 마."
가야는 누이가 자신을 홀로 두고 사라질까 봐 늘 불안했다.
"걱정하지 마, 내가 계속 노래할게. 내 노랫소리가 들리면 안심이 되겠잖아."
수미가 숯막을 나섰다. 누이의 노랫소리는 가야가 있는 마당을 맴돌아 소나무 가지에 걸리더니 점점 멀어져갔다.

수미의 머리 위로 하얀 새 한 마리가 날아올랐다. 수미는 마치 꿈을 꾸듯 새를 바라보며 숲길을 따라 안으로 들어갔다. 그 새는 마치 수미에게 따라오라는 듯 고운 목청으로 지절거렸다. 마침내 수미는 굽은 소나무 아래에 닿았다. 저 꽃과 흙을 가야에게 갖다 주면 가장 아름다운 그림을 그릴 거야. 그런데 아뿔싸, 굽은 소나무는 몇 길의 낭떠러지 위에 위태로이 서 있었다. 수미가 붉은 꽃을 잡으려면 위험했다. 자주 발생하는 일이지만, 오늘따라 위험 수위가 높았다. 몇 번을 망설였다. 예까지 온 걸음이 아까웠다. 붉은 꽃을 받으면 함박웃음을 지을 가야의 얼굴이 생생하게 떠올랐다. 손을 뻗었다. 튼튼해 보이는 소나무 가지 하나를 붙잡았다. 그 순간, 발이 삐끗했다. 수미가 딛고 있는 흙이 점점 부스러졌다. 수미가 붙들었던 붉은 꽃이 흙에서 빠져나왔다. 그런데 수미의 한쪽 발이 허공에 들렸다. 낭떠러지 아래를 바라보니 시퍼런 강물이 흘렀다. 아래로 추락하지 않으려고 굽은 소나무를 붙잡으려고 했다. 하지만 손이 닿지 않았다. 온몸이 식은땀 범벅이었다. 수미를 안내하던 새가 염려 말고 강물로 뛰어내리라고 했다. 수미가 망설였다.

"그럼 내가 먼저 보여줄게."

새가 호르르, 날았다. 마치 나를 따르라는 듯. 새는 강물 위로 내려앉아 헤엄치기 시작했다.

"수미야, 전혀 위험하지 않아. 나처럼 뛰어내려!"

새가 소리치며 곧장 날아올라 수미가 뛰어내릴 지점을 알려주듯 강물 위에서 빙빙 돌았다. 수미는 더 버틸 힘이 없었다. 아래로 뛰어내렸다. 물 밑으로 가라앉았다. 이젠 가야를 볼 수 없겠다. 이제 난 죽는가 보다. 그런데 어느결에 부드러운 물결이 어깨를 감싸 안았다. 마치 엄마 품에 안기거나 구름 위에 누운 듯했다. 하얀 모래펄이 있는 강가로 부드럽게 밀려갔다. 가야가 기다리는 숯막과는 반대편 강기슭이었다.

가야가 있는 숯막으로 가려면 배를 타고 건너든지 큰 마을을 지나 한참 돌아가야 했다. 탁발 나갔다가 오던 스님이 수미를 발견했다. 큰 절에 사는 스님이었다.

"어쩌다가 물에 이리 젖었누."

"저 낭떠러지에서 떨어졌는데, 물결이 보드랍게 밀어서 여기로 보내주었어요."

"정말 다행이구나. 내가 집에 데려다주마."

강변을 걸어서 반 마장쯤 내려가자 나루터가 나왔다. 사공에게 사정을 이야기하고 배를 탔다. 수미는 다행스럽게 스님을 만나 어스름한 저녁 빛을 받으며 배를 타고 숯막으로 돌아올 수 있었다. 누이가 돌아오지 않아 안절부절못하던 가야가 뒤뚱거리며 나왔다. 숯막까지 데려다준 스님이 가야를 보았다.

"네 다리가 많이 불편하겠구나. 어디 좀 볼까?"

스님이 가야의 다리를 이리저리 만져보았다. 가야의 다리를 나란히 놓고 맞추어보기도 했다. 한쪽 다리가 가늘었다. 걸으려면 왼쪽 다리는 힘없이 나동그라지듯 던져졌다. 스님이 품에서 침낭을 꺼내 몇 군데 침을 놓았다.

"스님, 우리 가야의 다리를 고칠 수 있나요?"

"음. 지금보다 낫게는 할 수 있을 것 같다. 하지만 완전히 낫게 해줄 수 없을 것 같다."

"가야 혼자서 저기 있는 산에 올라갈 수 있기만 해도 좋겠어요. 스님, 그런데 어떻게 하면 아픈 다리가 나을 수 있을까요?"

"열심히 기도하고 공덕을 쌓으면 될 거다."

수미는 가야의 아픈 다리를 고쳐주고 싶었다.

"스님, 어떤 공덕을 쌓아야 하나요."

"너는 목청이 곱고 소리가 고우니 열심히 노래하렴."

"예! 노래하라고요?"

"그 노래에 부처님 말씀을 새겨 넣어서 중생들을 구제하면 큰 공덕을 쌓는 일이 될 거야."

"스님, 고맙습니다. 열심히 노래할게요. 우리 가야를 위해서 그리고 중생들을 위해 목에서 피가 나도록 노래할게요."

"동생의 아픈 다리를 치료하려면 오래 걸리니 절에 와서 머물러야겠다. 틈틈이 부처님 말씀도 배우고."

"스님, 알겠습니다. 그런데 우리 가야는 죄를 짓지 않았는데 어찌

카라빈카 153

다리가 불편해졌을까요?"

스님은 눈을 감고 나직하게 읊조렸다.

"복을 받아야 할 사람이 불행에 빠지는 것은 그 선행의 열매가 무르익지 않았기 때문이다. 선의 열매가 무르익으면 반드시 그 복을 받을 것이니라."

수미는 가야와 함께 절 생활을 시작하자마자, 부처님의 가피를 받으려고 하루도 빠지지 않고 백팔배를 올렸다.

"부처님, 가야가 걸을 수 있다면, 저는 뭐든 할 수 있답니다."

스님은 천재성을 가진 어린 화공의 몸을 고치려고 무던히 애를 썼다. 가야가 좀 더 자유롭게 몸을 놀릴 수 있으면 큰 공덕을 쌓게 될 인물임이 확실하다고 보았다.

법당 안. 가야가 엎드리고 있었다. 향내가 잔잔하게 부처님을 감돌더니 천장으로 퍼졌다. 스님은 눈을 감고 침을 든 손끝에 온 정신을 집중했다. 침이 가야의 몸속 미세한 모세혈관의 막힌 부분을 뚫기 시작했다. 피가 돌지 않는 왼쪽 다리에 피가 돌아 영양분이 흡수되기를 기원했다. 침 끝에 자신의 모든 진기를 불어넣었다. 정수리 백회혈에 대침을 꽂고 목덜미와 허리, 종아리까지 혈 자리마다 꽂았다. 침을 놓아 막힌 혈을 뚫고 생기를 불어넣었다.

수미와 가야는 틈틈이 부처님의 말씀을 배웠다. 벌써 석 달이 넘었다. 가야의 다리에 조금씩 힘이 들어갔다. 지팡이를 짚고 몇 걸음씩 걸었다. 완전히 고쳐지지 않았지만, 운동으로 근력을 키우고 잘 먹어서 다리에 살이 차고 뼈가 자라면 지금보다 낫게 걸을 수 있다고 했다. 그러나 뼈가 자라도 성한 오른쪽 다리처럼 자라지는 않는다고 했다. 그것도 부처님의 가피가 있어야 한다고 했다. 스님은 침을 놓고, 가야에게 간단한 체조를 시켰다. 가야는 제 손으로 팔다리를 스스로 주물렀고 양반다리를 하고 양손 가락을 맞댔다. 눈을 감았다. 배꼽 아래가 뜨거워졌다.

"이미 신경이 죽어 양다리가 똑같이 될 수는 없단다. 그렇지만 조금은 나아질 게다."

가야와 수미가 절에서 사는 시간이 꽤 지났다. 가야의 걸음걸이가 조금씩 좋아지기 시작했다. 어쩌면 누이가 구해주던 꽃이나 색 있는 흙을 직접 구하러 다닐 수 있을지도 모를 일이다. 한 걸음, 두 걸음 걷다 보니 점점 힘이 생겨 좀더 잘 걷게 되었다. 가늘고 짧은 가야의 다리도 차츰 힘이 생겼다. 하지만 불편함을 완전히 걷어낼 수 없었다.

수미는 부처님 말씀으로 된 노래를 스님으로부터 배워서 노래가 점점 고와졌다. 예전에는 그저 고운 노래였다면, 이젠 불법이 담긴 심오함과 고운 가락이 잘 어우러진 노래였다. 사람들은 수미가 노래를 부를 때마다 감격하여 눈물을 흘리곤 했다. 부처님의 가피를 받은 것처럼 행복하다고 했다. 힘들고 지친 나날이 편안해진다고 했다. 하지만 수미는 그런 정도에서 만족하지 않았다.

마침내, 수미가 길을 떠났다. 카라빈카를 가르쳐준 스님의 말에 따라 카라빈카를 만나러 가는 길이었다. 가야를 위해, 가야가 짓는 절에 울려 퍼질 아름다운 노랫소리를 구하러. 수미는 배를 타고 산을 오르고 사막을 지났다. 길을 가는 사이 수미는 어엿한 어른이 되었다. 멀리 설산이 보였다. 눈에 보이는 설산까지 가기는 아직도 먼 거리. 동행한 스님은 설산 아래 마을이 있고 그 마을 위에 아름다운 궁전이 있다고 했다.

수미는 설산에 사는 극락조의 노래를 듣고 배워 가야에게 들려주겠다는 마음으로 발이 부르트도록 걷고 또 걸었다. 언제쯤 설산에 도달할 수 있을지, 설산에 산다는 카라빈카가 들려주는 노래를 배워서 가야가 짓는 절에서 마음껏 노래하고 싶었다. 가야가 절집 짓는 일을 끝낼 즈음이면 돌아갈 것이라고 약조했다. 가야는 절을 잘 짓고 있을지? 설산 아랫마을까지 가려면 아직도 한 달여는 더 가야 한다고 했다. 가끔은 추웠고 또 사막은 더웠다. 가지고 간 식량이 떨어져 마을을 만날 때까지 굶는 날이 허다했다. 드디어 멀리 설산이 우뚝 보였다. 부처님이 산다는 궁전 지붕이 멀리서 보이다가 구름에 가리곤 했다.

"오행은 만물이 소생했다가 소멸하고, 또 변화하는 기초적인 작용을 한다. 세상을 아우르는 음양오행의 법칙으로 네 몸을 치료하기로 했다. 백회 아래 뜸을 뜨고 목덜미 경추에다 뜸을 떠서 혹시나 멈춘 혈을 되살려보기로 했다. 힘들어도 참아야 한다."

스님은 침을 놓을 때마다 불법을 이야기했다. 가야는 침 맞는 일이 고통스러웠지만 잘 걷기 위해 이를 악물고 참았다. 쑥을 대고 뜸뜬 자리가 곪기도 했다. 고름을 짜내고 술을 발라 소독했다. 새살이 돋았다.

스님은 목탁을 두드리며 염불을 외웠다. 스님의 알 수 없는 중얼거림과 함께 가야의 치료는 날마다 행해졌다. 스님은 가야의 왼쪽 다리에 조릿대를 두르고 나무를 깎아 발 모양을 만들어 신게 했다. 더 이상 기우뚱거리지 않았다.

다리의 불편함을 어느 정도 해소한 가야는 불가에 귀의했다. 그리고 멀리 떠난 누이를 기다렸다. '카라빈카'라는 새를 만나러 간 수미는 아직 돌아오지 않았다. 가야는 누이가 돌아오기를 손꼽아 기다리며 그림을 그리고 조각을 하고 절집 짓는 일을 열심히 했다. 누이를 보고 싶은 마음이 간절해지면 간절해질수록 절집 짓는 일에 깊이 빠져들었다. 절집을 다 짓게 되면 누이는 돌아온다고 약조했다.

가야 스님이 아궁이를 들여다보았다. 불을 조절하고 백성들이 치대고 간 진흙을 다시 치댔다. 하룻밤을 재운 진흙 반죽은 오 층 나무 틀 속에 다져 넣었다. 가늘고 튼튼한 실을 틀 사이에 넣어 번갯불처럼 갈라쳐냈다. 기와 크기의 흙을 시루떡처럼 썰었다. 다시 쓰임새에 따라 굽히고 휘게 한 뒤 가장자리를 두들겨 마무새를 곱게 하면 초판 기와가 되었다. 모양을 갖춘 초판은 그늘에서 이틀, 햇볕 아래서 사흘씩 음건·양건을 한 다음엔 가마로 옮겼다. 가마 속에 오륙백 장의 기와를 칠 층으로 쌓았다. 장작에 불을 지폈다.

가마의 봉통에 장작을 가득 밀어 넣고 불질을 시작했다. 화력을 조절했다. 불을 때는 시간은 꼬박 하루가 걸렸다. 양쪽 아궁이를 막았다. 남겨두었던 가마 봉우리 위의 구멍도 막았다. 스스로 식기까지 사흘을 재웠다. 가마 속의 연기는 기와 색깔을 입히는 물감 구실을 했다. 기와의 생명은 모서리가 반듯한 모양에도 있지만 얼룩이 지면 실패작이다. 온도 조절과 바람이 들어가지 않게 해야 했다.

불질에서 금기는 버드나무였다. 버드나무가 불이 붙으면 나무에서 수액이 나와 기와는 모두가 얼룩이 들었다. 그 누구에게도 기와 만들고 굽는 일을 맡기기 힘들었다. 가야 스님이 손수 흙을 반죽하고 틀에 찍고 말리고 굽는 일을 여러 날 반복했다.

가야 스님은 아비의 빙그레 웃는 얼굴이 생각났다. 기와 틀을 가져와 손으로 꾹꾹 다져 눌렀다. 질끈 감고 웃는 눈. 유난히 큰 코. 빙그레 웃는 입. 수키와 막새에 아비를 새겼다. 불 속에 누이의 모습이 보였다. 불빛처럼 환한 날개를 퍼덕였다. 고운 노랫소리가 들렸다.

절집 지붕에 얹을 기와를 다 구웠다. 법당에 좌정할 부처님만 제작하면 되었다. 흙덩이를 뭉쳤다. 본존불과 양옆의 협시불. 삼천 개의 벽돌을 쌓았다. 누이의 소리 공부가 잘 되기를, 지상의 만물이 평화로운 세상이기를.

가야 스님이 부처님을 흙으로 빚었다. 시간의 흐름에 따라 계절이 생겼다. 조각하면서 자연에 근본을 두었다. 지고무상의 세계에 들어갔다. 고래로부터 내려왔던 선과 미에서 새로운 변화를 주고 싶었다. 가야 스님은 손등의 살, 코, 입술 선. 하나하나 생기를 불어넣었다. 손끝에 단전 밑에서부터 올라오는 뜨거운 기를 넣었다. 가야 스님의 손놀림이 예전보다 미묘하게 달라졌다. 칼은 생명이 있는 것처럼 호쾌하고 가벼웠다. 칼이 지나간 자리는 깔끔하고 선명했다. 가야 스님은 새기고 파고 긁어내는 일이 신명 났다. 사각거리는 칼 소리가 좋았다. 조형미가 넘쳤다. 은은한 감성이 흘렀다.

설산 아래에 있는 마을. 수미는 가부좌를 틀고 앉았다. 눈을 감았다. 딱 한 번 보고 들은 소리를 기억하려 애를 썼다. 부지런히 수련해서 하루빨리 가야에게 돌아가야 했다. 가야가 짓고 있는 절에서 중생들에게 들려줄 소리를 얻어야 했다. 수미를 데리고 왔던 스님과 함께 마주쳤던 그 새의 신비로운 노랫소리. 새는 설산 얼음 굴속에서 천 년에 한 번 나와서 운다고 했다. 소리를 구하려고 오랫동안 애를 썼지만, 찾지 못했다. 수미가 눈을 떴다. 그리고 설산을 지그시 바라보았다. 부처님이 계신다는 궁전이 빛났다.

수미는 가야가 미치도록 그리웠다. 숯막도, 가야의 그림도. 가야와 함께 불렀던 노래를 부르기 시작했다. 수미의 노랫소리가 설산 마을에 울렸다. 소리는 웅혼하고 듣는 이들의 정수리를 깨고 맑게 만들었다. 듣는 이들이 알 수 없는 눈물을 흘렸다. 마을 사람들이 수미가 있는 집 앞으로 몰려왔다.

> 말과 행동도 또한 고요하다.
> 바른 지혜로써 해탈한 사람은
> 고요히 적멸에 돌아가네.

수미의 노랫소리에 마을 촌장이 눈을 크게 뜨고 외쳤다.
"카라빈카!"
마을 사람들이 따라서 외쳤다. 수미가 팔을 들어 올렸다. 나붓이 춤을 추었다. 사람들의 눈에 비친 수미는 평범한 아가씨가 아니었다. 천사의 새라고 하는 카라빈카였다. 수미는 사람들의 반응은 아랑곳하지 않고 노래 부르며 춤을 추었다. 카라빈카가 날갯짓하며 노래하듯이. 수미는 단전 아래, 저 깊은 곳에 고여 있던 노래를 끌어올려 비단처럼 펼쳐냈다. 설산 마을 사람들이 수미처럼 춤을 추면서 노래를 부르고 배웠다. 노래와 춤이 끝난 수미는 이제 가야에게 돌아갈 때가 되었다는 것을 느끼고 자리에서 일어났다. 어깻부들기에서 날개가 돋았다. 하늘로 비상하기 시작했다. 온 누리에 찬란한 빛과 고운 노랫소리가 햇살처럼 뿌려졌다.

가야 스님은 누이, 수미가 돌아오기를 기원하면서 돌아올 길을 밝혀줄 신장을 새기기로 했다. 별이 총총 빛났다. 햇살에 나뭇잎들이 초록으로 빛났다. 입가에 엷은 미소. 부리부리한 눈. 누이에게 카라빈카라고 소리쳤던 스님의 눈과 코, 입을 닮았다. 칼을 쥐고 있는 가야 스님의 손은 민첩하게 움직였다. 팔뚝에 일어난 근육과 핏줄. 단전 밑바닥에서 뜨거운 것이 솟구쳤다. 머리에서 김이 모락거렸다. 두 눈에 맑은 기운이 감돌았다. 불필요한 부분을 오려냈다. 대나무로 만든 칼은 섬세하게 움직였다. 시원한 바람이 불어왔다. 머리카락이 흩날렸다. 수각도가 손톱을 조각했다. 신장의 발밑에 꿇린 마귀가 비명을 질렀다. 고통으로 일그러졌다. 누이에게 마귀가 달려들지 않기를. 하루빨리 소리를 얻고 이곳으로 돌아와주기를.

기와를 올리기 전 상량식을 했다. 백성들이 왔다. 노래를 불렀다. 기와를 얹는 와공들의 손이 날렵했다. 밑에서 기와를 지붕으로 던지면 위에서 어김없이 받아냈다. 떨어뜨려 깨어지지 않을까 조마조마했다.

드디어 절이 완성되었다. 한 가지 소원을 들어준다는 바로 그 절이었다. 대웅전 삼 층 누각은 웅장했다. 공포에 고운 색을 입혔다. 가야 스님의 머릿속에 그려진 상상의 불국토 궁전.

백성들이 나른 진흙으로 빚은 부처님, 돌로 쌓은 탑. 전돌에는 부처님이 깨닫기 위해 고행한 모습이 보는 이들을 슬프게 했다. 절을 다 지을 무렵이면 누이가 돌아온다고 했지만 누이는 여태 오지 않았다. 누이의 소리 공부가 하루빨리 끝났으면 했다. 가야 스님은 누이가 부르던 노래를 머릿속으로 그렸다. 천상의 새 '카라빈카'를 새겼다. 가야가 부르던 노래를 새겼다.

가야 스님의 귓가에 아름답고 진중한 소리가 들렸다. 귓가에 들리는 소리를 조각했다. 천상의 소리. 화관을 쓰고 날개를 펄럭이며 구천을 나는 소리. 정, 기, 신이 서로 협력했다.

가야 스님이 붓을 들었다. 살아서 꿈틀거리는 글을 쓰고 싶었다. 그런데 절 이름을 지으려 했지만 생각나지 않았다. 가야 스님이 쓴 붓글씨는 절 이름 대신에 '카라빈카(가릉빈가)'와 '극락조'였다. 그리고 붓글씨 대신에 한 점의 그림이 그려지기 시작했다. 화관을 쓰고 뾰족한 입으로 노래하는 누이의 모습. 이내 천둥을 치듯 큰 소리가 들렸다. 산이 무너지듯. 곧이어 향내가 퍼졌다. 그리고 아름다운 노랫소리가 들렸다.

  마땅히 지혜를 구하여
  그것으로 선정을 왕성하게 하고
  때[垢]를 버려 더럽히지 않으면

이 몸의 괴로움을 떠나게 되리

가야 스님이 외쳤다.
"누이. 누이. 누이는 돌아올 것이다. 카라빈카!"

빙떡 이야기

빙떡 이야기

1

 오늘 저녁 사정상 문을 일찍 닫는다는 안내문을 붙이고, 성혜는 식당 문을 닫았다. 거리는 빗자루로 쓴 듯 한산했다. 예전 이맘때면 신혼여행이나 여행을 즐기는 젊은이들로 화사하게 수놓은 거리였다. 그런데 코로나가 가져다준 팬데믹 현상으로 찬물이라도 퍼부은 듯 냉랭했다.
 자동 잠금 장치에 손을 뻗던 성혜가 멈칫했다. 문설주 옆의 바닥 위에 반짝이는 물체가 눈에 들어왔다. 저게 뭐지? 허리를 굽혔다. 검은 바둑돌이었다. 주워서 이리저리 돌려보았다. 왜 이런 바둑돌이? 이윽고, 성혜가 고개를 끄덕거렸다.
 점심 장사 시간이 끝날 즈음, 단골손님이 나가자 배웅했다. 그리고 설거지하는 중인데 출입문 유리창에서 요란한 소리가 들려왔다. 놀랄 사이도 없이 밖으로 황급히 튀어나왔다. 식당 앞을 지나가는 사람은 없었다.

누가, 왜, 무엇을 던졌던 것일까? 혹시 세찬 바람의 소행일까? 식당 언저리를 둘러보았으나 유리창에 부딪혀서 소리를 냈을 만한 것은 눈에 띄지 않았다. 유리창이 깨진 것도 아니었다. 마음에 크게 두지 않았다. 그런데 바둑돌이 발견되자 부러 눌러놓았던 성혜의 궁금증이 활화산처럼 분출했다. 유리창에 부딪혔던 물체는 바둑돌이었고, 누군가 고의로 저지른 것임이 틀림없었다. 혹시 경쟁 식당에서? 아니면, 누가? 성혜가 바둑돌을 주워서 현장 검증하는 수사관처럼 자세히 톺아보았다. 마치 바둑돌 던진 자의 지문이라도 조사하듯이.

바둑돌을 손지갑 안에 보관하려던 성혜의 눈살이 찌푸려지기 시작했다. 생각해 보니, 이런 투척 사건이 처음은 아니었다. 일주일 전쯤에도 집 마당으로 돌멩이가 날아왔다. 성혜는 바둑돌과 돌멩이를 같은 선상에 놓으면서 그날을 떠올렸다.

그날, 향토 음식 연구회 회원들이 성혜의 집에 찾아왔다. 유튜브에 올릴 동영상 촬영 건이었다. 그들은 성혜가 오메기술 내리는 과정을 카메라에 담았다. 그 작업이 진행되는 동안에는 별 탈이 없었다. 그런데, 성혜가 그들을 보내고 잠자리에 들 즈음이었다. 마당에서 쿵, 하는 괴이한 소리가 들려왔다. 어머머, 무슨 소리지? 누가 담을 뛰어넘은 걸까? 도둑일까? 아주 예전이라면 모르지만, 요즘은 그럭저럭 먹고살 만한 세상이라서 도둑 드는 일이 흔하지 않았다. 게다가 주변인들이라면 성혜의 집에 도둑이 들어와서 가져갈 만한 값진 재물이 없다는 것을 알 터였다. 그뿐만 아니었다. 이 섬은 그래도 명색이 삼무도(三無島)라서 도둑, 거지, 대문이 없었다.

혹시 혼자 사는 여자를 노리는? 성혜의 온몸에 소름이 돋았다. 혼자 사는 여자라서 보호해줄 사람이 딱히 없었다. 그런데 얄밉게도, 다른 여자가 좋다며 훌쩍 떠나버린 남편, 길중이 순간적으로 떠올랐다. 성혜는 컴퓨터 삭제키를 누르듯이 길중의 모습을 재빨리 지웠다. 싫다고 훌쩍 떠난 남자를 다시 떠올린다거나 바짓가랑이를 붙들며 애원하고 싶은 마음은 눈곱만큼도 없었다. 그동안 지켜왔던 자존감에 흠집이 나는 것은 죽음보다 싫었다. 혼자 사는 처지일수록 강해져야 한다며, 손전등을 챙겨 밖을 살폈다. 마당 한가운데 돌멩이 하나가 뒹굴고 있었다. 어른 주먹 두 개를 합친 크기였다. 이끼가 낀 현무암인 것으로 보아 돌담에 얹혀 있었던 것으로 짐작되었다. 태풍이 몰아쳐도 이만한 돌멩이가 날린 적은 없었다. 그렇다면 어떤 자가 고의로 저지른 소행이 틀림없었다.

성혜가 운영하는 식당은 이중섭 미술관 근처의 올레시장 입구에 있었다. 시어머니에게 물려받은 식당이었다. 식당 문을 잠근 뒤에 건물을 한동안 바라보았다. 시어머니 생전의 얼굴이 해무처럼 다가와 가슴팍에 안겼다. 아가, 혼자 장사하느라 고생 많지? 고생이라니요. 재미있게 일해요. 예전보다 손님이 많이 늘었고요. 성혜의 잔잔한 미소가 허공에서 맴돌다 바람결에 실려 어디론가 사라졌다.

해녀였던 시어머니는 물질한 해산물로 제주 토속 음식을 직접 만들어 이 식당에서 팔았다. 이 식당은 시어머니의 한평생이 고스란히 녹아 있다고 해도 틀린 말은 아니었다. 뭍에서 시집온 성혜는 시어머니로부터 제주 토속 음식 비법이라기보다 손맛을 이어받았다. 삼 년 전쯤에 시어머니가 세상을 떴다. 성혜가 이 식당을 물려받으면서 제주 토속 음식 요리법과 각종 관련 사진을 유튜브에 올리는 등 장사에 적극적으로 뛰어들었다. 유튜브 동영상이 인기를 끌면서, 이중섭 거리를 찾는 관광객들이 즐겨 찾는 명소가 되었다.

유명 맛집이라고 해서 모 텔레비전의 '서민 갑부' 주인공처럼 큰돈을 번 것은 아니었다. 성혜는 제주 토속 음식을 널리 소개하고, 유명 맛집을 운영한다는 자부심 하나로 살아왔다. 그리고 자식들을 뭍으로 유학 보냈다. 혼자 살면서 쓸데없는 잡념에 시달리지 않는다는 것에 만족했다. 바쁜 식당 일에 쫓기다 보면 불필요한 생각을 할 겨를이 없었다. 음식을 조리하고, 손님을 맞이하고, 설거지하고, 이렇게 다람쥐 쳇바퀴 돌듯 하면, 어느새 하루가 저물었으며 한 달이 순식간에 흐르곤 했다.

성혜가 필요한 물건을 구매하려고 올레시장 쪽으로 방향을 틀었다. 멀리 서귀포 앞바다와 문섬이 보였다. 못 볼 것을 보기라도 한 것처럼 눈길을 돌렸다. 문섬으로 가는 출항지 근처는 길중과 난수가 살림을 차린 곳이었다. 눈길은 이미 돌렸으나, 얼마 전에 길중이 찾아와서 성혜에게 건넸던 이야기가 산 낙지처럼 달라붙어 떨어질 줄 몰랐다. 당신 명의로 되어 있는 난수의 집은 난수한테 되팔아. 집은 내가 갖고 싶어. 당신은 이 식당만 가져도 충분하잖아. 그날, 성혜는 길중의 얼굴을 쳐다보지도 않은 채 어금니를 꽉 깨물었다. 이 섬을 훌훌 떠나버릴까 생각도 했다.

"벌 받을 인간들!"

성혜의 입에서 앙칼진 소리가 튀어나왔다. 그날부터 참았던 분노가 휴화산처럼 눌려 있다가 일시에 분출되었다. 그게 어떤 집인데 되팔거나 돌려달라고 하다니…. 어림 반 푼어치도 없는 소리였다. 올레시장을 한 바퀴 돌면서 분노를 다독였다. 때때로 살아가는 것이 팍팍할 때, 성혜는 올레시장 구경에 나서곤 했다. 열심히 살아가는 시장 사람들을 보면 삶의 활력이 솟구쳤다. 생의 환희가 서귀포 앞바다의 윤슬처럼 반짝였다.

고산국 여신에게 드릴 색깔 고운 종이옷을 샀다. 가게에 진열된 무복과 무구, 종이꽃이 화려했다. 사람이 살다 보면 별의별 난관에 부딪히기 마련이었다. 그럴 때면 신에게 의지하는 경우가 많았다. 신들은 화려한 것을 좋아하나 보다. 오방색 물건들이 저마다 색깔을 뽐내며 신통력을 자랑하는 듯했다. 성혜는 고산국 여신에게 드릴 종이옷을 품에 꼭 끌어안았다. 흡사 그 여신이 입다가 금방 벗어놓은 것처럼 온기가 느껴졌다. 온기뿐 아니었다. 북소리 같은 맥박도 느낄 수 있었다.

밖으로 나온 성혜는 풋마늘 한 줌과 무 한 개를 골랐다. 제주 흑돼지고기, 메밀가루 한 봉지, 모자반 한 묶음도 샀다. 빙떡과 몸국 재료다. 배낭 무게에 어깨가 처졌다. 어깨에 멘 배낭이 등에 업은 갓난아이라도 되는 양 토닥거리며 추슬렀다.

집 근처 휘움한 골목길로 접어들자 정낭이 보였다. 정낭 앞에 도달하자 길중의 목소리가 성혜의 귓속에서 이명처럼 되살아났다. 침전물처럼 가라앉았던, 길중의 목소리가 요란을 떨며 솟아올랐다. 심사가 뒤틀렸다. 못내 참고 있던 말이 쏟아졌다.

"흥, 카사노바 같은 인간. 빈대도 낯짝이 있다고 했는데, 어쩌면…"

분을 삭이려고 내뱉은 소리였다. 오히려 불난 곳에 기름을 부었다. 손으로 머리털과 옷을 탈탈 털었다. 남들이 보면, 황사가 내려앉았거나 징그러운 벌레라도 달라붙은 줄 알겠다. 그게 아니다. 몸뚱이를 옥죄는 고통과 분통함을 떨쳐내고 싶었다. 그 모든 것을 털어낼 수만 있다면 이 자리에서 껑충껑충 뛸 수도 있었다. 푸닥거리를 주관하는 무당이 신칼과 방울을 손에 들고 방방 뛰듯. 급기야, 성혜가 제자리에서 방방 뛰었다. 신들린 것처럼, 어깨에 멘 배낭 무게가 전혀 느껴지지 않았다.

"고산국 여신님, 이 못난 것을 용서하세요."

성혜가 뛰던 동작을 멈추고 두 손바닥을 맞댔다. 고산국 여신에게 올릴 공물을 장만하기 직전이었다. 복 짓는 일은 못 할망정 부정 탈 언행은 삼가야 했다. 두 손바닥을 맞댄 채 거친 숨을 가라앉혔다.

성혜가 정낭 세 개를 엇비스듬히 걸쳤다. '사람 있다.' 제주도식 안내였다. 제일 위 칸에 작대기 하나를 반듯하게 더 얹었다.

'너희들은 내 집에 한 걸음도 들여놓지 마.'

성혜 나름의 표현으로, 자신의 영역을 침범하는 그들에게 하는 경고였다. 성혜의 집 정낭과 나란히 붙은, 난수의 옛집 정낭에도 같은 표시를 했다.

성혜의 집은 바람웃도 신이 좌정한 서귀본향당이 내려다보이는 야트막한 언덕에 있었다. 낮은 돌담과 정낭이 예스러웠다. 아래채는 성혜의 휴식처이며 안식처다. 제주 전통 가옥인데, 한 사람이 간편하게 거처할 규모로 최근에 신축했다. 그리고 원형을 그대로 유지하고 있는 본채는 길중이 태어나고 자란 곳이다. 시어머니가 여유 있을 때마다 틈틈이 손질해서 그런지, 아직 몇십 년은 끄떡없을 거라고, 건축업자가 말했다. 옆집은 전형적인 제주도 돌담집인데, 늙은 황소처럼 납작 엎드려 있었다. 난수가 태어나고 자란 집이었고, 지금은 성혜의 소유였다.

아래채에 들어가자마자 서둘러 목욕재계부터 했다. 육신의 티끌뿐만 아니라 부정 탈 수 있는 잡스러운 생각까지 말끔히 씻었다. 이어서, 식자재를 손질했다. 손질한 식자재를 들고 본채로 향했다. 항상 비치해놓았던 삼각대 위의 카메라를 치웠다. 이곳은 토속 음식을 만들어 유튜브에 올리는 장소였다. 빙떡, 몸국, 자리젓, 고등어회, 갈치회. 제주를 대표하는 음식과 식자재 구하는 법, 요리법까지. 유튜브 조회 숫자가 나날이 늘었다. 오늘 할 요리, 빙떡과 몸국은 예전에 이미 올렸다. 댓글도 많이 올라왔다.

성혜가 올 굵은 멍석을 폈다. 가마솥에는 몸국의 재료인 제주 흑돼지고기를 안쳤다. 오늘은 어느 때보다 정성을 기울여야 했다. 고산국 여신에게 바칠 공물이었다. 오늘은 시어머니 기일이기도 했다.

미지근한 물로 메밀가루를 반죽했다. 어떤 부침개든지 반죽이 무르면 뒤집을 때 처지고 너무 걸쭉하면 식감이 뻣뻣하다. 국자로 떨어뜨렸을 때 가늘게 흘러내리는 정도가 알맞다. 요즘 요리를 가르치는 요리사들은 도구를 사용해서 정확하게 계량한다. 우리 전통 음식을 조리하는 나이 든 요리사들은 '알맞게'나 '적당히'라고 말한다. 성혜가 유튜브에 빙떡을 올릴 때는 메밀가루 두 배의 물을 넣으라고 알려주었다. 그럴 때는 댓글이 장난 아니게 올랐다. 감사해요, 정말 그러네요, 등등. 또 댓글에서 무는 어떻게 삶는지 물었다. 너무 무르면 씹는 맛이 없다. 그렇다고 너무 덜 삶으면 이 맛도 저 맛도 아니다. 적당하게 잘 삶아야 한다. '적당히'라는 말이 어렵다. 세상 살아가는 이치가 그렇다. 너무 곧으면 부러지고 너무 무르면 짓밟힌다.

무는 삶을 때 소금 한 꼬집 정도 넣어서 물을 끓이고, 무가 반투명해지면 재빨리 끄집어낸다. 무는 끓는 솥에서 끄집어내도 자기가 품었던 열기로 계속 익는다.

무가 적당히 익었다. 찬물에 담가 식혔다. 메밀가루 반죽이 잘 됐다. 거기에다가 성혜만의 비법, 참기름 한 방울을 넣었다. 반죽이 고소하고 순해졌다. 윤기가 흘렀다. 빙떡에 넣을 무나물에 파 대신에 풋마늘을 송송 썰어 넣고 통깨를 뿌렸다.

뒤집은 솥뚜껑 위에 기름을 살짝 두르고 반죽을 올렸다. 주걱으로 빙빙 돌려 좀 더 납작하게 폈다. 하얀 메밀꽃밭이 바람에 잔잔히 흔들리는 듯했다. 곧 빙떡이 익었다. 성혜는 빙빙 돌려 말아 만들어서 '빙떡'이라는 이름이 붙었을지 모른다는 생각을 했다.

여신과 시어머니 제사에 올릴 공물이라서 긴장되었다. 살캉살캉하게 삶은 무나물에서 풍기는 참기름 냄새가 고소했다. 노릇노릇 지진 메밀전병 위에 무나물을 얹고 둘둘 말아 빙떡을 만들었다. 고왔다. 담백한 맛이 일품일 것이다. 그 빙떡을 채롱에 담았다. 빙떡은 어감처럼 차게 먹어도 되는 음식이다. 메밀은 찬 성질이고 무는 따뜻한 성질의 식재료이다. 두 식재료가 조화를 이루며 담백한 맛을 냈다. 성혜는 자극적인 음식보다 담백한 맛을 내는 빙떡 같은 음식이 좋았다.

2

"흥! 빙떡 주제에 잘난 척하긴."

길중이 바람웃도 신을 모신 서귀본향당 골목으로 들어서면서 코웃음을 쳤다. 바람웃도 신에게 내뱉은 중얼거림이나 코웃음이 절대로 아니었다. 만약에 그랬다면, 신성모독이라서 날벼락을 맞고도 남을 것이다.

길중은 성혜의 식당 앞까지 갔다가 재빠르게 돌아선 후, 서귀본향당을 찾아가는 중이었다. 서귀본향당 입구와 외부는 인접한 이중섭 거리의 번화한 풍경에 전혀 어울리지 않는 을씨년스러운 분위기를 풍겼다. 하지만 내부는 화려하고 신비로운 기운이 가득했다. 중앙에는 바람웃도의 초상이, 좌우에는 지산국 초상이 모셔졌다. 그리고 형태가 조금씩 다른 연등들이 불을 밝힌 채 즐비하게 걸려 있었다. 신단 위에는 누가 무엇을 기원하며 세워놓은 양초인지 모르겠지만, 예닐곱 개가 복을 서로 달라며 키 재기하고 있었다. 그 옆에는 둥근 북이 고수의 손길을 기다리고 있었다.

길중이 신발을 벗고 안으로 조심스레 들어섰다. 가장 키가 큰 양초를 골라 불을 댕겼다. 향로에 향을 넣으려다가 멈췄다. 향로 속에 숯불이 없었다. 향도 싸구려 같았다. 이럴 줄 알았으면, 삼 년 전쯤에 난수와 인도 여행 가서 샀던 나그참파 향을 가져왔으면 좋았을 텐데, 하는 아쉬움이 솟구쳤다. 바람웃도 신이 그 특이하고 고급스러운 향내를 맡게 되면 소원을 틀림없이 들어줄 터였다. 다음에 찾아올 때는 나그참파 향을 잊지 않겠다고 다짐했다. 못 가져온 향 대신에 오만 원권 지폐 두 장을 호기롭게 꺼내 올렸다. 한 장은 난수를 위해, 다른 한 장은 자신을 위한 것이었다.

주머니에서 서류 한 장을 꺼내 향로 옆에 놓았다. 복 빌러 오는 사람들이 신당에 이름을 올리듯 정중하게 놓았다. 아주 오래전부터 재킷 안주머니에 넣어두고 다니던 것이다. 바람웃도 신의 영험이 서류에 닿기를 간절히 빌었다. 큰절을 공손히 올리고 나서 머리를 한동안 조아렸다. 신화시대의 풍운아, 바람웃도. 사랑이라는 주제로 '신성한 역사'인 신화를 창조한 바람웃도 신은 길중의 우상이었다. 제주도는 '신화의 섬'이라고 불러도 좋을 만큼 일만팔천여의 신들이 존재한다. 그런데 설문대할망을 위시한 뭇 신들 중에서 바람웃도 만큼 인간의 본성을 잘 드러내주는 신도 없다. 바람웃도는 인간의 욕망과 사랑을 판타지와 몽환으로 버무려 직접 연출하고 연기한 위대한 신이었다. 그리고 길중의 꿈과 희망을 실현해줄 구세주이기도 했다.

"신이시여! 생명과 생존이란 꿈꾸는 무대 위에서 숙명적인 동선을 따라 움직이는 것이 아닌지요. 날이면 날마다 꿈꾸게 해주소서! 신이시여! 당신은 저의 조상님이며, 저와 한 핏줄이옵니다."

길중은 기원이 담긴 중얼거림을 끝마치고 본향당에서 나왔다. 주머니를 더듬었다. 신당에서 꺼내 기원을 담았던 서류를 잘 챙겨 왔는지 확인했다. 바람웃도 신에게 정성을 다해 빌었으니 이 서류에 도장밥 묻을 날도 머지않았다.

서귀본향당에서 나온 길중이 이중섭 거리의 희망 백계단을 오르다가 〈서귀포 환상〉이라는 그림이 붙은 계단에서 발걸음을 멈췄다. 하얀 새를 올라탄 아이가 기쁨에 못 이겨 환호성을 지르고 있었다. 난수와 사랑해서 태어난 결실, 민후를 모델로 그린 그림처럼 느껴졌다. 길중은 재킷 안주머니에 들어 있는 서류가 아들, 민후의 보드라운 볼살인 것처럼 한동안 쓰다듬었다.

우리는 서로 진정한 반쪽이 아니었어. 난 진정한 반쪽을 찾아서 떠나는 것일 것뿐이야. 당신은 내가 연출하고 연기하는 연극 무대의 배우로 적합하지 않았거든. 이젠 적합한 배우를 찾았어. 길중이 속내를 털어놓자, 성혜의 차가운 목소리가 곧장 들이닥쳤다. '왜 연극을 하세요. 인생이란 연극이 아니잖아요.' 겉으로는 착하고 순하게 보이지만, 독하고 끈질기고 가소롭기 짝이 없는 여자였다. 만약에, 뜨거운 육체를 지닌 난수에게 똑같은 말을 던졌다면, 그녀는 쿨하게 도장을 찍었을 터였다.

3

고산국은 서홍마을을 지키는 여신이다. 남편을 여동생에게 빼앗겼으며 남편에게 버림받은 여신이다.

사람이 서홍마을에 정착해서 살기 전의 일이었다. 설문대할망의 둘째 아들 한라산의 신, 바람웃도는 바람을 부리는 신이었다. 바람웃도가 중국 여행을 갔다. 바둑을 좋아하는 정승댁에 머물렀다. 그 댁에서 아리따운 아가씨를 보았다. 그 처녀와 혼인하기 위해 정승과 내기 바둑을 두었다. 바람웃도가 이겼다. 첫날밤, 바람웃도는 신부가 쓰고 있는 너울을 벗겼다. 그런데 세상에서도 제일 못난 추녀, 곰보 여인이었다. 그녀가 그 집의 첫째 딸, 고산국이다. 바람웃도는 실망했다. 바람웃도가 예쁘게 봤던 딸은 둘째 딸이었다. 바람웃도는 둘째 딸을 꼬여서 제주도로 데려왔다. 고산국은 바람웃도가 동생과 눈이 맞아 떠난 것을 뒤늦게 알았다. 고산국이 괘씸하게 여기고 축지법을 써서 바람웃도를 찾아 나섰다. 바람웃도가 섬에 안개를 피워 가렸다. 날이 새지 않았다. 시야가 컴컴했다. 고산국은 한라산에 닭처럼 생긴 구상나무를 꽂아 새벽 오기를 기다렸다. 마침내, 남편과 동생을 찾은 고산국은 당장에 죽이고 싶었다. 하지만 차마 죽이지 못했다. 그렇다고 소박맞은 채 고향에 돌아갈 수도 없었다. 고민을 거듭하다가 바람웃도와 동생에게 제안했다. 활을 쏘아 화살이 닿은 곳을 각자의 터전 삼아 살자고 했다. 세 신은 쏠오름(미악산)에서 활을 쏘았다. 고산국이 쏜 화살은 서홍마을 흑담에 떨어졌다. 동생은 굴왓지경(굴전동), 바람웃도의 화살은 서귀포 앞바다에 떨어졌다. 신들의 지경(地境)이 정해졌다. 고산국은 서로 가까이하지 않기 위해 마을끼리 물물교환이나 혼인을 금지하기로 정한다. 그리고 동생에게는 언니 남편을 뺏은 벌을 내렸다. 같은 성을 쓰지 못하게 했다. 동생은 어머니 성을 받아 '지산국'이라 했다.

자존심 강한 고산국이 말했다.

"내 지경에 있는 나뭇가지 하나도 내 허락 없이 꺾지 못한다. 너희들은 재량껏 공물과 재를 받아라. 나는 종이 한 장도 가려 받을 것이다."

성혜는 고산국 여신의 신화를 떠올릴 때마다, 그 여신의 야무진 모습이 부러웠다. 나는 왜 고산국 여신에게 열등감을 느끼지? 혼자 살아가려면 야무져야 해. 난 빙떡이 아니야. 아니, 빙떡이라고 비아냥대도 좋아. 앞으로는 야무진 빙떡이 될 테야. 성혜는 『숫타니파타』 중에 나오는 말씀을 주문처럼 중얼거리기 시작했다.

"서로 사귀는 사람에게는 사랑과 그리움이 생기고, 사랑과 그리움에는 괴로움이 따르는 법이다. 연정에서 근심 걱정이 생기는 줄 알고,

무-소-의-뿔-처-럼-혼-자-서-가-라."

성혜가 끝부분에 이르러서, 바위에 글을 새기듯 또박또박 발음했다.

4

성혜의 식당으로 다시 찾아가야 했다. 쇠파리처럼 끈질기게 달라붙어서라도 도장을 받아내야만 했다. 그런데 길중은 자신도 모르는 사이에 옛집으로 통하는 휘움한 골목길로 접어들었다. 포근한 마음이 들어야 할 텐데 그렇지 못했다. 자신의 옛집과 난수의 옛집이 성혜 소유로 되어 있어서 그런 것일지도 몰랐다. 도장을 받는 것 외에도 두 집을 되찾아야 하는 숙제가 남았다. 길중의 양 볼이 우둘투둘하게 변했다.

"이 섬을 미련 없이 떠나줄 것이지. 앙큼한 것!"

성혜의 무덤덤한 얼굴이 떠올랐다. 대학 시절만 해도 순박하고 어수룩했다. 어느 구석에 그런 독기가 숨어 있다가 튀어나왔는지 모르겠다. 그건 어쩌면 독기가 아닐지도 모른다. 세상 물정 모르고 우둔하여 상황을 제대로 파악하지 못하는 자들은 대체로 융통성이 없으며 고집불통이라는 소리를 듣기 마련이다. 남녀가 결혼해서 서로 맞지 않으면 헤어질 수도 있다. 우리나라 1년 이혼 건수가 무려 11만에 달한다. 세상천지에 널린 것이 이혼남이요 이혼녀다. 그들은 잃어버린 반쪽을 제대로 만나지 못해서 이별할 수밖에 없다. 그리고 진정한 반쪽을 다시 찾아 헤매거나 그 반쪽을 제대로 만나서 새로운 인생을 펼

빙떡 이야기

친다. 사람들이 잘못 택한 짝과 헤어지고 나서 진정한 반쪽을 다시 찾아 헤매는 것은, 온전하고 완벽함을 추구하고 절대고독을 해소하려는 지극히 당연한 몸부림이다.

길중이 옛집 정낭 앞에 우뚝 섰다.

"어! 웬일이지?"

옛집 돌담과 정낭을 넘어 고소한 기름 냄새가 흘러나왔다. 성혜가? 이 시간이라면 식당에서 저녁 손님을 받기 위해 요리 준비를 하거나 휴식을 취하고 있어야 정상이었다. 그런데 무슨 일로 식당 문을 닫고 집에 들어왔지? 특별 손님이라도 초대했던 것일까? 아니면, 식당을 닫고 떠나기로 한 것일까? 만약에 그렇다면 잘된 거지 뭐. 서울로 떠나면, 공항에 나가 꽃다발을 안겨주며, '그간 폭삭 속았수다', 하고 송별 인사라도 해줄 용의가 있지. 성혜를 태운 비행기가 구름 속으로 사라지면, 공항 광장에서 춤이라도 덩실덩실 추고 싶어.

고소한 기름 냄새가 번지는 것으로 보아 빙떡을 지지는 것 같았다. 빙떡 같은 성혜의 얼굴과 어디에 감추어두었던 것인지 모르는 고집스러운 언행이 앞다퉈 떠오르자, 길중은 도리머리를 흔들었다.

"빌어먹을!"

길중이 돌담을 걷어찼다. 돌담은 끄떡도 하지 않았고 발끝만 아팠다. 옛집으로 들어갈 수 없어서 난수의 옛집에 숨어들었다. 성혜를 잘 감시할 수 있는 빈방에 몸을 숨기고 동태를 살폈다.

성혜의 모습은 코빼기도 보이지 않았다. 음식 냄새만 흘러왔다. 빙떡 지지는 냄새 외에도 길중이 좋아하는 몸국 끓이는 냄새다. 모자반과 돼지고기는 천생 궁합이었다. 메밀가루를 풀어 약간 걸쭉하게 끓인 몸국. 길중은 그렇게 만들어진 몸국에 잘게 썬 청양고추를 고명으로 얹어 먹는 것을 좋아했다. 화끈하게 맵고, 칼칼하고, 걸쭉한 식감을 주는 몸국은 천하 별미였다. 입에 짝짝 붙었다. 길중은 혀로 입술을 핥았다. 길중에게 그런 몸국은 '소울푸드'였고, 그것을 떠먹는 순간 인간에서 신으로 변하는 환희를 느끼게 해주었다.

몸국 생각 위에 난수의 얼굴이 자연스럽게 겹쳤다. 성혜의 육체는 빙떡이요, 난수는 몸국이었다. 난수는 고등학교 시절부터 몸매가 성숙했고, 미인이라서 서귀포 사내들의 애간장을 녹였다. 사내들이 난수를 쉴 새 없이 집적거렸다. 난수야, 내가 너의 흑기사가 되어줄게. 길중은 난수를 온전히 지키려고 용감하게 나섰다. 주먹다짐이 자주 벌어지기도 했다. 흑기사는 상처가 아물 날이 없었다. 그럴 때면 난수가 몸국을 몰래 끓여 오곤 했다. 넌, 흑기사가 아니야. 나의 수호신이야. 난수가 길종의 상처를 쓰다듬어주면, 높은 작위를 받은 기사처럼 자랑스러웠다. 힘이 솟구쳤다. 난수가 끓여오는 몸국은 길중의 활력소였다.

그러던 어느 날이었다. 두 사람은 한 몸이 되었다. 흑기사, 아니 수호신이 심하게 다친 날이었다. 난수가 약을 발라주고 붕대를 감아주다가, 누가 먼저랄 것도 없이 끌어안았다. 두 사람은 옆집 친구 이전에 남녀였고, 애정이 뭔지 눈을 뜨기 시작하는 풋풋한 청춘이었다. 난수는 화끈했다. 그래서, 난수는 길중이 미치도록 좋아하는 몸국이었다. 수호신은 난수의 불길 속으로 풍덩 뛰어들어 활활 타올랐다. 마침내 불길 속에서 한 줌의 재가 되어 끝난 듯했지만, 피닉스처럼 다시 살아나서 훨훨 날았다. 길중이 서울로, 난수가 미국으로, 강제 격리되었다. 그리고 곧 두 청춘은 돼지고기와 모자반이 몸국 속에서 끓듯이 다시 엉겼다.

몸국 끓는 냄새가 점점 진하게 번져왔다. 길중은 코를 벌름거리며 안절부절못했다. 저녁 식사 때가 아직 멀었는데도 회가 동하고 정신이 산란할 정도로 참기 어려웠다. 한 그릇 먹고 싶었다. 순간, 빙떡 같은 성혜를 생각하자 들큼한 몸국 냄새가 홀연히 사라졌다. 언제 나에게 제대로 된 몸국 한번 끓여준 적 있었나. 화가 났다.

"같잖은 것. 아직, 서류상의 서방이 눈 시퍼렇게 뜨고 살아 있는데, 어디서 감히 개수작이야!"

수일 전의 일이 떠올랐다. 난수 옛집 마당에 다육이 식물을 이식하러 이곳을 몰래 찾았다. 그런데 성혜의 집 본채에서 여러 남녀의 까르륵거리는 웃음소리가 돌담을 넘어왔다. 왠지 모르지만, 길중의 눈이 뒤집혔다. 옆에 있는 난수에게 그런 내색을 하지 않았다. 집으로 먼저 돌아가라고 했다. 난수는 알 수 없는 미소를 남기고 돌아갔다. 길중은 몸을 숨긴 채 성혜의 동태를 살폈다. 밤이 이슥토록 지켜보고 있었는데 그 웃음소리는 그칠 줄 몰랐다. 도대체 어떤 연놈들이 찾아와서 내 속을 뒤집는 거야. 저것들을 그냥 콱! 다행히도, 폭발하기 직전에 사람들이 밖으로 나왔다. 향토 음식회인가 뭔가 하는 회원들이었다. 별거 아니라며 안도의 한숨을 내쉬었다. 그런데 참을 수 없는 일이 벌어졌다. 모든 사람이 정낭을 빠져나갔는데, 유독 한 남자가 남아서 성혜와 이야기를 한동안 주고받았다. 멀리 숨어 있어서 대화 내용은 파악할 수 없었다. 그들의 실루엣은 저녁 공기 속에서 부드러운 봄빛을 뿜었다. 길중의 몸 저 밑바닥에서 이글거리는 불덩어리가 치솟았다. 그

불덩어리는 두 사람이 악수하는 순간 절정으로 치달으며 용암처럼 분출했다. 두 사람이 악수할 뿐만 아니라, 남자가 성혜의 어깨를 토닥여주기까지 했다. 달려가서 연놈의 멱살을 움켜쥐고 싶었으나, 실행할 수 없었다. 따지고 보면, 길중에게 그럴 자격이 있는 것도 아니었다. 콱, 저것들을 어떡해. 아이고 그냥!

남자가 떠났다. 성혜는 안채로 들어갔다. 길중은 그때야 숨었던 곳에서 빠져나왔다. 분노가 쉽사리 가라앉지 않았다. 어둠 속에서 한동안 웅크리고 있다가 묘안을 떠올렸다. 돌담에 있는 돌멩이 하나를 집어서 성혜네 마당에 던졌다. '에라이! 나는 도깨비다. 무서우면 당장 이 섬을 떠나!'

길중이 배알이 뒤틀려서 바둑돌을 투척한 사건은 오늘 점심때였다. 이혼 서류 도장을 받으려고 성혜 식당으로 찾아가는 길이었다. 성혜가 점심 장사를 끝내고, 식당 앞에서 손님을 배웅하는 장면이 길중의 눈을 가시처럼 찔렀다. 흥, 대낮에 겁 없이 암내를 풍기고 지랄 떠는구면. 성혜의 웃는 얼굴이 밝고 따사로웠다. 함께 살 때는 한 번도 길중에게 보여준 적 없는 웃음과 표정이었다. 손님을 배웅하는 표정은 성혜의 대학 시절에 길중을 바라보던 애정 어린 그 얼굴이기도 했다. 그 수컷은 암컷을 포근히 감싸줄 능력이 있는 것처럼 화장걸음을 하며 돌아갔다. 성혜가 식당 안으로 들어갔다.

길중의 눈빛이 '녹색'으로 변했다. 대학 시절에 공연했던 셰익스피어 연극, 〈오셀로〉의 희곡에서 '오! 왕이시여, 질투를 주의하옵소서. 이는 거짓을 행하는 녹색의 괴물이옵니다.'라는 대사가 떠올랐다. 미련 없이 버린 여자에게 질투를 느끼고 싶지 않았고, 또 질투 때문에 만사를 그르치고 싶지 않았다. 하지만 눈앞에서 벌어지는 장면을 그냥 참아내기 힘들었다.

돌멩이를 또 던지고 싶어서 주변을 두리번거렸으나 마땅한 것이 보이지 않았다. 체념하며 손을 주머니에 쑤셔 넣었는데 바둑돌이 잡혔다. 어제 바둑을 함께 두었던 친구의 이야기가 떠올랐다. 항간에 떠돈다는 성혜의 소문이었다. 성혜의 식당은 팬데믹 상황에서도 어려움을 그다지 겪지 않는다고 했다. 성혜의 빙떡과 몸국 솜씨가 좋다는 칭찬이 자자하다고 했다. 성혜가 관광객들 사이에서 서귀포의 유명 인사로 통한다는 것이다. 그 친구는 길중이 굴러온 복을 찼다며 혀를 끌끌 찼다. 바둑은 당연히 중단되고 말았다. 길중은 불쾌해서 바둑판을 손바닥으로 흩었다. 놓으려던 바둑돌을 주머니에 쑤셔 넣고 자리에서 일어났다.

호주머니 속 바둑돌을 만지작거리던 길중의 입술이 심하게 비틀렸다. 제까짓 게 잘 하면 얼마나 잘해. 흥, 서귀포의 유명 인사? 웃기네. 힘껏 날린 바둑돌이 유리창에 맞아 제법 큰 소리를 질렀다. 유리창이 깨지지 않은 게 신통했다. 길중은 성혜의 식당 앞에서 바람웃도를 모신 서귀본향당으로 도망쳤다.

5

몸국이 끓고 있었다. 냄새가 부엌 가득 번졌다. 성혜는 몸국이 끓는 동안, 며칠 전에 올렸던 오메기술 내리는 동영상 조회 수를 살폈다. 조회 수가 의외로 많았다. 댓글도 많이 달려 있었다. 하나, 하나, 읽어갔다. 댓글을 읽던 성혜의 표정이 일그러졌다.
 '속지 마세요. 저 사람은 제주가 고향도 아닌데 제주 전통 오메기술을 어떻게 알겠어요. 매뉴얼을 그대로 좇아서 분장했을 뿐이라고요.'
 아이디를 살펴보니, '몸국에 풍덩 빠진 남자'였다. '몸국'이라는 단어에서 길중의 얼굴이 금세 연상되었다. 그것도 비웃음이 가득한 얼굴이었다. 얼마 전에도 이런 비슷한 댓글이 올라왔다. '님은 제주가 고향인가요? 마치 제주를 사랑하는 사람인 것처럼 분장하는군요. 솔직해지세요.' 그 '분장'이라는 단어에서 길중의 냄새가 물씬 풍겼다.
 성혜의 대학 시절, 연극 동아리에서 수련 갔을 때였다. 길중이 한밤중에 성혜를 밖으로 불러냈다. 순진한 척, 분장하지 말고 몸이 시키는 대로 하라고. 뜨거운 입김을 귓불에 불어 넣으면서 했던 말이다. 길중은 그런 식으로, 연극에서 자주 사용하는 '분장'이라는 단어를 입버릇처럼 쓰곤 했다.

 길중과 성혜는 대학 연극 동아리에서 만났다. 성혜가 1학년, 길중이 4학년이었다. 신입생 오리엔테이션이 끝나자 동아리 대표들이 회원을 모집하러 다녔다. 성혜는 잘생긴 길중을 보고 첫눈에 반했다. 길중은 이웃 대학 여학생들 사이에서도 유명했다. 성혜는 길중이 내민 회원 가입 신청서에 망설이지 않고 서명했다. 길중을 가까이서 볼 수 있다면 뭔들 못할까 하는 심정이었다. 다른 여대생들도 길중에게 반해 연극 동아리에 들기도 했다.
 길중은 대본을 쓰고 연출도 하고 연기도 했다. 연극의 수준 여하를 떠나, 길중이네 연극 공연은 언제나 만석이었다. 성혜의 눈길은 대학

1년 내내 길중에게 고정되었다. 성혜가 길중이 연출한 연극에 처음 출연하게 되었다. 〈제우스와 세 여신〉이라는 연극이었다. 바람둥이 제우스와 헤라, 아프로디테, 아르테미스 역이 있었다. 성혜는 아르테미스였다. 길중이 성혜의 분위기와 맞아떨어진다며 그 배역을 주었다.

헤라 역 선배의 생일 모임에서 술에 취한 길중이 성혜에게 말했다.
"아르테미스, 열심히 가르쳐도 그것밖에 못 해? 혹시 아이큐가 두 자릿수 아니야?"

성혜가 눈물을 쏟았다. 길중의 마음에 드는 연기를 해보겠다고 다짐했다. 학교 공부는 뒷전에 두고, 대학로에서 하는 인기 있는 연극 대본을 구해 연습했다. 수많은 연극을 보러 다녔다. 길중에게 잘 보이고 싶어서 어떤 지시든 군말 없이 따랐다. 아니, 하늘처럼 떠받들고 지냈다는 표현이 더 어울릴 터였다.

성혜가 빙떡과 몸국을 처음 맛보았던 곳이 바로 이 집이었다. 파란 하늘과 서귀포 푸른 바다 사이에 하얀 뭉게구름이 떠 있는 여름이었다. 성혜가 대학 졸업 후 서울 근교 지방 도시의 방송국 성우로 일하게 되었다. 첫 출근 날짜가 이 주일쯤 남았다. 직장 생활을 하게 되면 누리지 못할 여행을 즐기기로 했다.

길중은 제대하고 대학로에서 극단을 운영하고 있었다. 그런데 극단 단체 수련을 제주에서 갖는다고 했다. 성혜는 길중의 고향이라 호기심이 일어서 함께 가기로 했다.

길중의 어머니가 반겼다. 다른 사람보다 성혜에게 유난히 친절했다. 길중의 어머니가 차린 음식에는 빙떡과 옥돔, 자리젓, 그리고 몸국이 올랐다. 몸국은 돼지 등뼈 삶은 물에 모자반을 넣고 메밀가루를 걸쭉하게 푼 음식이라고 했다. 함께 했던 연극팀들은 다들 잘 먹었다. 성혜는 빙떡과 옥돔구이는 잘 먹었지만, 자리젓과 몸국은 별로였다. 특히, 몸국은 수프인지 죽인지 구별할 수 없었다. 걸쭉한 국물이 비위를 상하게 했다. 제주 흑돼지의 누린 냄새가 코를 괴롭혔다. 모자반의 해초 비린내도 싫었다. 길중은 더운 여름날이 무색하게, 몸국에 붉고 매운 고추 썬 것을 고명으로 넣어 훌훌 먹었다. 배지근하다는 알 수 없는 소리를 연발했다. 성혜도 그런 길중을 보며 한 대접 비웠다. 잘 먹어야 이 집에 융화될 것 같았다. 성혜가 몸국을 먹고 돌담 가에서 쭈그리고 몸국을 토했다. 길중의 어머니가 등을 토닥여주었다. 그 손길이 포근했다.

 극단 단원들은 제주도에 있는 내내 술을 많이 마셨다. 실수도 자주 저질렀다. 하지만 성혜는 다소곳하게 행동했다. 단원들이 길중의 옆집에 산다는 난수를 거론했다. 그때 난수라는 여자의 존재에 관해 처음으로 알게 되었다.

 길중과 난수는 어릴 때부터 친구였다. 젖을 함께 나눠 먹은 오누이와 같은 사이라고 했다. 그런 말을 들었을 때, 성혜가 길중과 난수의 관계를 눈치챘어야 했다. 그런데 콩깍지가 씌었던 걸까, 주의력이 부족했던 걸까.
 길중과 난수는 야트막한 담장을 사이에 두고 살았다. 길중이 난수보다 두어 달 먼저 태어났다. 길중의 어머니와 난수의 어머니는 상군

해녀였다. 앞서거니 뒤서거니, 그들의 물질은 다른 해녀들을 제치고 최고였다. 두 사람은 아이의 젖도 나누어 먹일 정도로 가까웠다. 그러던 어느 날, 두 어머니 사이가 정반대로 변했다. 바다에 나간 난수 아버지가 돌아오지 않았다.

그 뒤로부터 길중 아버지가 난수네 집 담을 넘어 다녔다. 두 여자를 품기 시작했다. 그리고 길중의 아버지가 담을 넘다가 심장마비로 죽었다. 갈등은 극에 달했다. 길중 어머니가 난수 어머니의 머리끄덩이를 잡아챘다. 내 서방 잡아먹은 년이라고 악다구니를 썼다. 두 여자가 걸핏하면 화풀이를 주고받으면서 앙숙이 되었다. 두 어머니는 자식들을 놓고도 경쟁했다. 난수에게 피아노를 가르치면, 길중은 미술 학원을 보내는 등 조금도 물러서려고 하지 않았다.

그런데 세상사란 변화막측한 법이었다. 야트막한 담 하나를 사이에 두고 두 어머니가 불공대천 원수처럼 살아가는 동안 자녀들은 전혀 다른 양상을 보였다. 길중과 난수는 어머니들 몰래 도서관이나 극장을 함께 다니곤 했다. 남녀 사이란 가깝게 지내면 애정이 싹트기 마련이다. 고등학교도 채 졸업하지 않은 두 청춘남녀의 애정 행각이 서귀포에 소문 나기 시작했다. 어떤 사람은 두 남녀를 서귀본향당 안에서 봤다느니, 또 어떤 사람은 어느 숲과 바닷가에서 봤다고 입방아를 찧었다.

어느 날, 길중 어머니가 난수에게 악담을 가했다. 재수 없는 년이 내 아들을 꼬드겼다. 장차 서방 여럿 잡아먹을 년이라고 소리쳤다. 난수는 그녀의 어머니보다 음기가 더 세서 어떤 엄청난 짓을 저지를지 모른다고 했다. 악담뿐 아니라 난수 머리에 소금 바가지를 퍼부었다.

그리고 두 청춘을 떼어놓기 위해 길중을 서울로 서둘러 유학 보냈다. 이에 질세라, 난수 어머니는 난수를 미국으로 유학 보냈다. 그렇게 두 청춘은 어른들의 결사반대로 갈라섰다.

성혜가 대학 졸업 후 성우로 일하고, 길중이 대학로에서 연극 단체를 운영할 때였다. 어느 날, 성혜가 제주 향우회에 따라갔다. 미국에 있는 난수 소식이 화제가 되었다. 두 사람의 고등학교 시절 애정 행각에 대해서도 거론했다. 성혜는 그런 이야기에 크게 신경 쓰지 않았다. 과거는 과거에 지나지 않을 뿐이다. 지금은 태평양을 사이에 두고 멀리 떨어져 있다. 그들의 애정 행각은 철없던 청춘 시절의 불장난이었을 뿐이다. 어떤 연극이나 어떤 소설 속의 주인공들이랍시고 다시 결합할 것이냐, 하는 생각으로 마음을 놓았다.

성혜와 길중은 만인이 인정하는 '캠퍼스 커플'이었고, 졸업 후에는 곧 결혼하게 될 사이로 알려졌다. 두 사람은 남들이 예상했던 것처럼 결혼에 골인했다. 성혜는 마냥 행복했다. 여러 여자를 제치고 길중을 자신의 남자로 만들었다는, 또는 선택받았다는 것이 자랑스러웠다. 성혜는 신혼 생활을 하면서 방송국 일에 열성을 보였고, 길중은 극단 운영에 정열을 바쳤다. 첫 아이도 가졌다. 그런데 언제부터인지 길중이 이런저런 이유를 대며 외박하기 시작했다. 성혜의 머릿속에 알 수 없는 불안감이 자리 잡았다.

어느 날, 두 사람이 사랑을 나눈 직후였다. 길중이 당신은 빙떡 같아, 하고 내뱉었다. 그 말이 성혜의 머릿속에서 마냥 맴돌았다. 빙떡? 성혜는 '빙떡'이라는 단어가 무엇을 의미하는지 제대로 파악하지 못했다. 그러다가 부부싸움이 벌어졌을 때, '빙떡'과 '석녀'가 같은 의미라는 것을 알게 되었다. 적잖은 충격이었다. 신혼 초부터 직장 일에, 남편 뒷바라지에 바빴다. 첫 아이를 가진 뒤에는 육아까지 신경을 쓰느라 눈코 뜰 새 없을 정도로 바쁘게 살았다. 전셋집을 전전하던 처지라서 애정 표현을 쉽게 드러낼 수 없는 환경이기도 했다. 그런 상황은 전혀 고려하지 않고 빙떡 같은 여자라고 조롱하다니. 성혜는 육체적인 사랑이 중요하다는 것을 모르지는 않았다. 그런데 일인이역, 아니 삼역을 하느라 로봇처럼 움직여야만 하는 여자에게 영화나 연극에 등장하는 뜨거운 여자가 아니라며 조롱했다. 과도한 요구이며 억지였다.

　성혜는 빙떡 같은 여자라는 소리를 흘려듣거나 무시하려고 했다. 결혼 초에 생활 기반을 마련해놓지 못하면 평생 고생이 뻔했다. 길중의 '빙떡' 이야기는 잠시 찾아온 권태에서 오는 일종의 시시껄렁한 투정으로 여겼다.

　그런 이후, 길중은 이유 없이 외박하는 경우가 잦아졌다. 길중이 운영하는 극단이 휘청거린다는 소식도 들려왔다. 극단 총무이며 성혜의 연극반 동기로부터 그 소식을 듣고, 성혜는 적잖이 당황했다. 길중이 극단 운영에 신경을 전혀 쓰지 않아 머지않아서 문을 닫게 될 거라고 했다. 그런데 더 충격적인 것은 미국으로 떠났다던 난수라는 여자가 서울에 종종 나타나곤 한다는 정보였다. 길중은 난수를 만나느라 이유 없는 외박을 자주 했다. 극단을 돌볼 겨를이 없었다. 성혜는 길중의 일탈을 잠시 찾아온 방황으로 여겼다. 청춘 시절에는 철이 없었다고 하지만, 지금은 어엿한 가장이니 그 일탈이 얼마나 이어지겠냐

싶었다.

급기야 극단이 문을 닫았다. 가정 경제 책임은 성혜의 몫이 되었다. 책임이 불어난 것에 비례하여 성혜의 육신도 고달파졌다. 주변 돌아볼 여유도 없고 허리 펴고 편히 숨 쉴 여유조차 갖기 힘들어졌다.

그럴 즈음, 길중이 청천벽력 같은 선언을 했다. 첫사랑과 함께 살고 싶으니 이혼해달라고 했다. 성혜는 이혼 귀책 사유가 전혀 없는 터라 이혼을 거부했다. 길중을 놓치기 싫어서라기보다 커나가는 아이들의 장래를 위해서 허락할 수 없었다.

제주도의 시어머니로부터 급보가 날아왔다. 아가, 제주도로 내려오너라. 길중이와 난수가 붙어사는 꼴은 내 눈에 흙이 들어가기 전에 봐줄 수 없다. 그동안 성혜는 길중과의 불화로 술을 입에 대다 보니 성대를 상해서 성우 일을 더 지속할 수 없는 상황이었다. 게다가 치솟는 물가와 집세를 감당하기 어려워 제주도행 비행기를 탔다. 그리고 시어머니 식당 일을 도우며 제주 토속 음식의 손맛도 이어받게 되었다.

6

몸국 끓는 냄새가 고문에 가까웠다. 길중이 새앙쥐처럼 고개를 내밀어 성혜의 아래채 동태를 살폈다. 몸국 끓는 냄새만 흘러나올 뿐 성혜는 밖으로 나오지 않았다.

"지랄! 빙떡 지지고, 몸국 끓이고, 오늘 밤에 무슨 판을 벌일 작정이야. 멋진 남자라도 하나 불러서 오붓하게 놀아나겠다는 거야 뭐야."

길중은 계속 구시렁댔다. 지루해서 자리를 뜨고 싶기도 했다. 성혜가 저녁 장사를 마다하고 집에 들어앉아 요리하는 이유가 궁금했다.

길중은 어렸을 때부터 빙떡을 그다지 좋아하지 않았다. 달지도, 짜지도, 맵지도 않은 그저 무덤덤한 맛이었다. 성혜의 육체 반응뿐만 아니라 차가운 성격을 그대로 빼닮았다. 성혜와 연애할 때만 해도 그런대로 괜찮았는데, 맞벌이하고 임신하면서 석녀로 완전히 변했다.

안 돼요. 내일 중요한 방송이 있거든요. 안 돼요. 오늘이 그날이잖아요. 안 돼요. 오늘은 너무 지쳤어요. 안 돼요. 뱃속의 우리 아기가 싫어할걸요.

어쩌다가 성혜를 안을 때면 뜨거움을 느낄 수 없었다. 성혜는 차갑게 식은 빙떡이었다. 길중은 육체의 반응이 밍밍한 그녀가 싫었다. 성혜가 자신의 품에서 활활 타오르지 않는 이유는 애정 부족 탓이라고 여겼다. 그리고 모름지기 여자란 상냥하고 애교도 부릴 줄 알아야 하는데 그런 표현이 모자라서 함께 사는 맛이 없었다. 게다가, 성혜가 차려주는 음식도 구미가 당기지 않았다. 몸국이 먹고 싶다고 말하면, 끓여 오는 것이 빙떡 맛처럼 밍밍했다. 성혜가 끓인 몸국은 어머니나 난수가 끓인 몸국과 감히 비교조차 할 수 없었다.

"뭐? 그딴 음식 솜씨로 서귀포 유명 인사? 지나가는 강아지가 웃겠다."

워낙 오래 쪼그려 앉았더니 다리가 저렸다. 쥐가 났다. 길중이 반사적으로 손가락에 침을 묻혀 코에 발랐다. 길중이 어렸을 때 어머니가 해주던 민간요법이었다. 돌아가신 아버지와 어머니 생각이 났다. 억척스러운 어머니였다. 바다에서 물질하고 식당에서 손수 음식을 만들어 관광객 상대로 돈을 벌었다. 아버지는 타고난 한량이라서 가정을 돌보지 않았다. 일본말로 '가타마에'라고 하는 양복을 빼입고 서귀포 찻집이며 술집을 어슬렁거리며 돌아다녔다. 한시를 좀 안답시고, 경치 좋은 곳을 찾아다니며 술과 노래와 한시를 읊조리는 풍류객이었다. 아버지가 난수 어머니를 탐한 것도 그런 한량 기질에서 나온 것일 터였다. 임자 잃어 쓸쓸한 밤을 보내야 하는 과수댁에게는 잘생긴 외모에 한시를 줄줄 외우는 사내가 하늘이 준 선물로 보였겠다.

핸드폰이 울렸다. 당황한 길중이 황급히 받았다. 성혜가 벨 소리를 듣게 되면 숨어 있다는 것이 들통 날 것이다. 난수 전화였다. 목소리를 죽여 통화했다. 서류에 도장을 받았냐고 물었다. 성혜가 워낙 꼴통에다가 쇠고집이라서 아직 못 받았는데, 집에 돌아가서 자초지종을 밝히겠다고 했다.

"자기야, 민후 바꿔줄게."

길중은 난수의 스타일을 잘 알고 있었다. 아무리 애가 타는 일이 있어도 직설적으로 말하거나 화내지 않았다. 어떤 상황일지라도 비음을 약간 섞어서 사내의 마음을 저절로 움직이게 만드는 여자였다. 아들, 민후를 바꿔주는 이유도 짐작했다. 우리 민후에게 자기의 성을 물려주고 싶어. 아빠 없는 아이라는 소리를 듣고 싶지 않거든. 자기야, 힘내, 용기 잃지 말고. 아잉. 난수는 이혼 서류에 도장을 받아내지 못하는 길중에게 바가지를 긁은 적이 없었다. 하지만 난수와 대화하다 보면 원하는 것이 뭔지 금세 눈치챌 수 있고, 원하는 대로 해주고픈 마음이 저절로 들었다. 난수 말처럼 힘내고, 용기를 잃지 않고 싶었다.

길중은 돌멩이를 또 던지고 싶은 충동이 불쑥 솟구쳤다. 괴이한 투척 사건이 계속 벌어지면, 성혜는 제주도 도깨비가 무서워서 뭍으로 돌아갈지도 몰랐다. 오냐, 제주도 도깨비가 얼마나 무섭고 끈질긴지 맛 좀 봐라. 쇠심줄보다 더 질길걸. 네 똥고집하고 비교할 바가 못 돼. 길중이 밖으로 나와 돌멩이 하나를 움켜쥐었다. 현무암 덩어리 하나가 어둠이 서서히 내리기 시작하는 저녁 시간을 두 쪽으로 가르며 날아갔다. 도깨비가 던진 돌일까, 도깨비가 돌이 되어 날아간 것일까.

7

 제주 흑돼지고기가 알맞게 익었다. 국물 빛깔만 보아도 육수가 잘 우러나왔다는 것을 알 수 있었다. 고기를 건졌다. 몸국을 끓이려고 이미 불렸다가 잘 다져놓은 모자반을 국물 속에 넣었다. 고깃국물을 머금은 해초 냄새가 해무처럼 피어올랐다. 성혜가 자신도 모르게 입맛을 다시다가 쑥스러운 웃음을 지었다. 하, 이젠 제주도 토박이나 마찬가지네. 성혜가 몸국을 처음 먹었을 때 비위에 맞지 않아 토해냈던 적이 있었다. 그런데 세월이 흐르면서 부지불식간에 변하고 또 변해서 이젠 아직 완성되지도 않은 몸국 냄새에 입맛을 다실 정도였다. 몸국을 먹으면서, 마치 토박이처럼 '배지근하다'는 맛 표현을 쓰곤 했다. 되돌아보니, 이 섬에 들어온 지도 어언 십여 년이나 흘렀다.
 성혜가 추억에 잠겼다. 제주행 비행기 트랩에서 내린 것이 엊그제 같다. 벌써 수많은 세월이 흘렀다. 그 모든 나날이 뇌리에서 쥘부채처럼 펼쳐졌다. 성혜는 그 쥘부채가 활짝 펴지기 전에 눈을 번쩍 떴다.

지난날의 추억에 한가하게 잠겨 있을 때가 아니었다. 지극정성으로 음식을 장만하여 시어머니 제사 겸 고산국 여신께 공물을 올려야 했다. 그분들께 그동안 열심히 갈고닦은 제주 토속 음식 솜씨를 자랑하고 싶었다.

성혜는 요리에 열중하면서 무의식적으로 노래를 흥얼거렸다. 감수광 감수광 나 어떡할렝 감수광 설릉 사랑 보낸시엥 가거들랑 혼조 옵서예. 성혜의 볼에서 두 줄기 눈물이 흘러내렸다. 한동안 바쁜 나날을 보내느라 노래라는 것을 까마득히 잊고 지냈다. 그런데 오늘은 웬일인지 노래가 흘러나왔다. '가십니까, 가십니까, 나는 어떡하라고 가십니까. 서러운 사람이 보내드리니 가시거든 빨리 돌아오세요'라고 떠난 사람이 다시 돌아오기를 호소하고 애원하는 내용이었다.

성혜가 눈물을 닦고 나서, 맵디매운 청양고추를 잘게 썰어 솥에 넣었다. 알싸한 냄새가 주변에 퍼졌다. 왠지 모르지만, 나이를 먹어가면서 길중처럼 알싸한 맛을 좋아하기 시작했다. 몸국이 한소끔 끓었다. 메밀가루를 풀어 국물을 걸쭉하게 만들었다. 몸국이 완성되기까지 두 시간이나 걸린 셈이었다.

"쿵!"

육중한 물체가 마당에 떨어지는 소리였다. 또? 성혜가 창문을 재빨리 열고 밖을 내다보았다. 마당 위에 돌멩이 하나가 떨어져 있었다. 내가 바로 당신 집에 침입한 돌멩이야. 그래, 노려보면 어쩔 건데? 침입한 돌멩이가 턱과 어깨를 한껏 치켜들고 당당한 모습을 취하고 있다. 어이가 없다.

성혜는 서둘지 않았다. 귀신이나 도깨비 장난은 아닐 테고, 누군가

고의로 돌멩이를 던졌을 것이다. 바보가 아닌 이상 벌써 현장을 벗어났겠다. 조심스러운 걸음으로 정낭 근처까지 다가가서 주변을 살폈다. 사람 손 탄 흔적은 발견할 수 없었다. 몰래 침입했다가 연기처럼 사라진 모양이었다. 고개를 살짝 빼고 골목길을 내다보았다. 인기척은 느껴지지 않았다. 고개를 조금 더 들어 먼 곳을 바라보았다. 이중섭 미술관 지붕이 눈에 들어왔다. 성혜는 천재 화가 이중섭보다 그의 아내인 마사코를 사랑하고 절절히 그리워했던 인간 이중섭이 마음에 더 닿았다. 그리고 이중섭의 아내가 부러웠다. 쓸쓸하고 허전한 마음을 안고 돌아섰다.

돌담 건너편에 늙은 황소처럼 납작 엎드린 난수의 옛집이 눈에 들어왔다. 이월의 찬바람이 귤나무를 흔들다가 뒤란 쪽으로 사라지는 저녁 무렵이다. 우듬지에 앉은 까치 두 마리가 좌우로 뒤뚱거리다가 석양 속으로 날아갔다. 돌담집 지붕 기스락에 매달려 나붓거리던 석양이 마침내 제 무게를 이기지 못하고 마당 위로 소록소록 내려앉고 있었다.

어쩌면, 돌멩이를 던진 범인이 저곳에 숨어 있을지도 몰라. 성혜의 가슴이 심하게 콩닥거렸다. 돌담을 넘어가서 빈집을 뒤져볼까? 그런데 난수의 얼굴이 눈앞을 가로막았다. 난수 얼굴 옆에 길중의 얼굴도 다정하게 붙어 있었다. 뇌꼴스러워 콧방귀를 날렸다. 길중과 난수는 마치 제집인 것처럼 드나들며 감물 염색 천을 널곤 했다. 어쩌다가 난수와 마주치면, 마땅히 널 곳이 없어서 찾아왔다는 변명 아닌 변명을 천연덕스럽게 늘어놓았다.

성혜는 길중과 난수가 눈앞에 있는 듯한 환상에 시달렸다.

'에라이, 빈대만도 못한 것들아!'

'빈대도 낯짝이 있다고 했거든. 그런데 너희는 낯짝도 없는 거냐, 철판처럼 두꺼운 거냐!'

그런데 말이 입안에서만 맴돌 뿐 바깥으로 튀어나오지 않았다.

난수네 옛집 돌담 옆에서 자라고 있는 용월이 성혜의 눈에 들어왔다. 난수가 무척 아끼던 다육식물이었다. 성혜가 용월을 한 움큼 쥐어뜯었다. 성이 차지 않았다. 양손으로 박박 쥐어뜯었다. 성혜는 손아귀에 잡힌 용월을 난수네 옛집 쪽으로 내던졌다. 그런 정도로는 오랜 가슴앓이를 완전히 해소할 수 없었다. 난수네 정낭 작대기를 가져와 성혜네 마당 쪽으로 넘어온 용월에 휘둘렀다. 발아래 떨어진 용월은 신발로 마구 잉끄렸다.

8

길중은 돌멩이를 던지고 몸을 숨긴 채 고소해 죽겠다는 듯 속으로 낄낄거렸다. 성혜가 당황하고 두려워하며 벌벌 떠는 모습이 상상되자 그 고소함이 짙어졌다. 눈을 문구멍에 대고 동태를 살폈다. 밖으로 나온 성혜가 여기저기를 살피더니 두 집 경계 돌담 앞에 섰다. 금세 돌담이라도 넘어 난수네 옛집을 뒤질 것 같더니 우뚝 멈췄다. 잠시 그런 자세를 취하던 성혜가 별안간 한 손으로 용월을 쥐어뜯었다. 당황하고 두려워하는 기색이 전혀 아니었다. 그건 분노였다. 곧이어, 성혜가 용월을 두 손아귀로 쥐어뜯어 이쪽으로 내던지기 시작했다. 곧이어 작대기로 용월을 두드려 패는 것이 보였다. 그때, 길중은 성혜의 눈빛이 황혼처럼 붉게 빛나는 것을 보았다. 섬뜩했다. 눈빛을 마주칠 수 없었다. 예전의 어수룩하고 순박하기만 했던 그런 모습이 아니었다. 백치미라고 할까, 길중은 그런 미에 끌려 성혜의 청혼을 받아들였다. 그런데 혼자 사느라 저렇게 변한 것일까. 분노가 가득하고 앙칼진 그 눈빛은 새끼 밴 암고양이를 떠올렸다. 길중은 그 눈빛을 이기지 못해 황급히 뒤로 물러났다.

어스름이 계속 쌓여갔다. 기괴한 고요에 물든 어스름이었다. 실내는 점점 칠흑 천지로 변해갔다. 정체를 알 수 없는 기운이 길중의 정수리를 짓눌렀다. 바람벽에 등을 기댄 채 헐떡거렸다. 갑갑함과 불안감을 해소하려고 주먹으로 가슴을 쳤다. 소용없었다. 양 손아귀를 벌려 어스름이 짙어지는 허공을 할퀴며 버둥댔다. 그래도 소용없었다. 마치 늪에 빠져 허우적거리는 것 같았다. 속절없이, 심연으로 가라앉고 있었다. 안 돼. 이러다간 빛을 영영 보지 못할 거야. 빨리 벗어나야 해. 갑갑해. 누가, 무엇이 내 숨통을 쥐고 있지?

성혜의 동태를 살피기 위해 창호지를 뚫어서 만든 구멍으로 가느다란 빛줄기가 흘러들어오고 있었다. 생명줄 같았다. 길중이 그 줄을 간신히 붙잡고 끌어당겼다. 문구멍 사이로 바깥 풍경을 훔쳐보았다. 성혜가 안으로 들어갔는지 보이지 않았다. 불행 중 천만다행이었다. 그때야 옥죄였던 숨통이 어느 정도 풀렸다. 바깥으로 나가고 싶었다. 환한 보름달이 손짓하고 있었다.

성혜가 밖으로 나왔다. 환하고 부드러운 보름달이 일시에 차갑게 변했다. 성혜는 배낭을 둘러메고, 하얀 보자기로 싼 채롱을 손에 들고 있었다. 장만한 음식을 가지고 어딘가 갈 모양이다. 성혜가 멋진 남자를 불러들여 오늘 밤 오붓한 시간을 가질 거라고 했던 예상이 여지없이 깨졌다. 도대체, 저 음식을 가지고 이 밤에 어디로 가는 걸까? 멋진 남자를 찾아서? 짐작조차 하기 힘들다. 미행해볼까?

성혜가 정낭 밖으로 나갔다. 길중이 조심스럽게 방문을 밀치고 고양이걸음으로 빠져나왔다. 성혜는 휘움한 골목길을 이미 돌아가서 보이지 않았다. 교교한 달빛만 흐르고 있었다. 손잰 걸음으로 뒤쫓으려다가 살점처럼 물컹한 것이 발에 밟혀서 내려다보았다. 용월이 여기저기 널려 있었다. 난수. 순간, 잃어버린 자신의 반쪽이 떠올랐다. 난수는 어렸을 때부터 용월을 애지중지했다. 마당에 널브러진 용월을 못 본 체하고 여기서 벗어날 수 없었다. 성혜를 미행하려던 생각을 접었다. 용월을 하나둘 주웠다. 금세 두 손 가득했다. 길중이 돌담 옆으로 다가가서 용월을 심었다. 손가락으로 땅을 후벼 파 용월을 잎꽂이했다. 새 뿌리가 돋아 예전처럼 싱싱해지기를. 난수처럼 화려한 꽃이 담뿍 피어나기를 기대했다.

"아! 오늘이 바로 이월 보름날…."

용월을 심던 길중이 중천으로 점점 솟아오르는 보름달을 올려보았다. 오늘이 어머니 기일이라는 것을, 보름달이 깨우쳐주었다. 어머니가 세상을 떠났던 날, 길중은 난수와 인도 여행 중이었다. 임종도 지켜보지 못했다. 어머니께서 돌아가셨어요. 눈도 제대로 감지 못하신 채…. 두 사람이 갈라서고 나서 처음이자 마지막으로 받았던 성혜의 전화였다. 난수와 새살림을 차리기 전까지, 어머니는 길중을 금이야 옥이야 하고 키웠다. 아이고, 내 새끼. 너 없으면 못 산다. 니 애비가 내 속을 다 짓이겨놔서 그냥 죽고 싶었다. 그런데 너 하나 보고 살아왔다. 길중아, 내가 죽으면 제사는 모시지 마라. 그 대신에 제삿날에는 고산국 본향당에 공물을 올려다오. 고산국 여신의 심정을 내 이제 알겠느라. 길중이 벌떡 일어섰다. 하늘을 우러러보았다. 보름달빛이 가슴팍으로 한가득 내려앉았다. 부드럽고 포근해서 외려 서럽고 부끄러웠다. 차라리 가시처럼 따가웠으면 좋았을 텐데. 더는 보름달을 바라볼 수 없어 고개를 수그렸다. 그때, 휴대폰이 울었다. 난수의 전화였다. 길중은 그 전화를 받기 전에 재킷 호주머니 속 서류부터 만지작거렸다.

9

내비게이션에도 등록되지 않은 길이었다. 낮에 주민센터에 전화해서 길을 물어도 정확한 위치는 잘 모르겠다고 했다. 확인해보고 전화를 주겠다더니 종무소식이었다. 오로지 기억의 끈을 잡아당기며 찾아갈 수밖에 없었다. 성혜는 찻길을 벗어나 산길로 접어들었다.

보름달이 동쪽에서 얼굴을 넌지시 내밀기 시작했다. 조금 전부터 드리울락 말락 했던 어스름이 소리 없이 물러났다. 찰나. 어둠과 빛의 경계는 불분명하고 기이하다 못해 신비로웠다. 성혜가 그 경계선을 밟으며 오르막길을 허위단심으로 올라갔다. 가쁜 숨이 턱을 칠수록 달빛의 영역은 넓어졌고, 성혜는 보름달 속으로 빨려가는 듯했다.

고산국은 남편에게 버림받고, 동생에게 남편을 뺏기고, 게다가 세상 사람들에게 잊혀가는 여자이다. 천지간에서 이렇게 불쌍한 여신이 또 있을까. 성혜의 가슴 한쪽이 아렸다. 아리스토텔레스는 남의 불행이나 비극을 보며 편안해지는 일종의 변태적인 심리를 카타르시스라고 뜻매김했다. 혹시 내가? 성혜는 고산국을 찾아가는 길이 머쓱하거나 죄스럽기도 했다. 집을 나설 때만 해도 그런 생각이 없었는데, 왜 불현듯 이런 생각이 드는지 알 수 없었다.

생전의 시어머니도 당신의 카타르시스를 위해 고산국 여신을 찾아갔던 것일까? 아니면, 동병상련에 이끌렸던 걸까? 또 아니면, 고산국 여신의 슬픔이나 고통을 타산지석으로 삼아 요지경 세상에서 버텨나갈 용기와 희망을 얻으려고 했던 걸까?

생전의 시어머니는 성혜에게 식당일을 맡기고 일 년에 한두 번씩 고산국 여신을 찾아가곤 했다. 그럴 때마다 여신에게 올릴 색깔 고운 종이옷과 정성을 다한 공물을 가져갔다. 성혜도 한두 번 따라나섰던 적이 있었다. 그럴 때마다 외지고 험한 산길을 오르락내리락했다. 그런데 시어머니는 힘들다는 말 한마디 없었다. 뭔가에 홀린 듯이, 뭔가에 미친 듯이, 걷고 또 걸었다.

고산국 본향당을 지키던 대심방 가족이 제주 4·3 때 수난을 당해, 그 이후로 자취를 감췄단다. 그래서 본풀이도 사라졌고, 찾는 사람들의 발길도 끊어지기 시작했단다. 버림받는 것보다 잊힌 것이 더 힘들다고 하더니….

"세상 사람들이 다 잊어도 나는 안 잊을란다. 고산국 여신도 우리랑 똑같은 여자니라."

시어머니 말이 보름달빛처럼 사부자기 내려앉았다. 성혜는 야생 동백나무가 꽃을 매달고 있는 언덕배기 사잇길을 지나갔다. 배낭의 무게는 그런대로 견딜 만했으나, 채롱을 싼 하얀 보자기 짐은 손목을 저리게 했다. 채롱에는 빙떡, 몸국을 담은 밀폐 용기, 성혜가 직접 내린 오메기술 등의 공물이 들어 있었다. 또 하나, 집 마당에서 선홍빛으로 피어 있던 동백 가지 하나를 꺾어 그 채롱 속에 넣어두었다.

　추운 계절에 홀로 피어나는 동백, 모든 꽃이 지고 난 한겨울에 홀로 피어서 외롭고, 외로워서 황홀하고 아름다운 꽃. 성혜는 이 섬에 들어온 뒤에 비로소 동백의 진가를 알게 되었다. 동백꽃은 황홀한 슬픔이야. 시퍼런 겨울 하늘에 선홍빛 슬픔이 망울지다가 꽃으로 피어나지. 꽃이 질 때는 슬픔의 덩어리째 미련 없이 뚝, 뚝, 떨어져. 하지만 그게 끝은 아니야. 가장 낮은 곳, 땅바닥 위에서 그 꽃을 다시 피우지. 그리고 우리네 마음속에 들어와 슬픔의 심지에 불을 붙인 채 오랫동안 꺼지지 않는 선홍빛 등불로 매달리지.

　사위가 조용했다. 보름달빛은 눈과 귀를 모두 가지고 있었다. 선홍빛 동백꽃들이 달빛 아래서 몽글거렸다. 귀를 조심스럽게 기울이면, 수직으로 떨어지며 슬픔을 꿀꺽꿀꺽 참고 우는 소리가 들려왔다. 달빛은 눈과 귀뿐만 아니라 기억을 되살리는 신통력도 지닌 모양이다. 성혜는 달빛이 이끄는 대로 시어머니와 함께 찾아왔던 산길을 걸었다. 예전에는 하늘하늘 늘어진 흙길이었는데 이젠 시멘트 옷을 둘렀다.

　남근처럼 불끈 솟은 바위가 눈앞에 드러났다. 아가, 찾아올 때는 저 바위를 이정표 삼으면 되니라. 저기가 바로 숙물이니라. 숙물, 여자의 은밀한 부위를 닮은 바위틈에서 흘러내리는 가녀린 물줄기들이 달빛과 어울려 은백색 주렴을 드리웠다. 본향당 건물뿐만 아니라 고산국 여신의 초상은 없었다. 뭇 세월이 제멋대로 하나둘 올려놓은 듯한 돌

무더기, 아직 흙으로 돌아가지 못하고 켜켜이 쌓여 있는 낙엽들, 거친 비바람에 시달려 앙상한 뼈만 남은 신목. 이대로 잊힐 수 없다며 뼛속에서 새 생명으로 솟구친 팔뚝만 한 신목 한 그루. 그 가지에 빛바랜 오방색 댕기 두서너 자락이 안간힘을 쓰며 매달려 있었다. 고산국 여신이 좌정한 본향당이었다.

성혜는 얼굴과 손을 씻고, 입을 헹구고, 손바닥에 적신 물로 머리칼을 쓰다듬는 것으로 목욕재계를 갈음했다. 손으로 신단 위의 낙엽을 걷어냈다. 종이옷을 먼저 올리고 가슴팍에 동백꽃 가지를 꽂았다. 지극정성으로 장만한 빙떡과 몸국 등의 공물을 진설했다. 오방색 선명한 댕기들도 신목 가지마다 매달았다. 해풍을 맞은 오방색 댕기들이 생의 환희를 머금고 펄럭였다. 오메기술을 잔에 따라 올리고, 향불을 피우고, 무릎을 다소곳이 꿇었다.

잠시 후, 성혜가 자리에서 일어나 고산국 여신을 꼭 껴안았다. 북소리 같은 맥박이 들려왔다. 온기도 느껴졌다. 가슴과 가슴으로 뜨거운 피를 나눴다. 본향당 주변을 감돌던 생기가 보름달빛 그득한 밤하늘로 용솟음쳤다.

성혜가 음복주로 오메기술 한 모금을 마시고, 빙떡을 한입 베어 물었다. 혀끝에서 하얀 메밀꽃들이 조신하게 피어났다. 달빛 어린 서귀포 앞바다에 파도가 잘게 부서지면서 은백색 메밀꽃밭이 장관을 이루었다.

'토착적 모더니티', 완미(完美), 그리고 재현의 감응력

고명철

1.

심경숙의 소설집 『푸른 장미의 비밀』에 실린 작품들은 2006년 『불교신문』 신춘문예 당선 이후 20여 년의 소설쓰기의 내공이 곳곳에 스며들어 있다. 개별 작품마다 심경숙이 조우하고 있는 인간과 세계에 대한 깊고 넓은 서사적 재현의 힘이 발산되듯, 그의 서사적 매혹 속에서 우리는 자칫 망실하고 있던 소설의 존재와 그 가치에 대해 주목하게 된다.

그의 작품에서 우선 눈에 띄는 것은 '토착적 모더니티(rooted modernity)'를 바탕으로 한 서사적 재현이다. 아마도 이 '토착적 모더니티'란 용어에 생경스러운 사람이 많을 줄 안다. 현대소설을 포함한 현대문학에서 주안점을 두는 '모더니티'가 산업화에 바탕을 둔 도시의 삶의 양식과 관련한 데 초점을 맞춰왔기 때문이다. 물론 이를 전적으로 부인할 수 없다. 하지만 이것은 어디까지나 서구 중심주의가 팽배해지는 가운데 유럽과 미국을 중심으로 전개된 각종 문학 교육과 문학 제도 속에서 서구 편향

적 미학이 마치 전 지구를 대상으로 보편 미학인 양 정치사회적 지배력을 강화해온 데 대한 비판적 성찰이 치열하지 못했음을 지적해두고 싶다. 기실, 아프리카·아시아·라틴아메리카 문학이 일궈내고 있는 문학적 성취를 주목할 때, 그들 시공간적 차원에서 전승돼온 유무형의 물상(物象)이 '구연적(口演的) 재현-상상력'과 '문자적 재현-상상력'이 길항·습합·교차하는 가운데 종래 서구 중심의 서사미학과 다른 창조적 서사미학을 산출하는 데 주요한 역할을 수행한다. 이것이 바로 '토착적 모더니티'를 바탕으로 한 서사미학의 실재다. 여기서 '토착적 모더니티' 개념의 핵심에는 '대지에 뿌리내림'[着根]이 함의하는바, 이것은 서구의 근대를 통어하는 주인/노예, 주체/타자, 식민/피식민 등의 비대칭적 권력의 위계적 질서로 안정된 '정착'으로서 의미와 다른, 세계의 뭇 존재가 개개의 생령(生靈)을 있는 그대로 존재하며 평화로움의 가치를 나눠 '공서(共棲)'하는 의미를 염두에 둔다.

2.

「빙떡 이야기」와 「미늘」과 「카라빈카」는 예의 '토착적 모더니티'가 지닌 서사적 매혹을 발산하는 주목할 작품이다. 제주의 토속 음식들(빙떡, 몸국, 흑돼지고기, 자리젓, 고등어회, 갈치회 등)과 무속이 작중 인물의 갈등 및 사건과 잘 버무려지면서 인간사를 헤집는 상처와 깊디깊은 인연을 공명(共鳴)하고(「빙떡 이야기」), 바다의 돗돔을 잡으려는 낚시 욕망이 전설 속 여신을 향한 애타는 욕망과 포개지며 생의 비의성(秘意性)을 응시하는가 하면(「미늘」), 기와를 굽고 벽돌을 쌓는 토목 건축술의 달인인 남동생과 천상의 목소리로 아름다운 노래를 부르는 경지에 오른 누이의 불성(佛聖)에 이르는 서사(「카라빈카」) 등은 개별 서사가 다를 뿐 바탕에는 '토착적 모더니티'의 서사미학이 자리하고 있다.

「빙떡 이야기」의 갈등은 뚜렷하다. 성혜와 길중 부부는 현재 따로 살고 있는 처지인데 그들 사이에 길중의 어릴 때 여자 친구 난수가 틈입했기 때문이다. 길중은 성혜와 부부가 되기 전 고향 제주에서 난수와 사랑을 나눴던바, 제주에서 성혜와 결혼 생활 도중 난수와 새살림을 시작했다. 말하자면 길중의 불륜은 이 작품의 중심 갈등이다. 그리하여 표면상 길중은 과거의 연인을 다시 만나 행복한 삶을 살고 성혜는 결혼 실패의 상처 속에서 사는 것처럼 보이지만 그렇지 않다. 비록 타향에서 전 남편으로부터 버림받은 불운한 처지에 놓여 있지만, 성혜는 시어머니로부터 제주의 토속 음식 요리를 전수받아 식당을 운영하며 지역 사회에서는 향토 음식 전문가로서 사회적 인지도를 쌓고 있는 유명 인사의 삶을 살고 있다.

그런데 우리가 정작 눈여겨보아야 할 성혜의 삶은 제주에서 그의 성공에 이르는 내력담이 아니다. 그보다 시어머니로부터 배운 빙떡과 몸국과 흑돼지고기 등 제주 토속 음식이 타향에서 상처 입은 성혜의 삶을 위무할 뿐만 아니라 자기 존재의 소중함과 심지어 그토록 밉고 서운한 길중과 난수의 사이를 헤아리도록 작용하는 그 '토착적 근대'가 품은 어떤 회복과 소생의 힘이다. 여기에는 이들 토속 음식과 함께하는 무속 의례를 간과해서 곤란하다. 성혜는 시어머니가 살아생전 서귀 본향당(本鄕堂)에서 빙떡, 몸국, 돼지고기, 오메기술 등 각종 공물(供物)을 제단에 진설하여 본향당 신들에게 간절히 기구하는 모습을 지켜보았고, 시어머니가 돌아가신 후 성혜는 자신이 정성스레 마련한 음식들로 본향당에 정좌해 있는 고산국 신에게 제례(祭禮)를 지내는바, 그도 역시 그의 매순간 삶에 깊게 패인 상처를 치유하고, 그의 주변 타자들(길수와 난수)의 그것마저 헤아리고 보듬기를 간절히 기구한다.

> 성혜는 얼굴과 손을 씻고, 입을 헹구고, 손바닥에 적신 물로 머리칼을 쓰다듬는 것으로 목욕재계를 갈음했다. 손으로 신단 위의 낙엽을 걷어냈다. 종이옷을 먼저 올리고 가슴팍에 동백꽃 가지를 꽂았다. 지극정성으로 장만한 빙떡과 몸국 등의 공물을 진설했다. 오방색 선명한 댕기들도 신목 가지마다 매달았다. 해풍을 맞은 오방색 댕기들이 생의 환희를 머금고 펄럭였다. 오메기술을 잔에 따라 올리고, 향불을 피우고, 무릎을 다소곳이 꿇었다.
> 잠시 후, 성혜가 자리에서 일어나 고산국 여신을 꼭 껴안았다. 북소리 같은 맥박이 들려왔다. 온기도 느껴졌다. 가슴과 가슴으로 뜨거운 피를 나눴다. 본향당 주변을 감돌던 생기가 보름달빛 그득한 밤하늘로 용솟음쳤다.
> 성혜가 음복주로 오메기술 한 모금을 마시고, 빙떡을 한입 베어 물었다. 혀끝에서 하얀 메밀꽃들이 조신하게 피어났다. 달빛 어린 서귀포 앞바다에 파도가 잘게 부서지면서 은백색 메밀꽃밭이 장관을 이루었다.(201쪽)

성혜가 제례를 지내는 이 본향당을 지키던 심방(무당-제주어) 가족이 4·3사건 무렵 수난을 당한 이후 그 존재 자체가 잊혀졌던 것을 상기할 때, 다시 되살린 본향당에서 성혜가 마련한 제주의 토속 음식으로 이와 같은 제례를 지내고 있는 대목은 성혜와 그 가족에만 국한되지 않고

4·3 대참사에서 산 자와 죽은 자 모두가 동참하는 제례로 확장한다 해도 과언이 아니다. 바로 이 점이 작가 심경숙이 발견하는 '토착적 근대'의 서사적 재현에서 주목할 부분이다.

3.

그런데 이러한 '토착적 근대'의 서사적 재현에서 자칫 오해하기 쉬운 게 있다. '토착적 근대'는 말 그대로 '토착적 요소'와 '모더니티'가 상호 침투하는 가운데 새롭게 생성되는 역사문화적 및 정치윤리적 새로움이지, 옛것을 전통이란 미명 아래 집착하거나 항간에 붐을 이루는 복고 취향 레트로 감성을 중시하자는 게 결코 아니다. 그래서 '모더니티'를 다룰 때 '자기 성찰'과 '자기 구원'을 대수롭게 넘겨서는 안 된다. 이것은 「미늘」과 「카라빈카」를 '토착적 근대'로서 온전히 이해해야 할 주요한 재현의 측면이다.

「미늘」에서 작중 인물 '나'는 어린 시절부터 "신비한 전설 덩어리로 뭉쳐진 바위", "온 바다를 뒤덮곤 하는 몽환의 해무가" 피어오르는 "물속의 세계도, 물 바깥의 세계도 아닌 신지끼 여"(16쪽)에서 돗돔을 잡고 전설 속 신지끼 여신을 만나기를 학수고대한다. '나'는 "신지끼 여신이 바닷길의 길흉을 예고하며, 행운을 가져다준다고 굳게 믿었다."(18쪽) 왜냐하면 신지끼 여신의 이야기는 "할아버지의 할아버지 때부터 전해온 이야기였"(19쪽)기 때문이다. 실제로, '나'는 아버지와 함께 나간 바다 조업 중 수중 사고로 왼팔을 사용할 수 없게 된 후 "돗돔이 노려보며 덤벼드는 악몽에 시달"리는가 하면 "신지끼 여신의 꿈도 꾸"(27쪽)는 등 돗돔 낚시와 신지끼 여신을 향한 욕망에 집착하기 시작한다. 여기서, 우리는 묻지 않을 수 없다. 어촌 사람들과 '나'와 아버지에게 구전돼 흡사 사실처럼 굳어진 신지끼 여신의 존재와 돗돔은 무엇일까. 예로부터 대대로 전해 내려온 신지끼 여신은 바다의 풍랑에 따라 그 실체가 보였다가 사라지는, 하지만 지질학적으로 엄연히 특정한 곳에 존재하는 바위 덩어리, 곧 여[礁]와 관련한 것이듯, 그만큼 바닷일을 하는 사람들에게 이 여는 위험한 대상임에 틀림없다. 돗돔 역시 깊은 바다에서 살며 다른 물고기보다 힘이 억세고 성미가 고약해 수면 위로 보였다가 이내 수면 아래로 거세게 자맥질하는 습성을 볼 때 오래전부터 이 지역 바다 사람들에게는 신지끼 여처럼 흡사 위험한 존재로 여겨져 신성성을 획득했는지 모른다. 여기에다가 인간의 구연적 상상력이 덧보태지면서 이들 존재('신지끼 여'와 '돗돔')와 여신은 습합되었을 공산이 크다. 그래서 '나'와 아버지와 바다 사람들에게 '신지끼 여-돗돔-여신'은 자연스레 일상과 거리를 둔 신격적 존재로 전이돼 물고기 '돗돔'을 잡는 일은 '신지끼 여신'을 조우하는, 경이로운 현실을 접하는 것이다. 이것은 바닷일을 하는 사람들의 자기 존재와 관련한 '자기 성찰'과 '자기 구원'의 문제와 결코 별개 사안이 아니다. 그래서일까. 돗돔이 낚싯줄에 걸려 사투를 벌이는 내내 "내가 놈을 낚은 것이 아니라 놈이 나를 낚은 꼴이었다."(35쪽) "잃어버린 시간대 속에 놈과 나의 사투가 똬리를 대신 틀고 있었다."(37쪽) 비록 돗돔을 온전히 잡지는 못해 "미늘에 놈의 찢긴 주둥이 살 일부가 대롱대롱 매달려 있었"(37쪽)지만, '나'는 신지끼 여에서 돗돔 낚시를 포기하지 않을 터이다. 오래전부터 내려온 '신지끼 여-돗돔-여신'을 향한 구연적 상상력이 '나'의 낚싯줄에 매달린 미늘이 바닷속에서 유영하는 것과 포개진다면, '나'의 돗돔 낚시를 통한 '나'의 '자기 성찰'과 '자기 구원'은 지속될 것이기 때문이다.

「카라빈카」의 작중 인물 오누이도 이런 면으로 읽을 수 있다. 이 작품은 '가야 스님'과 '수미' 오누이의 천부적 예술의 재능이 참된 불도(佛道)에 이르는 진성(眞性)의 도정을 전해주는 종교적 외피를 입은, 그리고 또 다른 한편으로는 각자의 예술을 연마함으로써 어떤 예술의 궁극에 이르는 완미(完美)의 진실을 설화적 서사로 들려준다. 그래서 「카라빈카」를 구연적 상상력의 서사적 재현으로 읽어도 무방하다. 이 또한 앞서 얘기했듯이, '토착적 근대'를 바탕으로 한 서사적 재현으로서 손색이 없다. "천상에서 가장 아름다운 새이며 아름다운 노래를 부"(141쪽)르는 '카라빈카'의 현현은 '수미'로, 그는 남동생 '가야'를 떠나 중생을 구원하기 위한 길에 나선다. 그리고 '가야'는 기와와 벽돌을 구우며 사찰을 짓는 토목 건축술의 장인으로서 스님의 삶에 진력해왔다. 이들 오누이는 이렇게 떨어져 각자 예술로서의 불성(佛性)을 추구한다.

작품의 말미에서, '가야'는 혼신의 힘을 쏟아 절을 완성하고 '수미'가 돌아올 것을 기다리지만 끝내 '수미'는 돌아오지 않는다. 대신, '가야'는 "화관을 쓰고 뾰족한 입으로 노래하는 누이의 모습"(161쪽)을 한 점의 그림으로 그렸는데 천둥을 치듯, 산이 무너지듯, 향내가 퍼지면서, 아름다운 누이의 노랫소리가 들린다. 오누이의 영원한 이별은 '가야'의 그림을 통해 영원한 그리움과 기다림으로 그 속성이 전이된다. '가야'는 얼마나 많은 기와와 벽돌을 구웠을까. 그렇게 구운 벽돌과 기와를 정교히 짜맞추는 일을 통해 사찰을 짓는 일은 얼마나 힘들었을까. 그러면서 그는 얼마나 애타게 누이의 노랫소리를 듣고자 하루하루를 기다렸을까. 이 완미(完美)에 이르는 도정에서 그들은 자기를 향한 성찰을 조금도 게을리 하지 않았을 터이다. 그것이 바로 자신과 중생의 고통에 함께하는 것이며, 이 과정이 불성(佛性) 자체이며 '카라빈카'를 현재화(懸在化)하는 예술적 재현이다.

4.

그런데, 「카라빈카」에서 구연적 상상력으로 들려주는 오누이의 이야기에서 우리가 주시할 또 다른 것은 완미(完美)에 대한 작가의 서사적 분투다. 이것은 소설가로서 소설쓰기의 도정을 통해 자신만의 독창적 서사 세계를 일궈내고자 하는 서사 미학의 탐구를 향한 작업이다. 「푸른 장미의 비밀」과 「클럽 헬로」는 그래서 매우 인상적 작품이다.

표면상 추리물적 서사로 읽히는 「푸른 장미의 비밀」은 작중 인물 '나'의 아버지의 갑작스런 실종으로 인해 아버지의 존재를 추적하며 조우하는 서사들이 흥미를 배가한다. 육종학과 생명공학을 전공한 아버지에게는 필생의 과제가 있다. 그는 "아무것도 섞이지 않은 푸른색, 순혈의 푸른색을 원했다." "그런 푸른 장미꽃 유전자를 개발해서 대량생산하는 게 평생의 꿈이자 생의 목표였다."(59쪽) 하지만 그의 이런 푸른 장미꽃 유전자 개발은 그리 녹록한 게 결코 아니다. '나'는 아버지의 실종 소식을 듣고 아버지가 좀처럼 개방하지 않는 연구 개발 온실에서 남긴 문서 자료 중 어쩌면 아버지 실종의 전모를 밝혀줄 수 있는 구절을 발견한다.

그러니까 반전은, 이런 연구 외에 미국에서 사람의 유전자를 이

용한 파란 장미 개발도 착수했다는 거… 결과는 나와봐야 알겠지만…….(62쪽)

이 구절은 무엇을 말하는 것일까. '나'의 아버지는 그가 갖고 있는 육종학 · 생명공학 · 유전공학의 지식을 총동원했지만 '순혈의 푸른색' 유전자 개발에 실패했다. 하지만 "사람의 유전자를 이용한 파란 장미 개발"에 착수했다는 소식을 들은 만큼 혹시 그는 자신의 유전자를 이용한 개발을 시도한 것은 아닐까. 물론, 이에 대한 서사는 작품에서 전개되지 않는다. 다만, 추리물 서사에 낯익은 독자라면, 작품의 말미에 남긴 위 구절이 의미심장하게 시사하는 징후적 서사를 추정하는 것은 그리 어려운 일이 아니다.

좋은 소설의 서사적 매혹은 이런 게 아닐까. 추리물로 의도된 장르문학이 아니라 하더라도 사건과 관련한 작중 인물의 서사적 개연성, 이를 전개하는 작가의 심미적 이성 등이 절묘하게 구성되고 배합되면, 이것이 바로 좋은 소설이 절로 발산하게 되는 서사 미학의 독창성이다. 이것은 독자의 상상력을 해방시킨다. 그리고 작가의 소설 세계와 행복하게 조우할 뿐만 아니라 적극적이고 능동적인 독서 수행을 통해 작가의 소설 세계를 더욱 심화 · 확장시킨다. 그럴 때, 이 작품의 결미는 징후적 독서를 매우 힘차게 수행하도록 한다. 작품 속 반전이 의미하듯, 우리는 이렇게 읽을 수 있지 않을까. '나'의 아버지가 그토록 애타게 찾는 '순혈의 푸른색'은 첨단의 유전공학으로는 한계에 부닥친 게 명약관화한데, 이 한계를 넘는 대안은 사람의 유전자를 이용하는 것, 달리 말해 아직 유전공학적 단계를 거치지 않은 인간 생명의 바탕인 순수 유전자에 착목하는 것이다. 이것은 또한 '나'가 북유럽에서 카메라에 담길 오매불망 해온 오로라의 우주 본연의 색을 이루는 '순혈의 푸른색'이 인간 생명의 유전자에 존재하는 것을 연상케 한다는 점에서 '경이로운 현실'이다. 그렇다면, '나'의 아버지와 '나'는 서로 다른 길에서 각자의 일에 전념하고 있었는데, 그것은 우주 본연의 바탕을 이루는 아름다움에 천착해온 셈이다. 이것은 또한 작가 심경숙이 소설쓰기를 통해 '완미(完美)'를 향한 전심전력 분투하는 서사적 탐구와 전혀 다르지 않다.

「클럽 헬로」 또한 이와 동궤에 있는 좋은 작품이다. 어부와 섬사람들이 주로 찾는 "단란주점도 클럽도 아닌 어정쩡한 술집"(92쪽)인 '클럽 헬로'에는 삶의 현실에서 패배하고 낙오된 사람들이 종업원과 밴드 연주자들로 모여들어 생계를 겨우 유지한다. '클럽 헬로' 종사자들의 구구절절한 사연은 이를 여실히 말해준다. 그러던 어느 날 이 클럽에 영업 시간을 넘겨 찾은 진상격 손님 때문에 클럽 분위기는 아수라장이 되고 만다. 바로 이때 '음악의 대부'라고 불리는 "하얀 수염이 덥수룩한 노인"(93쪽)이 귀신 같은 기타 연주를 하고, 손님들과 종업원들은 그 연주의 감응력에 매료된 채 언제 서로 싸웠냐는 듯 주객의 경계 구분 없이 "한바탕 신나는 춤판"(110쪽)이 벌어진다. 그리고 〈목포의 눈물〉의 애달픈 곡이 연주되면서, "시간과 공간을 뛰어넘어 헬로 사람들의 현실까지 담긴"(111쪽) 기타 연주에 누구랄 것도 없이 서로 '떼창'을 목놓아 부른다. 「클럽 헬로」의 이 대목은 눈으로 읽는 것보다 소리 내 읽어야 작가의 공들인 재현의 맛을 제대로 맛볼 수 있다. 소리 내 읽어보면, 이 한바탕 춤판이 눈앞에서 펼쳐지며, 〈목포의 눈물〉 그 구성진 곡조와 애달픈 노랫말과 이에 각자 호응하며 부르는 사람들의 정동이 미치는 예술적 감응력은 작품 안팎으로 차고 흘러 넘친다. 이 또한 앞서 살펴본「푸른 장미의 비밀」처럼 작중 인물과 작가가 함께 전심전력 분투하고 있는 예술적 재현, 그 완미(完美)의 축제의 장관이 생생하게 그려진다. 이 축제 속에서 상처받고 소외된 낙오자들은 삶의 바닥을 차고 오를, 그리하여 처연한 삶을 껴안고 그것을 넘어갈 슬픔의 힘을 길어올린다. '클럽 헬로'의 존재 이유다.

5.

 끝으로, 우리는 심경숙 작가의 서사에서 정치윤리적 측면을 주시할 필요가 있다. 그것은 고통에 대한 서사적 응시에서 살펴볼 수 있다. 고통을 응시하는 작가의 시선은 차분하고 평정 상태를 유지한다. 고통을 초래하는 것들에 대해 비분강개가 동반하는 증언·고발·저항의 태도가 아니라 고통의 사위와 그 심연을 응시하는 것이 고통에 대한 정치윤리적 태도임을 말한다.
「로또맨」은 이에 대해 유머러스한 서사를 보인다. "집집이 농업용 관정을 파서 맘껏 사용하다 땅이 꺼지는 괴변이 발생"(116쪽)하는 빈도수가 잦은 소읍에서 사진관을 운영하는 '영태'는 유년 시절부터 겪는 상처와 고통을 "복권 한 방으로 해결하려 했다."(117쪽) 3등 당첨 행운을 맛본 '영태'로서는 로또 복권을 향한 기대가 무척 크다. 복권 구매는 '영태'의 존재 이유가 된 지 오래다. 말하자면 그는 복권에 중독된 '로또맨'이다. '영태'가 사는 소읍에서 땅 꺼짐 현상이 잦아 어느 날 갑자기 땅속으로 모든 것이 함몰돼 종적을 감춰버리는 데서 단적으로 알 수 있듯, 우리의 일상은 도처에 땅 꺼짐으로 비유되는 삶의 위험과 고통이 컴컴한 아가리를 벌려 집어삼키고 있는 형국과 다를 바 없음을 작가는 응시한다. 달리 말해 '로또맨=영태'의 모습은 실상 우리의 숨은 얼굴이 아닐까. 그래서인지, '영태'의 고통을 쳐다보는 우리의 고통과 그 숨은 얼굴을 마주할 때 뭔지 모르게 슬프면서 웃기다. 이 웃픔(?)은 작품의 말미에서, '영태'가 거의 망한 그의 사진관에 들어가 복권 당첨 번호의 미망에 빠져 있을 때 죽은 할머니의 음성 — "아가, 일어나 밖으로 나가. 살아야지. 목숨을 구하는 것이 제일 큰 로또란다."(134쪽) — 때문에 구사일생 목숨을 건지는 대목에서 적나라하게 나타난다. '영태'는 "어린아이가 젖은 기저귀를 찬 듯 묵직"(135쪽)하게 똥을 누며 구조되는, 몹시 슬프면서 웃긴, 웃픈 장면으로 대미를 장식한다.

다시 강조하건대, 이런 '영태'의 웃픈 모습은 바로 우리의 모습이기도 하다. 고통을 자기에게 되돌려주는, 이 고통의 재귀(再歸)가 동반하는 유머러스한 재현은 심경숙의 서사에서 가볍게 넘겨볼 수 없는 고통의 정치윤리적 서사의 탐구다.

高明徹 | 문학평론가 · 광운대 교수

푸른 장미의 비밀

심경숙 소설집

푸른사상 소설선

1. 백 년 동안의 침묵 | 박정선 (2012 문광부 우수교양도서)
2. 눈빛 | 김제철 (2012 문학나눔)
3. 아네모네 피쉬 | 황영경
4. 바우덕이전 | 유시연
5. 당신은 왜 그렇게 멀리 달아났습니까? | 박정규
6. 동해 아리랑 | 박정선
7. 그래, 낙타를 사자 | 김민효
8. 드므 | 김경해
9. 은빛 지렁이 | 김설원
10. 청춘예찬 시대는 끝났다 | 박정선 (2015 우수출판콘텐츠 선정도서)
11. 오동나무 꽃 진 자리 | 김인배
12. 달의 호수 | 유시연 (2016 세종도서 문학나눔)
13. 어쩌면, 진심입니다 | 심아진
14. 흐릿한 하늘의 해 | 서용좌 (2017 PEN문학상)
15. 붉은 열매 | 우한용
16. 토끼전 2020 | 박덕규 (영문판 출간)
17. 박쥐우산 | 박은경 (2018 문학나눔)
18. 우아한 사생활 | 노은희
19. 잔혹한 선물 | 도명학 (2018 문학나눔)
20. 하늘 아래 첫 서점 | 이덕화
21. 용서 | 박 도 (2018 문학나눔)
22. 아무도, 그가 살아 돌아오리라고 기대하지 않았다 | 우한용
23. 리만의 기하학 | 권보경 (2019 문학나눔)
24. 짙은 회색의 새 이름을 천천히 | 김동숙
25. 수상한 나무 | 우한용 (2020 세종도서 교양)
26. 히포가 말씀하시길 | 이근자
27. 푸른 고양이 | 송지은
28. 다시, 100병동 | 노은희
29. 오늘의 기분 | 심영의
30. 가라앉는 마을 | 백정희
31. 퍼즐 | 강대선
32. 바람이 불어오는 날 | 김미수
33. 사설 우체국 | 한승주 (2022 문학나눔)
34. 소리 숲 | 우한용 (2022 PEN문학상)
35. 나는 포기할 권리가 있다 | 채 정
36. 꽃들은 말이 없다 | 박정선
37. 백 년의 민들레 | 전혜성
38. 기억의 바깥 | 김민혜
39. 마릴린 먼로가 좋아 | 이찬옥
40. 누가 세바스찬을 쏘았는가 | 노 원
41. 붉은 무덤 | 김희원
42. 럭키, 스트라이크 | 이 청 (2023 세종도서 교양)
43. 들리지 않는 소리 | 이충옥
44. 엄마의 정원 | 배명희
45. 열세 번째 사도 | 김영현 (2023 문학나눔)
46. 참 좋은 시간이었어요 | 엄현주
47. 걸똘마니들 | 김경숙
48. 매머드 잡는 남자 | 이길환
49. 붉은배새매의 계절 | 김옥성
50. 푸른 낙엽 | 김유경 (2024 문학나눔, 일어판·체코어판 출간)
51. 그녀들의 거짓말 | 이도원
52. 그가 나에게로 왔다 | 이덕화
53. 소설의 유령 | 이 진
54. 나는 죽어가고 있다 | 오현석
55. 오이와 바이올린 | 박숙희
56. 오아시스 전설 | 최정암
57. 어둠의 빛 | 한승주
58. 무한의 오로라 | 이하언
59. 그날들 | 심영의
60. 옌안의 노래 | 심영의
61. 달의 꼬리를 밟다 | 안숙경
62. 날마다 시작 | 서용좌 (제43회 조연현문학상)
63. 숨은그림찾기 | 최명숙
64. 아모르파티 | 김세인
65. 그래도, 바람 | 우한용
66. 노을의 기억 | 강명희
67. 명자꽃이 피었다 | 김지수
68. 희망, 여기서부터 시작해야겠다 | 김경숙
69. 고요의 코끼리 | 김동숙
70. 랭보의 권유 | 정라헬